KB059644

웹소설의 충격

인터넷 소설은 어떻게
출판 시장을 정복했는가

# 웹소설의 충격

이이다 이치시 지음
선정우 옮김

요다

**일러두기**

이 책은 기본적으로 국립국어원 외래어 표기법을 따르나, 국내에 출간된 작품의 경우엔 독자들의 편의를 위해 작가나 캐릭터 명 등을 국내 번역판 기준으로 표기했다.

## 웹 · 테크놀로지는 구태의연한 업계에 무엇을 초래하는가?

웹소설은 지금 일본 소설 시장의 중심에 있다. 적어도 비즈니스면에서는 확실히 그렇다.

일본 출판 시장의 매출액은 2014년에 1조 6,065억 엔(서적 7,544억 엔, 잡지 8,520억 엔) 규모로, 17년 연속 감소했다. 잡지에 비하면 그나마 서적의 하락 폭은 작다고 하지만, 소설은 심각한 상황에 처해 있다. 닛판日販[1] 및 출판과학연구소가 정기적으로 발표하는 데이터를 확인해보면, 문예[2]서나 문고본[3]의 매출액은 전년 동월 대비 10~20% 감소가 오랫동안 이어져 왔다는 것을 알 수 있다. 가끔씩 증가한 달도 있지만, 그것은 무라카미 하루키의 신간이나 개그맨 출신의 마타요시 나오키又吉直樹[4]가 아쿠타가와芥川상[5]을 탔던 때처럼 메가히트작이 나타난 시점에 국한된다. 상품으로서 종이책 소설은 쇠퇴하고 있다.

그런 와중에 유일하게 성장 중인 문예서 장르가 있다. 서적화시킨 웹소설(인터넷소설)이 그것이다. 2010년 이후 인터넷 소설 투고 플랫폼 '소설가가 되자'[6]와 'E★에브리스타'[7]에서 인기를 끄는 작품을 책으로 만드는 흐름이 두드러지고 있다. 종이책으로 만들어지는 웹소설은 표지에 일러스트를 넣은 단행본으로 간행되는 일이 많은데, KADOKAWA[8]나 알파폴리스[9]를 필두로 여러 출판사들이 연이어 뛰어들었다. 그런 흐름의 대표적인 출판사 알파폴리스는 2012년 3월 결산에서 매출액 약 10억 엔이었던 것이 2015년 3월 결산에서 약 26.6억 엔으로 두 배 이상 성장했다. 이 장르는 움직임이 둔화된 노벨스[10]나 하드커버 순문학 등을 대체하여 매대 면적을 넓히고 있다. 『소드 아트 온라인』[11], 『로그 호라이즌』[12], 『마법과 고교의 열등생』[13], 『오버 로드』[14], 『게이트』[15], 『던전에서 만남을 추구하면 안 되는 걸까』[16] 등의 영상화 작품도 계속해서 등장했다. 당분간은 매출 규모도 계속 확대될 것이다. 필자가 취재한 결과에 따르면, 일본 최대 규모를 자랑하는 CCC[17] 산하의 서점(TSUTAYA 계열 서점)에서는 웹소설 서적화 작품의 매출액이 문예 장르 전체의 절반을 차지하기에 이르렀다. 즉 일본의 소설 시장에서는 인터넷을 통해 발표된 소설이 매출액의 절반 가까이를 점하고 있다는 뜻이다(표1, 표2).

## [표1] 2015년 9월 판매 호조 서적

| 순위 | 책 제목 | 저자 이름 | 출판사 |
|---|---|---|---|
| 1 | 불꽃 | 마타요시 나오키 | 분게이슌주 |
| 2 | 직업으로서의 소설가 | 무라카미 하루키 | 스위치퍼블리싱 |
| 3 | 너의 췌장을 먹고 싶어 | 스미노 요루 | 후타바샤 |
| 4 | 스크랩 앤드 빌드 | 하다 게이스케 | 분게이슌주 |
| 5 | 류(流) | 히가시야마 아키라 | 고단샤 |
| 6 | 오버로드 (1~9) | 마루야마 구가네 | KADOKAWA |
| 7 | 8남이라니, 그건 아니잖아요! 6 | Y.A | KADOKAWA |
| 8 | 오키테가미 교코의 도전장 | 니시오 이신 | 고단샤 |
| 9 | 무라카미 씨의 거처 | 무라카미 하루키 | 신초샤 |
| 10 | 확률수사관 미코시바 가쿠토 게임 마스터 | 가미나가 마나부 | KADOKAWA |
| 11 | 오키테가미 교코의 비망록 | 니시오 이신 | 고단샤 |
| 12 | 두 번째 인생은 이세계에서 6 | 마인 | 하비재팬 |
| 13 | 은빛 날개의 이카로스 | 이케이도 준 | 다이아몬드샤 |
| 14 | 어떤 아저씨의 VRMMO 활동기 7 | 시나 호와호와 | 알파폴리스 |
| 15 | 실버 센류 5 | 전국유료노인홈협회 포플러샤 편집부(편) | 포플러샤 |
| 16 | 워르테니아 전기 1 | 호리 료타 | 하비재팬 |
| 17 | 책벌레의 하극상 제2부 1 | 가즈키 미야 | TO북스 |
| 18 | 로그 호라이즌 10 | 토노 마마레 | KADOKAWA |
| 19 | 교단X | 나카무라 후미노리 | 슈에이샤 |
| 20 | 라플라스의 마녀 | 히가시노 게이고 | KADOKAWA |

## [표2] 2015년 10월 판매 호조 서적

| 순위 | 책 제목 | 저자 이름 | 출판사 |
|---|---|---|---|
| 1 | 오로카모노가타리 | 니시오 이신 | 고단샤 |
| 2 | 불꽃 | 마타요시 나오키 | 분게이슌주 |
| 3 | 오키테가미 교코의 유언서 | 니시오 이신 | 고단샤 |
| 4 | 너의 췌장을 먹고 싶어 | 스미노 요루 | 후타바샤 |
| 5 | 오키테가미 교코의 비망록 | 니시오 이신 | 고단샤 |
| 6 | 로그 호라이즌 10 | 토노 마마레 | KADOKAWA |
| 7 | 직업으로서의 소설가 | 무라카미 하루키 | 스위치 퍼블리싱 |
| 8 | 스크랩 앤드 빌드 | 하다 게이스케 | 분게이슌주 |
| 9 | 선술집 바가지 4 | 아키카와 타키미 | 알파폴리스 |
| 10 | 류(流) | 히가시야마 아키라 | 고단샤 |
| 11 | 오버로드 (1~9) | 마루야마 구가네 | KADOKAWA |
| 12 | 오키테가미 교코의 도전장 | 니시오 이신 | 고단샤 |
| 13 | 구카이 | 다카무라 가오루 | 신초샤 |
| 14 | 오키테가미 교코의 추천문 | 니시오 이신 | 고단샤 |
| 15 | 말려들어 이세계 전이하는 놈은, 대부분 치트 | 가이도 호슈 | 다카라지마샤 |
| 16 | 해골기사님은 지금 이세계 모험 중 2 | 하카리 엔키 | 오버랩 |
| 17 | 잠겨 있는 남자 | 아리스가와 아리스 | 겐토샤 |
| 18 | 로그 호라이즌 외전 - 구시야마타, 힘낼게! | 야마모토 야마네 | KADOKAWA |
| 19 | 무직전생 - 이세계에 갔으면 최선을 다한다 8 | 리후진나 마고노테 | KADOKAWA |
| 20 | 이세계 전생 소동기 6 | 다카미 야나가와 | 알파폴리스 |

표1은 2015년 9월의, 표2는 2015년 10월의 판매 호조 서적(문예서 장르)이다. 각각 〈출판 월보〉 2015년 10월 호, 11월 호(출판과학연구소)를 토대로 작성했다. 이 중에 색칠된 책이 인터넷에 먼저 발표한 작품이다.

웹소설은 2010년대에 가장 주목해야 할 서브컬처 중 하나이고, 인터넷 비즈니스·콘텐츠 비즈니스에서 주목하는 분야다. 어째서 이렇게 된 것일까? '웹소설이 히트하고 있지만, 과거에 몇 번이고 일어났던 특정 장르 소설의 붐에 지나지 않는 것 아닐까?'라는 생각을 할지도 모르겠다. 하지만 그렇지 않다.

'소설가가 되자'를 필두로 한 웹소설 투고 플랫폼에서 인기를 얻은 작품을 종이책으로 만드는 것에 대해, '종이로 된 소설 잡지에 실렸던 작품을 단행본으로 만드는 기존 수법과 결국 똑같은 것 아닌가?'라고 생각하는 사람도 있을 것이다. 하지만 거기엔 결정적인 차이가 있다. 무엇이 어떻게 다르고, 어째서 다른 것일까. 그리고 거기에서 초래되는 위협과 기회, 새로운 독서 체험이란 무엇일까. 이 책에서는 그런 부분을 밝혀내고자 한다.

우선 나는 누구보다도 출판업계 사람들이 이 책을 읽어줬으면 한다. 다만 그뿐만은 아니다. IT 기업과 출판사처럼 '인터넷 서비스나 새로운 테크놀로지를 제공하는 기업'과 '아날로그적 시대에 뒤떨어진 레거시<sup>legacy; 낡은 업계</sup>'가 어떻게 관계를 맺으면 좋을까? 이런 문제는 현재 여러 산업, 문화 속에서 발견할 수 있다. 레거시는 신흥 IT 기업으로 대체되어 소멸할 것인가? 아니면 인터넷과 테크놀로지가 천사가 되어 구원해줄 것인가? 이 책은 출판업계에 흥미가 없는 사람에게도 직업이나 문화에 관해 생각해볼 수 있는 힌트가 될 것이다.

해외에서는 웹(아마존의 킨들 다이렉트 퍼블리싱<sup>Kindle Direct Publishing</sup>)을 통해 E. L. 제임스<sup>E. L. James</sup>의 로맨스 소설『그레이의 50가지 그림자<sup>Fifty shades of grey</sup>』[18]나 휴 하위<sup>Hugh Howey</sup>의『울<sup>Wool</sup>』[19], 앤디 위어<sup>Andy Weir</sup>의『마션<sup>The Martian</sup>』[20]과 같은 세계적 히트작이 이미 탄생했다. 또한 애니메이션판이 세계를 석권한『소드 아트 온라인』의 원작도 웹소설이었다.

일본 웹소설의 현재 상황에 관해 정리한 책은 거의 없다. 이 책을 통하여 인터넷에서 만들어진 '시대의 욕망'(현대성)을 읽어낼 수 있을 것이고, 이 책에서는 다루지 않으나 마찬가지로 '인터넷에서 유래한' 것이면서도 일본인이 즐기는 것과 서양에서 인기를 끄는 것들의 상상력에는 어떤 차이점이 존재하는지(비교문화론)를 고민해볼 수도 있을 것이다. 읽는 이 각자가 자기의 관심 분야에 대입해서 사고의 폭을 넓혀보는 기회를 가질 수 있다면 정말 기쁠 것이다.

# 일본 웹소설 시장, 변혁의 출발선에 서다

## 한국 독자에게 보내는 주의 사항

일본에서는 사업자가 광고로 수익을 얻고 독자와 작가는 무료로 이용할 수 있는 소설 플랫폼이 압도적으로 유력한 상태다. 한국의 카카오페이지나 중국의 치덴중원왕起点中文網처럼 유료 판매 모델의 성공 사례는 전무하다. 이 책의 독자는 "그것이 왜 충격이지?"라는 의문을 가질지도 모르겠다. 하지만 디지털화가 뒤쳐진 일본 출판 산업에서는 그 정도만으로도 충분히 충격이었다. 사실 나는 일본의 소설 업계를 뒤덮었던 이 '충격'을, 보다 우수한 비즈니스 모델을 채용하고 있는 한국 독자에게 소개하는 것이 어떤 의미가 있을지, 회의적이었다. 하지만 웹소설 등장 이후 소설 업계, 콘텐츠 업계가 어떤 식으로 변했는지 이해하기 쉽게 분석한 서적이 한국에는 사실상 없다는 이야기를 들었다(일본에도 이 책 외에는 딱히 유사한 서적이 없다). 그렇다면 독자가 한·일간의 차이점을 의식하면서, 한국의 경우는 어떠했는지 좀 더 깊은 사고를 할 수 있는 계기가 될 수 있을 것 같다.

## 이 책 간행 후 일본 웹소설의 동향

좋은 일인지 나쁜 일인지 모르겠지만, 이 책 간행 후 일본 웹소설 업계에 커다란 변화가 일어나진 않았다. 어째서 변화가 일어나지 않았을까? 바꿔 말해 "어째서 일본에서는 유료 웹소설 서비스가 시작되지 못했는가?"에 관해 다음 사례를 통해 생각해보고자 한다.

### 전부 다 불발로 끝난 일본 내 '챗 픽션' 스타트 업 서비스

미국에서는 메신저 앱과 비슷한 UI^user interface를 채용한 Hooked 나 Yarn 등 챗 픽션^Chat Fiction 서비스[1]가 유행하고 있다. 또한 이것과 흡사한 앱이 중국 등에서도 인기를 끌고 있다. 일본에서도 2017년경에 taskey사의 peep, DMM의 DMM Teller 등이 출시되었으나, 2018년 현재 앱 다운로드 수는 많아봐야 200만 정도에 그치고 있다. 즉, 폭발적인 인기를 끌고 있지는 못하다.

1년이나 2년 만에 판단을 내리기엔 너무 이를지도 모른다. 하지만 2014년 이후 일본에서 차례차례 등장한 DeNA의 망가박스와 LINE(당시 기준. 현재는 LINE Digital Frontier가 운영 중)의 LINE 망가 등의 만화 앱이 1년도 채 되기 전에 수백만 다운로드를 달성해 만화 업계에서 주목받는 존재가 되었던 것을 생각해보면 현격한 차이다. 일본에서는 소설 시장 규모가 만화 시장의 3분의 1 정도밖에 안 된다는 점(2017년 기준 만화가 약 4,330억 엔[약 4조 3천억 원], 소설은 1,500억 엔[약 1조 5천억 원] 전후라고 추정)을 감안하더라도, 영향력이 너무 약하다. 그러면 어째서 성공을 못하는 것일까?

① 독자 획득 실패 이유 1 - 프로모션 부족

DMM Teller가 막 출시되던 시기에 TV광고를 대량으로 방영하여 200만 다운로드를 달성했던 것을 제외하면, peep 등 다른 서비스는 충분한 프로모션 비용을 들이지 않았고, 그 결과 유저 모으기에 실패하고 말았다. 인터넷 광고나 TV 등 매스 미디어를 쓴 광고, 뉴스 매체 등에 금전을 지불하고서 받는 PR기사(홍보용 기사) 등이 너무 적어서, 출시 초기 잠재 고객층에게 거의 인지되지 못했던 것이다.

② 독자 획득 실패 이유 2 - 작품수 부족, 유명 작가 부족

투고 사이트에는 "히트작이 나오지 않기 때문에 독자도 늘지 않고 작가도 늘지 않는다. 독자와 작가가 늘지 않기 때문에 히트작이 나오지 않는다"라는, 닭이 먼저인지 달걀이 먼저인지 하는 관계가 존재한다. 압도적 인지도를 자랑하는 '소설가가 되자' 등과 비교할 수밖에 없는 후속 플랫폼은, 이 딜레마를 돌파하기 위해 자

금을 투입하려면 유명한 작가를 다수 끌어들여야 할 필요가 있다. 하지만 일본의 모든 챗 픽션 서비스 플랫폼은 이 부분에 자금을 들이지 않고 있고, 그 결과 유명 작가나 작품이 너무 적으며, 결국 독자도 늘지 않고 있다.

③ 작가 및 작품 획득 실패

작가에게 금전적 메리트를 제시하거나, 프로 작가 데뷔 및 단행본 출간, 영상화 등과 같은 '출구'를 준비해주지 못했기 때문에 아무도 참여하지 않았다. 프로 작가가 바라는 것은 '많이 버는 것'과 '자기 작품이 널리 읽히고 칭찬을 받는 것'이다. 아마추어 작가라면 이 두 가지에 '작품이 출판사에서 출간되는 것', 즉 프로 작가로 데뷔하는 것이 추가된다. 대부분의 챗 픽션은 과금 기능이나 작가에게 지불하는 보수가 충분하지 못하고, "여기에서 인기를 얻으면 영상화될 수 있다"는 식의 꿈도 꿀 수 없다. 그래서 대부분의 프로 작가가 참가하지 않는다. 또한 "투고한 작품이 인기를 얻으면 출판사에서 책을 낼 수 있다", "신인상에서 입상하면 책을 낼 수 있다"는 식의 보상이 사실상 거의 이루어지지 않는다. 그러므로 아마추어 작가도 참가하지 않는다.

즉 이 서비스가 "챗 픽션이라서 실패했다"는 것은 아니다. 일본에서 '소설가가 되자', 에브리스타, 알파폴리스, 가쿠요무 이외의 소설 투고 사이트가 실패하는 이유는 어디나 마찬가지다. 챗 픽션의 사업자는 고단샤나 쇼가쿠칸, KADOKAWA 등의 출판사가 아니라 신흥 IT벤처 기업인 경우가 대부분이다. 하지만 '시리즈A' 투자를 받을 수 있을지 없을지 하는 수준의 IT벤처 기업에는 사업 성공에 필요한 자금이나 유명 작가와의 연줄이 미비하기 때문에, 작가나 작품의 획득이 제대로 진행되지 않는다.

**어째서 일본에서는 유료 구독 모델의 웹소설 플랫폼이 유행하지 않는가?**

그렇다면 저명한 작가나 작품을 잔뜩 거느리고 있는 '출판사 측'에서 직접 챗 픽션을 만들면 되지 않을까? 아니, 애초에 일본에서는 왜 유료 구독 모델을 채택하는 웹소설 플랫폼이 없을까? 이런 의문이 들 것이다. 이유는, 그런 사업을 만들 수 있는 인재가 없기 때문이다.

KADOKAWA를 포함하여 일본의 출판사에는 경영이나 컴퓨터공학의 석사, 박사 학위의 인재가 거의 없다. 일본에서는 대학을 졸업하고 학사인 상태에서 각 회사에 취직하는 사람이 대부분이다. 석사나 박사를 딴 다음에 취직하는 사람, 혹은 근무를 하면서 석사나 박사 학위를 받는 사람의 수는 선진국 중 최저 수준이다. 일본의 출판사 직원 거의 대부분은 '현장에서 얻은, 그 업계 자체의 지식'만을 갖고 있다. 출판 비즈니스에 어떠한 특징이 있는지 객관적으로 파악할 수 있는 요즘 대두되는 테크놀로지가 자신들의 사업에 어떤 식으로 활용될 수 있는지 생각할 수 있는 사람이,

심지어 톱 매니지먼트층에도 없다는 말이다.

종이책 중심의 출판 비즈니스에서 디지털을 중심으로 하는 사업으로 이행한다는 것이 경영적 시점에선 어떤 것을 의미하고, 무엇을 해야 하는지 생각할 수 있는 사람이 없다. '현장의 지식' 수준 역시 '새롭게 종이 잡지를 창간했다'는 경험은 있으나 '기존 비즈니스 모델과 전혀 다른 사업을 시도했다'는 경험을 가진 사람은, 현장은 물론 임원에 이르기까지 거의 존재하지 않는다. 따라서 '새로운 책 레이블을 만든다', '새로운 잡지를 만든다'는 수준을 넘어선 '스마트폰 시대에 맞춘 신규 콘텐츠 비즈니스'를 기획하려 해도, 그 비즈니스 플랜이 적절한지 어떤지를 판단할 수 있는 사람이 없는 것이다.

즉 일본의 출판업계에 경영과 IT를 제대로 이해하고 있는 인재는 없다. 경영과 IT를 이해하고 있는 신흥 벤처기업에는 일본의 소설 시장 및 소설을 원작이나 IP(지적 재산)로 하는 콘텐츠 시장에서 성공하기 위해 무엇이 필요한지 누적된 지식이 없다. 또한 '소설가가 되자'와 같은 기성 웹소설 사업자의 경우 현재의 비즈니스 모델이 잘 돌아가고 있기 때문에, 유저가 떠나가지 않는 한 특별히 다른 분야에 손을 대려는 생각은 없다. 이것이 찬스가 있음에도 불구하고 일본에서 유료 웹소설 플랫폼이 아직 보급되지 못하고 있는 이유다.

하지만 2018년 봄에는, 모 한국 기업이 일본에서 서비스를 시작할 것이란 소문이 있었고, 필자 역시 중국의 웹소설 사업자에게 "일본 시장에 관해 알고 싶다"는 상담을 받고 있다. 설령 일본인이 바꾸지 않더라도, 장기적으로 일본의 웹소설 시장은 계속해서 변화할 것이다. 어쩌면 이 책의 독자인 당신이 그 변혁을 일으킬 당사자일지도 모른다.

# 차례

## 6장: 얼터너티브

## 7장: 자주 있는 의문·오해·비판에 답하다

# 1장

# 종이 잡지의 쇠퇴가
# 문예 세계에 초래한 지각 변동

# 마타요시 나오키의 『불꽃』 열풍과 웹소설 플랫폼의 융성은 표리일체다

때는 2015년. '개그맨 최초의 아쿠타가와상 수상'이라는 화제성 덕분에 마타요시 나오키의 『불꽃』이 240만 부를 돌파했다. 이 '마타요시 열풍'의 배후를 독해함으로써 현대 일본에서 '종이책 소설'이 어떤 상황에 놓여 있는지 그 한 단면을 파악할 수 있다. 언뜻 보기에 이 사건은 웹소설의 융성과는 전혀 상관없는 일처럼 느껴질 것이다. 하지만 실은 '표리表裏' 관계에 놓여 있다.

우선 이 주제를 가지고 일본 문예계의 구조적인 문제점을 짚어 나가도록 하겠다. 한 가지는 종이책 소설 잡지의 영향력이 사라졌다는 점. 또 한 가지는 출판사가 신인을 발굴하고 육성하는 능력과 체력이 쇠퇴했다는 점. 이 두 가지 이유로 인하여 웹소설 투고 플랫폼이 필요해진 것이다.

## 출판사는 스스로 새로운 저자를 발굴하고, 육성하고, 팔 수 있는 힘이 더 이상 없다

현재 일본의 출판사는 자체 미디어나 자금을 투입해서 작품의 기획(R&D)과 프로모션을 하기보다는 인터넷이나 TV에 의존하고 있다. 그 상징이 되는 사건이 바로 『불꽃』의 아쿠타가와상 수상이었던 것이다. 한편으로는 마타요시 나오키처럼 예능인으로서 지명도를 활용해서 단행본을 출판하는 작가가 있다. 또 한편으로는 몇몇 소설 잡지(특히나 순문학[1]을 게재하는 문예지)에서는 다음과 같은 일이 비일비재하게 일어나고 있다.

- 그 출판사의 신인상을 수상한 작가인데도, 잡지에만 실어줄 뿐 단행본을 내주지 않는다.
- 출판사에서 의뢰받아서 잡지에 연재했던 기획임에도, 연재 종료 후에 단행본으로 만들어주지 않는다.
- 신인상을 수상했는데도 다음 작품을 잡지에 실어주지 않는다. 단행본 기획도 통과시키지 않는다.

'종이 잡지에 연재한 다음 단행본으로 출간해서 수익을 낸다'는 수순을 밟기는커녕, 출간해도 어차피 안 팔릴 거라고 출판사 측에서 판단하여 단행본으로 만들어주지 않는다는 이야기다. 그렇다면 어째서 잡지에 싣는가? 잡지 매출이 안 늘어난다면 말이다.

그 이유는 나도 알 수가 없다. 이해가 되지 않는 사태다. 그냥 틀에 박혀 반복적으로 발행하고 있을 뿐인 잡지에서, 그저 페이지를 메우기 위해서 벌어지는 상황인지도 모르겠다.

그렇다면 소설이 아닌 만화 쪽으로 눈을 돌려보면 어떨까. 만화 잡지는 작가에게서 단행본으로 만들어지게 될 원고를 받아내는 매체다. 따라서 잡지가 팔리지 않더라도 어쩔 수가 없다(단행본을 통해 회수할 수밖에 없다). 그런 사실은 이젠 널리 알려져 있다. 과거에는 단행본(코믹스)보다 잡지가 더 돈을 벌던 시절도 있긴 있었지만, 머나먼 과거의 이야기가 되어버렸다. 일반 문예 역시 마찬가지 구조다. 최근에는 라이트노벨이나 시대소설, 경찰소설을 중심으로 '처음부터 잡지 게재 없이 새로 쓴 문고판'이 늘어나고 있다. 하지만 본래는 종이 잡지에 연재했던 작품을 단행본화하고, 몇 년쯤 지난 다음에 문고화한다는 것이 일종의 '법칙'과도 같이 일반적인 흐름이었다.

지금에 와서 사실상 출판사의 편집자나 영업자는 다음과 같은 판단을 빈번하게 내리고 있다.

○ 갓 나온 신인, 그다지 팔릴 것 같은 느낌도 없는 사람이 쓴 것은 잡지에만 싣고 단행본으로 만들어주지 않아도 된다.

○ 자사에서 신인상을 줬다고 하더라도, 잡지에 실어주지 않아도 상관없다.

○ 과거에 책이 팔린 실적이 있는 작가 이외에는 기획을 통과시킬 필요가 없다.

이것이 일본 출판계에서 종이 소설을 둘러싸고 벌어지는 상황인 것이다. 일본의 출판사는 위험을 짊어지지 않는다. '신인의 가능성에 투자한다'거나 '그 기상을 높이 산다'는 식의 행동은 더 이상 하지 않고 있다. 무조건 '분위기를 본 다음에(수치를 보거나 결과를 본 다음에) 판단할 뿐이다. 그렇게 해서 딱 한 번 실패한 사람(첫번째 책이 팔리지 않은 작가 등)에겐 더 이상 기회를 주지 않는다. 실패 원인을 분석하여 재도전하게 하는 일은 없다. 가망 없다는 판단만큼은 매우 적극적으로 내리는 체질이 되었다는 뜻이다.

특히나 순문학 단행본에선 과거에 잘 팔린 실적이 없으면 초판 2천 부, 3천 부는 흔한 일이다.[2] 엔터테인먼트 소설이더라도 단행본은 초판 3천~5천 부, 문고판도 초판 부수가 1만 이하인 경우가 드물지 않다. 주요 라이트노벨 레이블에서는 기본 부수가 이보다는 약간 더 높다. 그렇지만 과거와 비교할 때 조금씩 더 떨어지고 있는 상황이다.

여기에서 말하고 싶은 것은, 그럼에도 불구하고 '단행본조차 만들어지지 않는' 기획도 존재한다는 사실이다. 이 현상에는 '잡지 영향력의 저하'라는 점이 매우 크게 관련 있다.


**월간 순 방문자 최대 1만인 매체에 홍보력이 있을 턱이 없다**

순문학만이 아니라 소설 잡지의 요즘 실 판매 부수는 대개 수천

부에서 많아봤자 1만 부 정도다. 1990년대에는 수만 부를 찍던 매체도 있었다. 그보다 더 거슬러 올라가면 수십만 부를 뽑아내던 시절도 있었다. 하지만 이제는 잡지 단독으로는 적자일 수밖에 없다 (대부분의 소설 잡지가 연간 억 엔 단위의 적자를 낳고 있다).

인터넷 미디어로 바꿔 생각해보라. 순 방문자unique user; UU가 월간 1만 정도로 상한선이 제한되어 있는 사이트가 미디어로서 확산력이 있다고 할 수 있을까? 그럴 턱이 없다. 유료 미디어라서 월정액 1천 엔(약 1만 원)이고 회원 수가 수천 명 정도라면야 온라인의 팬클럽 비즈니스로서 성립할 수 있는 경우는 존재한다. 하지만 그런 매체가 게재된 콘텐츠를 세상에 널리 알리는, 인지시키는 매체일 수는 없지 않은가. 지금 종이 잡지에는 실려 있는 작품을 프로모션할 수 있는 힘이 없다. 그렇기 때문에 잡지에 실린 원고나 신인상을 통해 데뷔시킨 작가의 원고를 단행본으로 만들어줄 수가 없는 것이다. 출판사가 자체적으로 갖고 있는 미디어에, 홍보를 통해서 세상에 널리 알리고 작품을 팔 수 있는 힘이 이젠 존재하지 않는다는 말이다.

## 소설 신인상의 유명무실

잡지만이 아니다. 소설 신인상도 대부분 힘을 잃고 그 존재가 유명무실하다. 소설 신인상은 한 번 시행하는 것만으로도 낮게 잡아 수백만 엔(수천만 원), 보통은 1천만 엔(약 1억 원) 단위의 비용이 든다. 그런 반면 타율은 낮다. 데뷔 첫 번째 작품부터 대히트하는 작가는 거의 찾아볼 수 없다. 육성하기 위해서는 더더욱 비용이 든다는 말이다. 작가의 육성에는 시간이 든다. 싹이 제대로 나지 않는 경우도 있다. 그렇기 때문에 요즘 와서는 그런 낮은 효율에 기대를 걸지 않게 되었다. 빠르게 수익을 창출할 수 있도록, 이미 실력이 확인된 작가에게만 의뢰가 집중된다. 적지 않은 수의 편집자 및 영업·판매 담당자는 히트 작가, 업계 내의 평가가 높거나 고정 팬이 있는 작가의 작품이나, 혹은 과거에 히트한 작품을 재발매하는 일에 적극적이다. 반면 아주 초짜 신인이나 지금까지 없었던 유형의 작품을 통과시키는 데는 지극히 소극적이다.

이래서야 무슨 이유로 신인상을 주는 것인지 알 수가 없다. 『신주쿠 상어』로 유명한 오사와 아리마사<sup>大沢在昌</sup>[3]는 데뷔한 후 11년간, 28권의 소설이 전부 다 초판에서 멈췄다고 한다. 요즘 출판계라면 그런 작가의 책을 내겠다는 기개는 없다. 출판사의 부수 결정 회의에서는 오직 중개업체<sup>取次</sup>[4]나 서점의 POS(포스) 데이터만이 중요하다. 따라서 과거 실적이 참담한 작가는 그냥 처음부터 거절당한다. 아니면 필명을 바꾸어 다시 데뷔하라고 추천하는 경우도 있다.

물론 출판사로서도 상품력을 확인할 수 없는 기획을 통과시켜 줄 이유는 없다. 장사를 하는 것이니 당연한 이야기다. 나는 팔리지 않는 작가의 책도 다 내주라는 말을 하려는 것은 아니다. 다만 그들이 하고 있는 행위는 다음과 같이 인정하는 것이나 다름없다.

○ 우리 신인상, 우리 잡지에는 광고 효과가 없습니다(그러니까 게재하더라도 아무한테도 알려지지 않고, 따라서 단행본으로 만들어봤자 안 팔릴 겁니다).

○ 작가는 육성하지 않습니다. 홍보도 작가 본인이 직접 해주십시오. 팔릴 만한 예상이 서는 수치를 갖고 있는 분의 책만 내겠습니다.

○ 우리한테는 책을 만드는 기능밖에 없습니다. 팔 능력은 갖고 있지 않습니다.

정말 그것만으로 상관없는가? 상을 주면서도 책은 안 만들어준다. 잡지에 실으면서도 책은 안 만들어준다. 애당초 상을 준 작가의 원고를 잡지에 실어주지도 않는다. 이것은 뻔뻔스러운 행위다. 하지만 이런 행위를 마치 당연하게 할 만큼, 기성의 문예는 궁지에 몰려 있다.

## '종이책'과 '전자책' 두 가지 중 선택해야 한다는 출판사의 어리석음

일본의 기성 출판사들은 잡지가 계속해서 추락하고 있을 때 대체 무엇을 하고 있었는가? 어떤 생각을 하고 있었는가? 우선 한 가지는, 종이에 대한 고집이었다. 즉 전자책이나 인터넷이 그렇게 중요한 세력이 될 리가 없다고 생각했다. 곧 "역시 종이가 좋다"는 식의 반응이었다. 그런 식으로 다가오는 위기를 경시하고, 페티시즘

Fetishism. 물신 숭배, 도착-역자에 젖어 있던 사람은 적은 수가 아니었다. 하지만 인류 역사상, 테크놀로지의 발달에 아나크로니즘anachronism. 시대착오, 시대에 뒤떨어진 사상이나 양식-역자이 승리한 적은 사실상 단 한 번도 없다고 해도 과언이 아니다. 러다이트 운동은 성공했던가? 수기手記 원고와 워드프로세서의 싸움에서 승리한 것은 어느 쪽인가? 사람은 사용이나 접근성이 더 편리하고 쉬운 쪽으로 흘러가기 마련이다. 시간당 체험의 밀도가 높은 디바이스device를 선택한다. 그러한 오락으로 흘러가게 된다. 종이책, 종이 소설이 아무리 좋더라도 그건 별개의 이야기다. 만드는 이, 판매하는 이가 그것을 고집하고 있어서야 어떻게 되겠는가? 전자계산기가 등장했음에도 불구하고 주판에 집착하던 장인들처럼, 시대에 뒤떨어지게 될 뿐이다. 일본의 소비자 대부분, 책을 읽는 사람들은 마음이 쉽게 바뀌는 '미하ミーハー5'스러운 존재다. 그리고 '미하'스러운 사용자를 잡아두지 못하면 히트할 수 없다.

물론, 종이 이외에서 가능성을 발견했던 출판사 사람들도 있었다. 2010년대 초반에 그 대부분은 '전자책'에 눈을 돌렸다. 2010년에 아이패드iPad가 발매되면서 그 당시 벌써 여러 번 이야기되어 왔던 '전자책 원년'이란 말이 나왔다. 2015년에는 전자책 시장이 1,000억 엔(약 1조 원) 이상으로 성장했다. 그 중 대부분은 만화책이었다. 그리고 아직도 더 성장할 수 있을 것이라고 추측하고 있다.6

다시 한번 말하겠다. 어째서인지 일본의 출판계에서는 '전자책'

### [그림1] 거짓된 양자택일

'전자책이 종이책을 멸망시킬 것인가' 혹은 '공존할 수 있을 것인가'라는 시선이 2010년대 초반의 일본 출판계에서는 널리 퍼져 있었다. 하지만 그런 논의 안에서, 잡지 미디어에 대한 대체 수단으로서의 인터넷이란 존재는 완전히 무시되고 있었다.

에만 주목해왔다. '유료의 종이책과 전자책을 어떻게 팔 것인가?'에 대한 이야기는 자주 나오고 있었다. 하지만 거기엔 기본 무료인 '인터넷 미디어'(웹서비스)를 어떻게 엮어갈 것인가 하는 방향의 논의는 거의 없었다(그림1).

2014, 2015년에는 '소설가가 되자'에서 서적화된 작품이 무시하기 힘들 만큼의 매출 규모를 달성했다. 일설로는 2014년 시점에 100억 엔(약 1천억 원)을 훨씬 넘는 시장이 되었다고도 하고, 더더욱 성장할 것이라는 기대가 많은 상황이다. 또한 코미코comico나 망가박스, LINE망가 등의 웹만화 앱이 수백만~1천만 다운로드를

기록하였고, 코믹스 판매에도 크게 기여하고 있음이 확인되었다. 그렇게 되자 드디어 일본 출판사도, 인터넷상의 콘텐츠 플랫폼이 얼마나 중요한지를 인식하게 된 것이다.

한 5년은 늦었다. 이런 뒤늦은 인식은 일본의 출판사가 '기본 무료'인 미디어를 운영해본 경험이 없다는 데 유래한다. 아무리 프로모션 목적일지라도 출판사는 돈을 받고 팔아야 한다는 생각을 갖기 마련이다. 그 전형적인 사례가 단행본으로 만들기 위한 연재 원고를 싣는 목적으로 존재하는, 종이로 된 소설 잡지와 만화 잡지다. 그리고 1990년대부터 2000년대에 걸쳐 대부분의 일본 출판사에 인터넷이란 '프로모션용 매체'에 불과했다. 인터넷을 담당하는 부서에 '편집자'는 존재하지 않았고, 담당자는 홍보 담당 부서의 인원뿐이거나 경우에 따라서는 아예 외주에 맡겨놓고 있었다. 인터넷 사이트 자체가 수익을 낳는 콘텐츠를 키우고, 유통시키는 장소임을 받아들이지 않고 있었던 것이다. 기껏해야 '종이에 싣기 어려운 2군 작가에게 주어진 자리'(일본의 대형 메이저 출판사 만화 편집자들에게 자주 보이던 사고방식)라는 위치에 불과했다.

2013, 2014년 이후로 상황이 바뀌었지만, 그 전까지 일본 출판사에 전자책이나 인터넷 부서는 사실상 '좌천'될 때 가는 부서였다. 젊고 활력 있는 에이스급 인재가 아니라, 뭔가 실수를 했거나 '쓸모없는' 초짜, 혹은 현장을 떠난 지 오래되어 정년퇴직을 기다릴 뿐인 연장자들이 주로 배속되는 부문이었다. 수익을 올릴 것이

라고는 진지하게 기대 받지 못했고, 타 출판사의 동향을 보면서 적당히 '일단 우리도 뭔가 시도는 하고 있자'는 정도였다. 그렇게 가볍게 여겨온 결과가 이제 드디어 닥쳐오고 있는 것이다.

종이 잡지의 추락이라는 다운트렌드(downtrend. 경기의 하강 추세-역자), 인터넷의 존재감이 늘어나고 있다는 업트렌드. 이 두 가지를 볼 때, 인터넷으로 이행(혹은 병행)했어야만 했다. 하지만 그렇게 하지 않았다.

## 일본 출판사가 잃어버린 기획력과 프로모션 기능은 누가 맡는가?

이리하여 과거 잡지 미디어나 신인상이 맡고 있던 작가·작품의 발굴과 육성 기능을, 일본 출판계는 스스로 운영하는 것이 아닌 TV와 인터넷 미디어에 아웃소싱할 수밖에 없게 되었다. 그리고 TV를 통한 작가의 발굴 및 작품 홍보의 성공 사례로 마타요시 나오키가 있는 것이다.

○ 연예인, 유명인의 책을 만든다.

○ TV프로그램을 책으로 만든다.

○ TV에 출연하는 문화인의 책을 낸다.

○ 영상화되는 작품이나 작가는 홍보 예산의 대부분을 들여서 전력으로 판다.

이런 일에 수많은 편집자와 영업자가 매달리고 있다. 매스(대중) 대상의 매체로서 TV는 여전히 거대하다.

그럼 인터넷은 어떨까. 서두에서도 밝혔듯이, 일본 소설계에서 유일하게 분위기가 좋다고 할 수 있는 장르는 인터넷 소설 투고·열람 플랫폼인 '소설가가 되자', E★에브리스타, Arcadia 등에서 인기를 얻은 작품을 서적화한 작품이다. 소설 잡지가 하향세를 보이고 일부 출판인이 '전자책'으로 꿈을 꾸는 와중에 웹소설 플랫폼이 대두한 것이다. '소설가가 되자'를 운영하는 히나프로젝트[7]도 E★에브리스타를 운영하는 에브리스타도 종이책 출판사가 아니다. 그리고 출판사가 운영하는 웹소설 투고 플랫폼, 혹은 웹에서 소설을 읽을 수 있는 미디어 중에 '소설가가 되자'나 E★에브리스타 수준의 성공을 거둔 매체는 하나도 없다(다만 장르를 한정시켜서 보자면 성공 사례는 존재한다. 구체적으로는 이 책 중반 이후에서 소개·해설하도록 하겠다).

출판사는 스스로 비용을 들여서 투고 플랫폼을 육성하는 길을 선택하지 않았다. 다만 거기에도 커다란 이점은 있었다. 우선 출판사에 유리한 점은, '소설가가 되자'나 E★에브리스타에 투고된 작품을 서적화할 때 인세는 지불하지만 원고료는 지불하지 않아도 된다. 자체 잡지에 원고를 의뢰할 때는 작가에게 지불하는 원고료가 발생한다. 그밖에도 인쇄비 및 기타 비용이 무겁게 덮쳐온다. 남이 운영하는 인터넷 미디어에서 콘텐츠만 가져올 수 있다면, 적은 비용으로 단행본을 만들 수 있는 원고가 생기는 셈이다.

또한 인터넷에서 이미 인기를 얻은 작품은, 그 조회 수나 좋아요 수가 가시화可視化되어 있다. 즉 인터넷에서 찾아낸 원고는 출간 전부터 수치가 보인다는 뜻이다. 부수를 결정할 때 참고할 수 있는 숫자가 있는 것이다. 또 이미 인터넷에서 인기가 있다는 말은, 기획으로서 힘을 갖추고 있다는 가설도 세울 수 있다(물론 현재는 이미 '인터넷에선 수치가 보인다'는 수준의 다음 단계로 돌입하고 있는데, 이에 관해서는 차차 논하도록 하겠다).

종이책 기획을 만들 때는 참고가 되는 수치로서 중개업체나 몇몇 서점의 POS 데이터를 사용한다. 과거에 출간했던 유사한 책의 실제 판매 수도 확인할 수 있다. 이것들은 물론, 과거에 책을 냈던 사람이 얻었던 수치나 유사한 작품이 있을 때만 존재하는 숫자다. 종이책 문예 시장이 축소되고 있는 작금에 "수치에 근거하여 판단하라"고 상사나 경영진으로부터 지시받는다면 어떻게 할까? 여러분은 이미 잘 알 것이다. 공무원적인 '전례 답습주의'가 빠르게 심화될 수밖에 없다.

히트할 수 있을지 없을지 알 수 없는 안건을 가지고 "위험을 안게 되지만, 이 건은 진행합시다"라고 말할 만용을 가진 직원은 갈수록 줄어들 뿐 늘어날 리가 없다. 참고할 만한 수치가 있고, 히트할 수 있을 것 같은 과거의 실적이 큰 기획만이 통과된다. 하지만 과거에 유사한 사례가 없는 기획, 과거에 실패한 유형의 기획, 과거에 출간했던 책이 팔리지 않은 저자의 책은 내놓지 않는다. 그러므로 TV·인터넷에서 인기를 끌거나, 과거에 나온 비슷한 책 중에 잘 팔린 것이 있거나, 과거에 히트했던 작가가 중용된다(그림2).

겨우 20년 전까지만 해도 존재했던, '자체 잡지 미디어를 통해 인기에 불을 붙인다', '저자를 육성한다'는 발상은 더 이상 찾아볼 수 없다. 출판사의 '타력본원他力本願[8]화가 진행되고 있다는 말이다. 이 흐름은 뒤집을 수 없다.

TV나 인터넷에서 유명한 사람의 책은 낸다. 하지만 '책을 냄으로써 지금은 무명인 이 사람을 지명도가 있는 존재로 만들어주겠다'는 기개나 자부심은 사라지고 없다. 아무도 시도하지 않은 새로운 기획이 기성 출판사에서 만들어지고 육성되는 일은 이제 없는 것이다(다만 시장 규모가 매우 크고, 전자책도 포함하면 꼭 축소 중이라고는 말할 수 없는 만화의 세계만큼은 아직 가능성이 있다고 본다). 특히나 계속 축소되고 있는 문예 부문에선 완전히 무리라고밖에 할 수 없다.

지금 팔리고 있는 책과 비슷하거나, 인터넷과 TV를 통해서 동향을 확인할 수 있는 것만이 책으로 만들어진다. 그 밖의 루트를 통해서 간신히 책으로 만들어진 작품일지라도, 인터넷과 TV에서 강력하게 밀지 못하면 옛날만큼 매출을 끌어올리기 어렵다. 출판사가 자체적으로 갖고 있는 잡지 미디어를 통해 홍보해서 매출을 높이고 육성한다는, 과거엔 유효했던 방식의 효과가 떨어졌기 때

### [그림2] 2015년 현재 일본에서 소셜 비즈니스의 승리 방정식

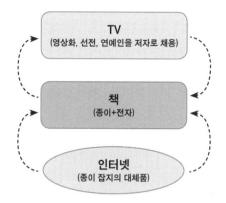

인터넷이 종이 잡지를 대신하여 작가·작품의 인큐베이션(육성) 기능을 담당하고, 거기에서 인기를 끈 작품이 종이책으로 만들어진다. 그리고 그때 잘나가는 작품이 영상화된다. 또한 작품의 프로모션도 마찬가지로, 추락해버린 종이 잡지를 대신하여 완전히 TV와 인터넷이 떠맡고 있다.

문이다.

다만, 이것들은 전부 '종이 단행본', '종이 잡지'에 구애받지 않으면 해결되는 것 아닐까? 구애받을 필요가 있는가? 인터넷에서 재미있는 것이 나오고 있다면, 그럼 그냥 그거로 충분하고 아무 문제 없는 것 아니냐는 반응이 나올 수밖에 없다.

그렇다. 그래도 아무런 문제도 없다는 것을 이 책에서 보이도록 하겠다. 낡은 세력이 볼 땐 위기겠지만, 새로운 세력들이 볼 땐 '기회'인 것이다. 아니, 낡은 세력도 이미 기능을 잃어버린 종래의 방식을 버리고 신인 발굴과 육성을 모두 포기하고 새로운 세력과 손을 잡으면 연명할 수는 있을 것이다. 웹소설 저자 중 상당수는 여전히 종이 단행본을 출판하는 것에 대한 동경심이 있고, 팬도 종이 책 출판을 기뻐해준다. 출판사가 그 부분을 이용하지 않을 이유는 없다.

다음 장에서는 종이 잡지 미디어를 대체하는 웹소설 플랫폼들을 소개하겠다. '소설가가 되자'와 E★에브리스타의 개요와, 거기에서 나온 작품을 서적화한 대표적 출판사의 사례다. 또한 이 책에서는 인터넷 플랫폼 및 플랫폼 비즈니스 전반의 일반적 법칙에 관해서는 다루지 않는다. 그에 관해서는 오바라 가즈히로[尾原和啓]의 『더 플랫폼』, 이데이 노부유키[出井伸之] 편저 『가도카와 인터넷 강좌=진화하는 플랫폼』, 가와카미 신이치로[川上愼市郎]·야마구치 요시히로[山口義宏]의 『플랫폼 브랜딩』 등 훌륭한 해설서가 있으니 그쪽을 참조해주기 바란다.

# 2장

[개론]
# 웹소설 투고 플랫폼과
# 그 서적화

# '소설가가 되자'

웹소설 투고·열람 플랫폼인 '소설가가 되자'는 월간 10억 PV<sup>page view</sup> 이상, 순방문자 수<sup>unique user</sup> 400만 명 이상을 자랑하는 경이적인 사이트이다(그림3). 작가로 등록한 사람은 68만 명을 넘어섰고 투고 작품 수도 36만 이상이다. 사용자의 남녀 비율은 6 대 4.

'소설가가 되자'에 필적할 만한 영향력을 가진 종이로 된 소설 잡지는 현재 일본에 존재하지 않는다. 아니, 일본의 문예 역사상 하나도 없다고 해도 과언이 아니다.

그런 '소설가가 되자'를 운영하는 것은 교토京都에서 생긴 주식회사 히나프로젝트다. 대표를 맡고 있는 우메자키 유스케梅崎祐輔가 학생이던 2004년에 서비스를 개시했고, 2009년에 대대적인 리뉴얼을 거쳐 2010년에 법인화되었다. 인기에 불이 붙은 것은 2011년, 이 사이트에 게재되고 있던 사토 쓰토무佐島勤의 『마법과魔

**[그림3] '소설가가 되자' 메인 화면**

사이트 주소: http://syosetu.com/

法科 고교의 열등생』이란 작품이 아스키미디어웍스[1] 출판사의 전격
문고電擊文庫[2]에서 간행되면서부터다. 이 히트로 인해 '소설가가 되
자'에 게재된 작품의 서적화 움직임이 가속화되었다. 주로 4·6판
이나 B6판 소프트커버로, 라이트노벨 문고를 통해 간행되고 있는
이 장르가 노벨스와 문예의 하드커버 시장에서 매대를 빼앗으며
서점에서 존재감을 키운 것이다

　사용자층은 10대 대상 라이트노벨 독자나 작가 지망생과 겹치
지 않을까 싶었으나, 그렇지만은 않다. 작가로 등록된 사람들이 쓸
수 있는 일기 페이지를 보더라도 기성 라이트노벨에 관한 이야기

는 그다지 눈에 띄지 않는다. 이런 웹소설에 매력을 느끼는 작가나 독자 중에는 과거 라이트노벨을 읽었던 30대, 40대의 수가 적지 않다. 나이를 먹고 10대와는 감각이 많이 달라지면서 라이트노벨 매대로부터 멀어졌던 사람들. 그들이 '사실 이런 걸 읽고 싶었어'라는 마음으로 동세대를 위한 소설을 인터넷에서 쓰고, 그것이 서적화되어 문예 매대에 꽂히자 '이런 걸 원했어'라며 구매하는 사람이 의외로 많았던 것이다.

투고·열람 플랫폼을 만드는 일은 간단하지만 중요한 것은 운영 능력이다. 예를 들어 작품을 '자유롭게' 투고할 수 있더라도 2차 창작[3]을 필두로 하는 권리에 관한 문제, 외설 표현에 관한 법규 등은 무시할 수 없다. 그런 대응을 사용자와 신뢰 관계를 무너뜨리지 않으면서도 신속하게 해낼 필요가 있다. 물론 기본적인 투고·열람 기능이 얼마나 편리한지도 다른 서비스와 격차가 발생하는 요인이다. '소설가가 되자'는 개인 사이트나 게시판형 소설 투고 사이트보다 읽고 쓰기가 쉽고, 취향에 맞는 작품을 찾기 쉽도록 여러 번 업데이트를 거듭했기에 다른 선행 사이트보다 더 많은 이용자를 모을 수 있었다. 인터넷 서비스의 '제공 경험'을 얼마나 축적했느냐가 이 시장에서 가장 중요하기 때문에 '소설가가 되자' 측은 후발 참가 업체에 대한 위협을 느끼지 않는다고 말한다.

콘텐츠 비즈니스라고 하면 출판사 사람들은 작품을 유료로 판매하는 모델이라고만 생각하기 마련이다. 하지만 '소설가가 되자'

의 발상은 달랐다. 이 회사의 수익원은 대부분이 광고 수입이다. 사이트 사용자에게 과금할 생각은 없다고 공언한다. '소설가가 되자'는 스마트폰, 피처폰, PC 등에 전부 다 대응되어 있고, 모든 기능을 무료로 이용할 수 있다. 필자가 취재했을 때 대표 우메자키가 "영리를 우선하는 것이 아니라 반쯤은 자원봉사라고 생각하면서 일하고 있다"며 농담처럼 말했을 정도로 '소설가가 되자'는 철저히 사용자 지향으로 초지일관하고 있다.

이 회사는 어디까지나 인터넷 서비스를 전개하는 회사일 뿐 출판사가 될 생각은 없다. 또한 서적화에 관한 계약도 특정 출판사하고만 하는 것이 아니라, 의뢰를 해오는 거의 모든 출판사에 대하여 문호를 개방하고 있다. 현재는 가도카와(엔터브레인, 미디어팩토리, 후지미쇼보), 슈후노토모샤[4], 프론티어웍스[5], 후타바샤[6], 마이크로매거진샤[7] 등을 통해서 '소설가가 되자' 작품의 서적이 간행되고 있다.

## '소설가가 되자'의 콘텐츠를 서적화한 출판사 사례

한 예를 들자면 슈후노토모샤의 히어로문고는 2012년 창간 이래 한동안 중판률 100%를 자랑했다. 초년도에는 초판이 최저 3만 부, 간혹 6만 부로 스타트하는 작품까지 있었음에도 불구하고 말이다. 주요 독자층은 20대~30대 남성이고, 발매 후 1주일 동안의 소화율은 토라노아나[8], 애니메이트[9] 등 오타쿠 전문점에서는 90% 이상, 일반 서점에서도 70% 이상을 달성했다.

물론 이는 작품이 갖고 있던 힘만이 아니라 출판사의 힘도 있었기 때문에 가능했던 일이다. 이 회사는 과거 전격문고 초창기에 미디어웍스(현재는 아스키미디어웍스)와 제휴하고 있었기에 그 당시 배양할 수 있었던 영업 노하우를 투입할 수 있었던 점도 컸다. 예를 들어, 막 인기를 끌기 시작한 베스트셀러는 서점 측에서 발주를 하더라도 발주 수량만큼 입고되지 않는 일이 비일비재한데, 히어로문고 레이블에선 최대한 대응해주는 편이다. 그뿐만 아니라 특약점 제도를 도입하여 '지정 배본'[10](서점에서 주문한 분량을 출판사가 책임지고 배본해주는 제도. 반대로 말하자면, 통상적으로는 주문을 하더라도 꼭 그 수량만큼 배본하지는 않는다는 것이 일본 서적 유통의 현재 상황이다)에 대응하고 있다.

혹시 "인터넷에서 무료로 읽을 수 있는데, 어째서 돈을 내고 종이책을 살까?"라는 생각이 든다면 "어째서 무료로 볼 수 있고, 하드디스크에 녹화하거나 DVD로 간단히 녹화[11]하는 것도 어렵지 않은 TV애니메이션의 DVD나 블루레이[Blu-ray]를 사는 사람이 있을까?"를 생각해보면 될 것이다. 사람은 자기가 좋아하는 것에 대해 돈을 지불하는 것을 아끼지 않는다. 게다가 인터넷에서 읽는 것과 패키지 미디어로 만들어진 물건을 구매하는 것은 완전히 다른 종류의 체험이다. "무료인 인터넷이 있기 때문에 유료인 책은 망한다"는 식의 단순한 이야기가 아니다.

또 예를 들어, 2014년 5월 말에 'GC노벨즈'를 시동시킨 마이크로매거진샤는 창간 라인업으로 내놓은 『전생했더니 슬라임이었던 건』[12](대형 건설사에 근무하던 샐러리맨 주인공이 사고사한 다음 눈을 떴더니 판타지 세계에서 슬라임[13]이 되어 있었다는 이색적인 내용의 작품)이 간행 2개월 만에 3쇄 2만 5천 부를 찍으며 호조의 출발을 보인 것을 필두로, 다른 시리즈도 대부분 중판을 했다. GC노벨즈는 '주인공이 슬라임', '독자가 "주인공이 기분 나쁘다"고 평가'하는 식의 특이한 작품을 적극적으로 선택하여, 가도카와나 알파폴리스, 히어로문고보다 더 좁은 '니치niche' 시장을 노리는 레이블이다.

즉 『마법과』 서적화 이후 5년여 만에 '유명한 메이저 작품은 이 출판사', '니치 노선이라면 여기'라는 식으로 구분될 만큼 이미 줄을 지어 이 시장에 참가했다는 이야기다. 요즘 유명 작품은 대체로 출판사에서 오퍼가 들어가며, 투고 작품에 웬만큼 인기가 생기면 금방 '입도선매'가 되어버리는 상황이다. 오랫동안 '소설가가 되자'의 누적 순위('분기별'이나 '연간' 등으로 기간을 지정하지 않은, 전체 기간 동안의 순위)에서 부동의 1위를 기록하고 있던 리후진나마고노테理不尽な孫の手의 『무직 전생無職転生』[14]은, 지금은 미디어팩토리의 MF북스[15]에서 간행되고 있지만, 출간 전까지 저자에게 무려 11개 회사에서 서적화 오퍼가 있었다고 한다.

근래에는 각 사가 '소설가가 되자' 사이트에서 직접 진행하는 신인상·콘테스트 등도 만들어서 작품을 확보하거나, 또는 '소설가가 되자'에서 유명한 작가에게 새로운 신작을 쓰도록 하여 어떻게든 서적화 권리를 확보하고자 하는 것이 과제가 되고 있다. 더불어 유명 작품을 써낸 작가일지라도 다음 작품은 화제가 되지 않는 일도 비일비재하여, 캐릭터에는 팬이 붙지만 작가 이름을 보고 사는 '작가 구매'는 잘 일어나지 않는 장르라는 점도 작가와 출판사를 고민스럽게 만들고 있다.

참고로 서적화 움직임은 비단 남성 대상 소설에 국한된 것은 아니다. 웹소설 및 그 서적화에서는 여성 대상 작품도 활황세를 보이고 있다. 그 대표적인 출판사로는 알파폴리스가 있다. 이 회사는 아주 일찍부터 '소설가가 되자'나 소설 투고 플랫폼 게시판 Arcadia 등에 게재되어 있는 작품을 서적화한 선구자다. 또한 같은 이름의 알파폴리스라는 웹소설 투고, 작가·작품 등록 플랫폼도 운영하고 있다. 알파폴리스는『레인』이나『게이트』,『Re:Monster』 등을 비롯하여 남성 팬이 많은 작품도 다수 간행하고 있지만, 여성 대상으로도 판타지 레이블 레지나북스, 성인의 연애를 다루는 이터니티북스, 소위 'TL'(틴즈 러브, 여성 대상의 관능소설)이라 불리는 장르의 '노체' 등과 같은 레이블을 갖추고 있다.

또 2001년에 창간된 가도카와 빈즈문고[16]는 종이책 라이트노벨로『소년 음양사』[17],『채운국 이야기』[18],『마 시리즈』(『오늘부터 마왕』시리즈)[19] 등의 히트작을 내놓았지만 근래에는 ia라는 필명으로 인터넷에서 활동한 이토모리 다마키※森環[20] 등 '소설가가 되자'에 투고된 여성 대상 작품을 서적화하고 있다. 빈즈의 여성 대상 웹소설 독자는 20대 이상이라고 한다.

그밖에도 게임과 굿즈, 드라마CD[21]의 제작 및 BL[22] 소설 등을 다루는 프론티어웍스는, 매일매일의 생활에 활력을 주는 '읽는 알약'이란 컨셉으로 여성이 활약하는 여성 대상 판타지 레이블인 아리안로즈를 운영하고 있다(이 회사는 미디어팩토리와 공동 레이블로 남성 대상의 'MF북스'도 맡고 있다).

2000년대 라이트노벨 표지의 주류는 흰색 배경에 메인 캐릭터가 혼자 서 있거나 여성 대상 작품이라면 남녀 한 쌍만 있었다. 하지만 아리안로즈의 표지는 인물 수가 많은 편이고, 상황을 상상하기 쉬우며 슬쩍 보기만 해도 분위기를 느낄 수 있도록 한 점이 특징이다. 프론티어웍스가 만든 웹소설의 서적은 서점 매대에 놓이기만 하면 소화율이 높다고 한다. 창간하기 전에는 각 편집자들이 전국 서점을 직접 방문하여 상정 고객인 30대~40대 독자가 어떤 매대에서 뭘 사는지를 확인했고, 서점의 '문예' 코너 매대로 배본되도록 4·6판 소프트커버로 간행한다는 결정을 내린 바 있다. 창간 후 실적을 보아도 독자는 30대를 중심으로 30대 후반~40대까지가 많았고, 학생 대상 라이트노벨이나 만화책의 사용자층과는 겹치지 않았다. 또한 '여성 대상'이라고 하더라도 BL의 독자층과는 차이가 난다(BL의 사용자는 BL밖에 사지 않고, 라이트노벨이나 문예 쪽 단행본을 같이 묶음으로 사는 경우가 드물다). 웹소설을 서적화한 책은 남녀 모두에게 '라이트노벨'이 아니라 '일반 문예'를 대체하는 존재다. 즉 '일반 문예'의 독자층이 웹소설을 서적화한 책을 사고 있다는 이야기다.

2014년 이후 서점과 중개업체의 문예서 단행본 매출 베스트 순위를 보면 이미 반 이상이 웹소설을 서적화한 작품인 경우가 드물지 않다. '사람들이 소설에 바라고 있는 것'이라고 출판사 직원이나 기성 프로 작가, 문예비평가가 믿어왔던 내용이 실제 독자의 욕망과는 커다란 차이가 있었음을, 웹소설은 증명했다. 왜냐하면 웹소설 작가의 대부분은 프로가 선정하는 소설 신인상을 수상하지 않았기 때문이다.

후타바샤에선 '소설가가 되자' 서적화 레이블인 몬스터문고를 창간했을 때(이 레이블 이름은 경쟁 업체인 슈후노토모샤 히어로문고에 대항하기 위해 붙여졌다고 한다) "영상화를 해나가겠다"고 공언했다. 앞서 애니메이션화된 『로그 호라이즌』과 『마법과 고교의 열등생』의 뒤를 잇는 애니메이션화 작품은 착실히 늘어나고 있다. 그에 따라 더더욱 이 장르의 인지도가 상승하고 시장도 확대될 것임은 틀림없다. 전격문고나 스니커문고에서 발매된 라이트노벨, 『작안의 샤나』, 『스즈미야 하루히의 우울』, 『나는 친구가 적다』 등이 차례차례 애니메이션화되면서 2004년부터 2012년까지 시장확대로 이어졌다는 것을 고려하면, '소설가가 되자' 계열 작품의 세력 확대도 2010년대 내내 계속될 것이라고 여겨진다.

다음 장에서는 또 하나의 메이저인 E★에브리스타를 개괄해보도록 하겠다.

# E★에브리스타

주식회사 에브리스타는 디엔에이[DeNA][23]와 도코모[docomo][24]가 공동 출자해서 2010년 4월에 설립한 벤처 기업이다. 이 회사가 운영하는 소설과 만화의 열람·투고 플랫폼 E★에브리스타는 일간 순 방문자 수[unique user]가 1,000만 명이며, 매일 1만 명 이상의 사람이 작품을 투고하고 있다(그림4).

예를 들어 거기에서 만들어진 만화『니세코이 동맹』(원작 사카키 아오이, 작화 아야노)은 앱으로 출시되자 앱스토어 등에서 50만 다운로드 이상을 기록했다. 인기 작가의 신작이나 히트작의 코미컬라이즈가 월정액 210엔(약 2,100원)으로 무제한 독서가 가능한 유료 회원이 수익을 지탱하여, 설립 1년 반 만에 '월별'로는 흑자 전환을 달성했다. 또한 작품마다 개별적인 종량형 과금 모델을 도입하여 크리에이터가 작품을 판매하는 플랫폼으로서도 높은 수익

**[그림4] E★에브리스타 메인 화면**

사이트 주소 : http://estar.jp/

성을 지향할 수 있도록 목표를 내걸었다. 서비스 자체의 프로모션
으로 도코모가 운영하는 포털 사이트에 E★에브리스타로 연결되
는 배너를 걸었으며, 도코모샵(도코모의 휴대전화 대리점-역자) 점
포에서도 휴대전화 계약을 할 때 서비스를 이용해보라는 권유를
해왔다. E★에브리스타에 투고된 작품은 소셜 게임 플랫폼인 모
바게<sup>Mobage</sup>와 도코모가 운영하는 d크리에이터즈에서도 열람 가능
하다.

　사용자의 볼륨 존은 20대. 그 다음으로 10대와 30대가 비슷한
정도의 수라고 한다. 남녀 비율은 4.5 대 5.5 정도. 또한 과거의 '게
타이 소설(휴대전화 소설)'만큼 독자의 교외 거주 비율이 높지 않

고, 도시 사람도 그렇게까지 많지는 않다. 2ch(니찬네루)[25]나 니코니코동화의 사용자보다는 디지털에 능숙하지 않은, '라이트[light]한 일반인'이 전형적인 고객층인 셈이다. 여성은 연애물을, 남성은 약간 과격한 작품을 선호하는 경향이 있다.

　E★에브리스타의 인기 작품은 평소 소설을 읽지 않고, 하물며 써보려고 생각한 적도 없는 층에게도 도달한다. 후타바샤에서 간행된 『왕 게임』(카나자와 노부아키[金沢伸明])을 필두로 하여 여러 출판사가 서적화를 진행했고, 그 중에는 베스트셀러가 된 작품도 있다. 인기 작품의 독자가 "나도 쓸 수 있을까?"라는 생각에 창작자가 되고, 다음 인기 작품을 낳는 순환 구조가 완성되어 있다. 하지만 에브리스타도 히나프로젝트와 마찬가지로 종이책 출판사가 될 의향은 없다. 오히려 이 회사는 스마트폰용 소설이나 만화 등, 최종적인 결과물[output]이 종이를 전제로 하지 않는 디지털 콘텐츠에 힘을 쏟고 있다.

## 에브리스타 서적화 출판사의 움직임-대조적인 듯하면서 실은 공통점이 존재하는 후타바샤와 가도카와문고의 시도

에브리스타 작품을 서적화하는 출판사 중 하나로 후타바샤가 있다. 후타바샤의 미야자와 신[宮澤震]은 Yoshi[26]나 『연공[恋空]』[27]으로 대표되는 소위 '휴대전화 소설'[28]과 그 소설의 코미컬라이즈[29]를 진행해온 편집자였다.『연공』의 만화책은 전10권으로 400만 부를 돌파해 대히트작이 된 바 있다. 휴대전화 소설 붐이 수그러들기 시작할 무렵, "다른 좋은 작품이 없을까?" 하고 모색하던 중에 소설 투고 플랫폼 모바게타운에 실린 『왕 게임』[30]을 만난다. 어느 고등학교의 반 전원에게 '왕'으로부터 명령 문자가 도착한다. 따르지 않는 자는 차례차례 처참한 죽음을 맞이하고, 살아남은 자는 불안과 의심에 휩싸여 점점 궁지에 몰리게 된다는 내용의 서바이벌 호러 작품이다. 죽음의 공포에 휘말려든 고등학생들이 분출하는 추악한 감정과, 섬뜩할 만큼의 폭력을 그려, 독자에게 〈배틀 로얄〉[31]이나 『리얼 술래잡기』[32]와 자주 비교되곤 한다.

후타바샤에선 휴대전화 소설 대부분을 서적화할 때 인터넷에서 표시되는 것과 같은 식의 가로쓰기로 간행하고 있었다.[33] 하지만 『왕 게임』은 일반적인 세로쓰기로 만들었고, 서점에서도 일반 문예 쪽 매대에 배치될 수 있도록 형태를 갖추어 간행했다. 영업자와 상담하여 야마다 유스케山田悠介 옆자리에 꽂힐 수 있도록 전략을 세웠다. '평소 책을 읽지 않는 10대 남녀'를 타깃으로 삼는다는 전략이 적중하여 『왕 게임』은 단행본과 문고판, 코믹스(만화책)를 합쳐서 690만 부 이상까지 성장했고, 영화로도 제작되었다. 사이트를 통해서 작품을 알게 된 사람들이 서점과 편의점에서[34] 종이 소설과 만화책을 구입했고, 반대로 종이책을 산 사람이 그 뒷내용을 알고 싶어서 인터넷 사이트에 접속했다. 그런 선순환이 발생한 이 작품은 마이니치신문사가 실시한 '학교 독서 조사'에서도 중고생이 읽은 책 베스트 5에 몇 년 동안 계속 진입했다.

후타바샤에선 그 뒤에도 모바게타운의 흐름을 이은 웹소설 플랫폼 E★에브리스타의 인기 작품을 서적화 및 코미컬라이즈하고 있다. 『노예구』[35]는 만화판 제1권이 15만 부를 돌파했고, 그밖에도 『복수 교실』같이 『왕 게임』의 유행을 따르는 작품도 등장했다. 메인 독자층은 중고생 남녀. 꼭 인터넷에서 읽고 있던 층이 서적이나 만화를 구매하는 것은 아니라고 한다. 인터넷에서 읽을 수 있는 소설이지만, 아마존Amazon이나 라쿠텐 같은 온라인 서점에선 잘 안 팔린다는 점도 이 계열 작품의 특징이다. 즉 신용카드를 갖고 있지 않은 사람이 주요 독자층이라는 말이다. 오히려 편의점에서 더 많이 팔리고, 또 원작 소설보다 만화판이 더 많이 팔린다고 한다.

독서가 취미도 아니고, 오타쿠도 아닌 사람을 대상으로 한 소설은 야마다 유스케를 제외하면 그 수가 적다고 미야자와는 말한다. 야마다 유스케는 자비출판으로 시작해서 나타난 히트 작가인데, 대부분의 웹소설과 마찬가지로 문단에서 묵살당하고 있고 소설 팬들과 문예평론가에게는 한심하다는 취급을 받고 있다.[36] 웹소설의 서적화가 연이어 히트하고 있는 현상은, 야마다 유스케와 같은 이들이 인터넷으로 여러 명씩 발견되고 있다는 것을 의미한다. 그들은 제2, 제3의 야마다 유스케인 것이다. 그런 라이트light한 독자층을 대상으로 서적화할 작품을 고르는 기준은 "알기 쉽고, 자극적인 것"이라고 미야자와는 말한다. 어른 대상의 본격 미스터리 등의 분야에선 기존 종이책 작가를 당해낼 수 없다. 그렇기에 기존 작가가 절대 쓰지 않지만, 책을 읽지 않는 중고생은 달라붙을 것 같은 장르를 노린다.『왕 게임』의 저자 카나자와 노부아키를 취재했을 때 그는 "사람은 그로테스크한 게 신경 쓰여서라도 보게 되죠"라고 말했다.

참고로 카나자와는 이 작품을 집필하기 전에 거의 소설을 읽은 적이 없었다. 하지만 작품을 인터넷에 업로드하기 시작하자마자 바로 엄청난 반향이 있었고, 설정의 모순점에 대한 지적이 들어오면 연재를 거슬러 올라가 수정했다. "업로드하자마자 5분 만에 온다"는 독자의 감상과 의견을 밑바탕 삼아서 집필하는 작법을 익혔다고 한다. 즉 소설 투고·열람 플랫폼이란 초보 작가가 수많은 독자에게 지적받으면서 편집자가 없더라도 작가로서 단련될 수 있는 자리인 셈이다. 그렇게 해서 완성시킨『왕 게임』의 문체는 인터넷에 적합한 집필 기술이 구사되어 있다. 전개 속도가 빠르지 않으면 독자는 금방 질려 하기 때문에 임팩트를 중시하여 사건을 연속적으로 발생시키고, 문장은 최대한 압축해서 썼다. 짧은 문장이더라도 독자의 기억에 남을 만한 메시지를 담은 단어를 선택했고, 뒷내용이 궁금해지도록 '히키<sub>히키 ; 끌어당김, 뒤로 이어가는 내용</sub>'를 매 회 만들어서 독자를 매료시켰다. 하지만『왕 게임』을 서적화할 때는 종이책 독자가 추구하는 묘사의 밀도를 만족시킬 수 있도록 수정했다. 미디어에 따라 콘텐츠가 보이는 방식을 조정한 것도 인기를 끈 한 가지 원인일 것이다. 후타바샤는 E★에브리스타 외에도 '소설가가 되자' 계열 작품을 간행하는 몬스터문고와 코미코와 협업하는 코미코북스comico BOOKS 등 인터넷 콘텐츠의 서적화를 적극적으로 추진하고 있다. 이 장르에선 키 플레이어 중 하나라고 할 수 있다.

『왕 게임』과 대조적으로 보이는 작품으로는『사쿠라코 씨의 발밑에는 시체가 묻혀 있다』[37]가 있다. 2012년에 E★에브리스타 전자책 대상 미스터리 부문(가도카와쇼텐) 우수상을 수상한 이 작품(오타 시오리太田紫織)은, 가도카와문고에서 간행되어 시리즈 누계 100만 부를 돌파했다. 일러스트가 그려진 장정이지만 독자 대부분은 40대 여성, 그 다음으로 20대 남성이라고 한다. 역시 라이트노벨 장르와는 거의 같이 읽히지 않는다.

웹소설에선 판타지와 호러, 연애물이 주류다. 서적화된 작품을 살펴보아도 미스터리 작품의 히트는 드문 편이다. 이 작품은 사실 원래 E★에브리스타에선 큰 인기를 끌지 못했다. 인터넷에서 인기를 끈 작품을 종이책으로 내는 것이 웹소설 서적화의 기본이지만, 이 작품은 달랐다.『비블리아 고서당의 사건 수첩』[38]이나『커피점 탈레랑의 사건 수첩』[39]이 히트하자 가도카와쇼텐(현재는 'KADOKAWA')에서는 2011년 '캐릭터 문예'라는 부서를 발족시켰다. 이 편집부에서 '성인 독자 대상이지만 캐릭터가 강화된 시리즈물 소설'을 찾고 있었는데, E★에브리스타와 협력한 신인상에서 『사쿠라코 씨…』를 만나게 되어 간행이 결정된 것이다. 다만 가도카와쇼텐의 심사에서 인터넷상의 인기는 불문에 부쳐졌다. 오직 가도카와문고의 라인업에 들어갔을 때 오랫동안 지지를 받을 수 있겠는지를 중시했다.

E★에브리스타의 인기 투고자 대다수는 스마트폰으로 열람하는 사용자를 위해서 한 페이지당 글자 수를 400~500자 정도로 하고, 적은 분량이더라도 아주 빈번하게 갱신하는 스타일을 취하고 있다. 하지만 『사쿠라코 씨…』는 정반대였다. 해외 미스터리의 영향을 받은 문체는 다른 스마트폰 소설보다도 묘사의 밀도가 높았고, 어느 정도 분량을 쓴 다음 단숨에 투고하곤 했다. 또한 저자는 독자의 반응도 기본적으로 보지 않았고, 피드백하는 일도 많지는 않았다. "에브리스타라는 공간보다는 상을 더 의식했습니다"라고 저자는 말했다. 웹소설가라기보다 종래의 작가에 더 가까운 작풍과 태도였고, 그것이 가도카와문고라는 레이블과 잘 맞았던 것이리라.

가도카와의 캐릭터 문예 부문은 자사의 여타 소설 신인상과 전자책 대상 어느 쪽에서든 "책으로서 매력을 갖출 수 있는 작품을 찾아내면 선택한다"는 입장인 듯하다. 그러면 굳이 인터넷상에서 플랫폼 업체와 협력하여 신인상을 개최하는 이점은 무엇일까? 오타 시오리는 그때 응모한 상이 처음으로 투고했던 소설 신인상이었고, 다른 신인상이었더라면 데뷔는 어려웠을 것이라고 말한다.

어쩌면 기존 소설 신인상에는 투고조차도 하지 않았을, 바꿔 말하면 발굴되지 못했을 가능성도 있다. 재능을 찾아내기 위한 입구는 많으면 많을수록 좋다는 뜻이다.

웹소설을 서적화하여 히트하는 책에는 두 종류가 있다. '웹에서도 인기 있고, 종이책도 잘 팔리는 작품'과, '(종이책에 가까운 밀도와 분위기로 쓰여 있기에) 웹에서는 인기가 없었지만 종이책으로는 인기를 끄는 작품'이다. 후자를 웹을 통해 발굴해낸 사례가 바로 『사쿠라코 씨…』였다는 말이다. 웹소설은 서적화될 때에 가필·수정되는 것이 일반적이다. '소설가가 되자'에서 나온 작품이든 E★에브리스타에서 나온 작품이든 그 점에선 마찬가지다. 웹 화면과 종이책은 딱 맞게 느껴지는 문장의 밀도가 다르다. 덧붙여 말하자면, 똑같은 종이책 소설이더라도 라이트노벨 레이블에서 출간될 때와 일반 문예로 출간될 때 독자가 작품에 기대하는 내용이 달라진다. 어떤 레이블에서, 어떤 장정으로, 어떤 사람을 대상으로 출간되어 서점의 어느 매대에 꽂히는가. 그런 최종적인 아웃풋의 이미지, 책이 유통되는 장소가 어디이고 거기에 오는 사람은 무엇을 원하는가 하는 부분까지 생각이 미친 편집자가 있었기 때문에 『사쿠라코 씨…』는 성공한 것이다. 출판사가 웹소설 플랫폼을 이용하여 신인상을 개최할 때는 웹소설 서적화에서 지금까지 자주 선택되었던 라이트노벨이나 휴대전화 소설의 문고 및 4·6판 소프트커버라는 형태가 아니라, 가도카와문고처럼 보수적인 클래식 레이블을 통해 간행될 것을(그 레이블의 독자에게 읽힐 것을) 전제로 하여 작품을 선택하는 방법도 있다.

인터넷상에서의 인기나 작풍은 매우 다르지만 『왕 게임』이나 『사쿠라코 씨…』도 출판사가 해야 할 일, 즉 '책으로 내서 판다'는 것을 철저히 지켰다는 점은 동일하다. 웹소설을 서적화할 때 편집자가 해야 할 역할은, 그저 인터넷에서 인기 있는 작품을 찾아 접촉하는 것이 아니다. 책으로 만들어 서점에 진열했을 때 팔릴 수 있는 작품을 찾아내고, 책에 적합하게 수정하는 일이다. 출판사는 '제로$^0$에서 재능을 발굴하는' 작업을 소설 투고 플랫폼에 아웃소싱하게 되었다. 하지만 원석을 찾아내어 서적이란 형태로 갈고 닦아 부가가치를 붙여 판매하는 일에 관해서는, 아직 더 해야 할 일이 있다. 웹소설 작가도 독자도, '상품'으로 종이책의 매력을 바라고 있다. 그렇다면 인터넷과 책이 역할을 분담하여 각자 최적화하면 좋은 것 아닐까.

여기까지 '소설가가 되자'와 E★에브리스타, 그리고 그 서적화를 둘러싼 상황은 대략적으로 설명된 것 같다. 다음으로는 '어째서 웹소설 플랫폼은 지지받고 있나?'에 관해, 작가가 느끼는 매력과 독자가 느끼는 매력을 각각 살펴보도록 하겠다.

# 3장

# 어째서 웹소설 플랫폼은
# 지지받고 있나?

# 어째서 웹소설 투고 플랫폼에는 어마어마한 수의 작가가 몰려드는가?

플랫폼 업체나 출판사가 있다고 해서 바로 소설이 만들어지는 것은 아니다. 훌륭한 작가가 나타나고, 육성되어 새로운 작품을 낳을 수 있는, 즉 작가가 '쓰고 싶다'고 생각할 수 있는 환경이 갖춰져야 한다. 작가 입장에서 볼 때 웹소설의 메이저 투고 플랫폼이 기존 소설 신인상보다 더 매력적인 이유를 들어보겠다.

## 길이가 무제한, 분량에 구애받지 않고 스토리를 전개할 수 있다

필자는 토노 마마레橙乃ままれ를 취재한 적이 있다. 2ch(니찬네루)에 투고했던 『마오유우 마왕용사』[1] 서적판이 누계 80만 부, '소설가가 되자'에 연재한 『로그 호라이즌』 서적판이 누계 100만 부, 두 작품 다 애니메이션으로도 만들어진 인기 작가다. 토노는 창작 경험

은 있었지만 소설 신인상에 응모한 적은 없었다. 『마왕용사』 서적판을 몇 권 정도 낼 때까지도 프로 작가가 되려고 생각해본 적이 없다고 한다. 하지만 인터넷에 작품을 투고하여 인기에 불이 붙은 것을 계기로 전업 작가로 활동하고 있다. 그는 『마왕용사』와 『로그 호라이즌』 둘 다, 전격문고를 필두로 한 기존 라이트노벨 신인상에선 통과되지 못했을 거라고 말했다. 그가 쓰고 싶었던 소설은 '10대 대상'으로 쓸 것을 요구하던 종래의 라이트노벨 포맷에서 벗어난 작풍이었기 때문이다. 또한 긴 스토리를 쓰고 싶었으며, 문고판 한 권으로 마무리가 지어지는 스토리는 쓸 수 없었다고도 말했다. 인터넷에 올리는 소설에는 길이 제한이 없다. 그러므로 소설 신인상의 규정에 맞출 수 없는 엄청나게 장대한 스토리를 선호하는 작가는, 인터넷에 빠져들 수밖에 없는 것이다.

서적 분량에 구애받지 않는다는 것은 작품의 길이만을 의미하는 것이 아니다. 예를 들어 기승전결에서 '승'만 계속해서 이어진다고 하더라도, 그게 매력적이기만 하다면 인터넷에선 허용된다. '책 한 권 분량으로 정리해서 구성해야 한다'는 압력이 없기 때문이다. 즉 클라이맥스에서 역산逆算하면서 쓰기는 힘들어하지만(스토리를 깔끔하게 정리하기는 힘들어하지만) '히키引き'를 계속해서 만들어내어 독자를 끌어들이는 식의 연재 형식에 더 적합한 작가도 빛을 볼 수 있게 된다.

## 작가와 독자가 가까운 거리에서 '요즘 유행'을 제재로 삼아 놀 수 있다

'소설가가 되자'에는 '이세계異世界 환생물'[2] 판타지만 유행한다고 야유하는 경우가 많다(대표적으로 드완고 대표이사 가와카미 노부오川上量生는 거의 모든 저서에서 '소설가가 되자' 계열 작품을 혹평하면서 지브리 작품을 치켜세우는 주장을 전개했다).

하지만 본래 장르소설의 즐거움이란 일종의 포맷(템플릿template)을 전제로 두고서 연속된 다양성을 맛보는 것이지 않은가. 예를 들어, 미스터리라면 트릭이나 밀실, 목이 없는 시체 등과 같은 가젯gadget을, SF라면 타임 패러독스나 제일 접촉, 특이점singularity[3] 등의 변주를 무수히 축적해왔다. 그런 장르소설의 경향이 웹소설에서도 일어나는 것뿐이다. 그것을 "비슷비슷한 것만 유행한다"고 딱 잘라 비판하는 것은 촌스러운 일이다. 엔터테인먼트를 즐기는 방법을 이해하지 못한 탓이다. 혹은 자기 취미나 기호에 맞지 않는 것을 거절하는 행위일 뿐이다(물론, 누구라도 호오는 있는 법이고 굳이 싫어하는 것을 볼 이유는 없다).

토노 마마레는 수많은 작가들이 '이세계 + ○○'물이란 변주를 무수히 만들어가는 와중에 그 패턴이 축적되고, 서로가 서로의 독자이기도 하기 때문에 작가끼리 실제 교류가 없는 경우에도 라이벌 의식이나 연대감이 자연스럽게 발생한다고도 말했다. 인터넷에서는 작가와 독자 사이의 거리가 가깝고 반응이 빠르다. 즉 작품을 통해 가깝고 빠른 커뮤니케이션 속에서 커뮤니티가 만들어지고,

그게 잘되면 성공한 작품은 공감을 모아 '우리의 작품'으로 받아들일 수 있다. 종이 소설 잡지에선 이미 없어져버린 독자와 작가 사이의 활력과 열기가, 웹소설에는 존재하고 있다. 그 역시 웹소설이 작가를 불러 모으는 이유 중 하나인 것이다.

## 태그와 순위를 통한 STP의 최적화 – 과신을 배제하는 정량화와 매칭 서비스

토노는 "내가 쓰고 싶은 내용은 중고생 대상 라이트노벨의 포맷에서 벗어나 있었다"고 말했는데, 그런 소위 '카테고리 에러'의 작품은 아무리 상업적인 가치가 있더라도 기성 소설 신인상에서는 뽑히지 않았다. 그 레이블이나 장르에서 상정하는 '독자가 좋아할 것 같지 않은 작품'은 버려질 수밖에 없었던 것이다. 완전히 다른 층의 독자에게 보이면 선택하는 사람이 있을지도 모른다는 생각이 드는 작품이더라도, 그 상의 심사에서는 어쩔 수가 없다. 순문학상에 라이트노벨을 보내봤자 소용없고, 요즘 라이트노벨상에 한참 예전 분위기의 라이트노벨이나 하드보일드 미스터리를 보내봤자 그것 역시 소용없는 법이다. 그런 비효율성이 존재한다.

소설에서도 자기 작품의 독자를 어떻게 상정할지를 정확하게 선택하는 마케팅이 필요하다. 하지만 현실적으로는 그렇게 하려는 작가가 별로 없다. 아니, 기술적으로 가능한 작가는 프로 중에도 많지 않다. 편집자 중에서 찾아보아도 상당수는 의심스러운 상황이다. 일반 문예 편집자 중에는 "일단 작가에게 완성된 원고를 받으면, 그때부터 어떤 독자층을 대상으로 패키징할지를 생각한다"는 경우가 적지 않다. 작품이 다 완성된 다음에 어떻게 팔지 고민한다는 방식이 통용되고 있다는 말이다. 이 방식의 문제점은 다음과 같다.

① 누굴 대상으로 하는 작품인지가 분명하지 않아서, 아무에게도 도달하지 못하는 작품이 되어버릴 우려가 있다

② 어느 특정 층에는 울림을 주는 작품임에도 불구하고, 판매 방식이 잘못되어서 전달되어야 할 층에 도달하지 못하고 어정쩡한 매출 결과로 끝날 가능성이 있다.

하지만 테크놀로지를 사용하면 적어도 ②의 리스크는 낮출 수 있다(①에 대해서는 어쩔 수 없다). 작품을 원하는 사람에게 전달하기 쉽게 만드는 시스템 중 하나가, 작가나 독자가 붙일 수 있는 '태그'라는 것이다.

'소설가가 되자'만이 아니라 대개의 인터넷 서비스에는 사용자가 태그를 붙임으로써 검색 효율을 높이고, 누구를 대상으로 한 어떤 작품인지 알기 쉽게 하는 시스템이 존재한다. '소설가가 되자'나 니코니코동화[4], pixiv(픽시브)[5]나 E★에브리스타, 쿡패드[6] 모두, 그 플랫폼 내에 유통되는 독자적인 용어를 사용자가 자발적으로 사용

하여(사례를 보고 싶은 사람은 니코니코대백과나 픽시브백과사전[7]을 확인해보기 바란다) 작품을 정리·분류·평가하고 발견하기 쉽게 만들었다. 기계학습이나 딥러닝 기술이 더 발전한다면, 미래에는 이런 추천 기능이 자동화되고 더욱 다듬어질 것이다.

태그와 검색 기능, 추천 기능이 충실해지면 작가 한 사람 한 사람에게 소위 STP를 실행할 능력이 없어도 상관없게 된다. STP란 무엇일까? 어떤 사람들이 사용자로 상정될 수 있는지를 분류하고 (세그멘테이션segmentation), 작품의 설정 타깃이 될 독자를 결정하고 (타기팅targeting), 그 사람들을 대상으로 기존 작품과 차별화하면서 어떤 위치에 놓일 수 있는 작품인지를 보이는(포지셔닝positioning) 과정을 가리킨다.

인터넷상에서 사용자가 직접 작품에 태그를 붙여 어떤 내용이고 누구를 대상으로 하는지를 분류해준다면, 혹은 알고리즘을 통해 자동적으로 실행된다면, 작가 본인에게 적절한 마케팅 능력이 없더라도 사용자가 발견할 가능성이 높아진다. 사용자는 태그나 장르 분류, 조회 수 순위를 보고서 읽을지 말지를 판단한다. 이 정보는 플랫폼 내에 계속해서 축적된다. 이미 대다수의 플랫폼에는 특정 작품이 어떤 속성(연령·성별·조회한 단말이 컴퓨터인지 스마트폰인지 등등)의 사용자가 얼마만큼 조회했는지를 작가에게 알려주는 시스템이 갖춰져 있다. 인터넷에선 카테고리 에러가 아날로그 세계(종이 소설 신인상)보다 적어질 수 있다. 도달해야 할 사람에게 도달할 수 있도록 효율화가 이루어져 있기 때문이다.

물론, 그렇다고는 해도 어떤 작품이 인기를 얻을지는 플랫폼마다 완전히 다르다. 소설 투고 플랫폼 중에도 '소설가가 되자'와 E★에브리스타는 유행이 서로 다르다(사용자의 모집단이 다르기 때문이다). 토노도 '소설가가 되자' 작가 중에는 자기와 나이가 비슷한 30대 후반에서 40대까지의 집단이 있고, 그렇다면 그 세대가 쓰거나 읽고 싶은 소설이 히트할 수도 있을 것이라 예상했다고 한다. 특정 플랫폼에는 특정 속성의 사람들이 모이기가 쉽다. 겉보기에 '공평하고 만인에게 오픈된 서비스'라고 할지라도, 실제로 정말 그렇게 되어 있는 사이트는 드물다. 하지만 어떤 플랫폼이라도 시스템과 원리상으로는 태그와 순위를 통해 누구에게나 최적화될 수 있도록 노력하고 있다.

알파폴리스는 출판사이기도 하고, 소설 투고 플랫폼도 갖고 있으면서, 동시에 이러한 태그(와 사용자의 연령·성별 등의 속성에 관한 정보)를 구사하여 인터넷상에 투고된 작품을 소개·추천하고 순위를 매기는 웹서비스를 운영하는 기업이기도 하다(그림5).

간단히 말하면 이것은 O-net과 같은 결혼 정보 서비스와 본질적으로 동일하다. 작품의 작가와 독자를 연결하는 매칭 기능을 제공하고 있다는 것이다. 한편에는 "이런 작품을 썼으니, 이런 내용을 좋아하는 사람들이 읽어줬으면 좋겠다"는 작가가 있다. 또 한편에는 "이런 내용을 읽고 싶다"는 독자가 있다. 그 양쪽을 이어주

**[그림5] 알파폴리스 메인 화면**

사이트 주소: http://www.alphapolis.co.jp/

기 위하여 태그와 데이터 해석을 사용하여 매치가 잘되도록 하는 것이다. 이런 교통 정리는 종이책에선 정확도가 떨어진다. 서평가가 쓰는 리뷰나 서점원이 POP[8]를 만들더라도 한계가 있다. 종이책 세계에서 추천 기능은 결혼상담소나 시골에 있는 '중매쟁이 할머니' 수준의 일밖에 할 수가 없다. 알파폴리스가 하는 일은 데이터드리븐data-driven[9]한, 정밀도가 높은 인터넷 속 만남의 장을 제공하는 것이다.

이 회사의 서적 간행물이 매출 면에서 실패율이 적은 이유는 무엇일까. 이런 인터넷 서비스를 운영하면서 얻은 "이 작품은 얼마나 인기가 있고 어떤 연령대의 어떤 사람에게 지지받고 있나"라는 정보를 잘 살리고 있기 때문이다. 시행착오를 축적하여 "종이책으로 내봤자 이런 유형의 책은 안 팔린다", "종이책으로 내려면 이런 수정이 필요하다"는 식의 실천적 지식을 바탕으로 책을 만들고 있기 때문이다.

알파폴리스가 만드는 여성 대상의 연애소설에서 판타지 계열은 레지나북스, 현실 세계를 무대로 하는 작품은 이터니티북스, TL은 노체로 각각 레이블이 구분되어 있다. 그에 덧붙여 성애 묘사 강도에 맞춰 표지 우측 상단의 로고 마크 색깔이 세 가지로 나뉘어 있다. 심지어 상정 독자 연령별로 표지의 느낌(일러스트의 그림체나 디자인)까지도 변화를 준다. 이미 인터넷에 게재된 시점에서 어떤 사람에게 지지받는 어떤 작품인지가 태그와 조회 수 순위를 통해 확실하게 드러나 있기 때문에, 서점 매대에서도 마찬가지 속성(연령·성별·취미와 기호·기분)의 독자를 대상으로 세세하게 구분 짓는 것이 가능하다는 뜻이다. 이런 매칭 기능을 갖춤으로써 웹소설의 투고 플랫폼은 작가 입장에서 "(독자들에게) 읽히기 쉬운", "반응을 얻기 쉬운" 장소로 비친다.

모처럼 쓴 글인데 아무도 읽지 않고 아무런 반응도 나오지 않는다면 쓸쓸하지 않을 수 없다. 하지만 웹소설 사이트는 "여기에 업로드하면 누군가가 읽어줄지도 모른다"는 희망을 작가에게 준다.

"종이 소설 신인상에 응모해도 받아들여지지 못할 작품이지만, 누군가가 읽어줄 수 있다"는 희망도 말이다.

## 소설을 '평가'하는 사람이 실제 독자라는 점

그뿐만이 아니다. 기존 소설 신인상의 문제점으로 심사위원과 독자의 가치관이 다르다는 점을 드는 경우도 많다. 그로 인해 "책을 출간했지만 안 팔렸다"는 일이 종종 있다. 출판사가 주최하는 소설 신인상에서는 자기 돈을 내고 사서 읽을지 말지를 판단하는 고객과 돈을 받아가며 평가해주는 높으신 심사위원 및 편집자의 판단 기준이 반드시 일치하지는 않는다. 보통 신인상의 심사위원은 '매출'을 가장 우선시하여 작품을 심사하진 않는다. 팔릴지 안 팔릴지보다도 그 레이블, 그 장르의 신인 작가로서 '평가'할 만한 수준이 되는지가 우선시된다. 그나마 편집자는 좀 입장이 다를지라도 심사위원 대다수는 그렇다. 설령 '팔릴지 안 팔릴지'를 판단 기준으로 삼는다 해도 실제 독자의 감각과는 어긋나 있을 가능성도 있다. 따라서 상당수의 소설 신인상 데뷔 작품이 히트할 확률은 높지 않다.

이것은 그런 식으로 데뷔한 작가 본인에게도 곤란한 상황이다. 왜냐하면 들어온 입구는 '권위를 통한 평가'(유명 작가에게 상을 받는다)였음에도 불구하고 데뷔한 이후로는 한결같이 '매출'(경제 원

리를 통한 시장에서의 평가)을 통하여 작가로서 가치가 심판되기 때
문이다(완전한 순문학을 제외하면 그렇다). 데뷔한 이후에는 권위를
통해서 칭찬받은 부분과는 전혀 다른 것을 요구받는다는 말이다.
불합리한 일이지만, 대부분의 소설 신인상은 이 문제를 방치해왔
다. 그럴 바에는 권위에 의한 평가를 없애는 편이, 데뷔하는 신인
에게는 행복한 셈이다(물론 인간은 권위화, 즉 '보증'을 받는 것을 추구
하는 생물이다. 그렇기에 '상'이란 구조가 성립한 것이고, 프로 작가에게
인정받는 것을 원하며, 유명한 출판사에서 책을 내는 것을 기뻐하는 작가
가 끊이지 않는 것이다. 바로 그렇기에 웹소설 전성기가 오더라도 기성
출판사에 기회가 있다). 잘 팔리기 위해 필요한 기술이 없는 상태로
상업 출판의 세계에 뛰어들면, 그 작가로선 고생할 수밖에 없다.

그에 반해 웹소설에서는 조회 수나 '좋아요' 수, 댓글 수 등을
통해 실제 독자의 동향을 볼 수 있다. 서적화될 때는 권위를 가진
사람이나 뛰어난 감정가의 평가만이 아니라, 인터넷 속 독자의 평
가도 가미되는 경우가 대부분이다. 예를 들어 알파폴리스에선 작
품의 서적화를 작가가 직접 신청하고, 사용자에게 일정 수의 포인
트를 얻으면 편집부가 검토해주는 제도를 도입했다. 이 역시도 독
자에게 지지를 얻은 작품을 선택하겠다는 시장 중심의 발상에 따
른 신인 채용 시스템인 셈이다. 우선 무료의 세계(인터넷)에서 순
위나 투표수란 이름의 기획 경연, 사용자에 대한 테스트 마케팅을
한다. 그리고 거기에서 "될 것 같나"는 판단이 선 작품만을 유료의

세계(종이책)로 보낸다. 이러한 웹소설 서적화의 구조와, 출판사 회의실에 몇몇이서 모여 상을 심사하거나 '감'에 따른 기획 회의에서 판단된 책을 비교하면, 앞쪽이 더 확실한 수치가 나오는 것은 자명하다. 작가 입장에서도 블랙박스로 감싼 심사보다 독자에게 받은 평가가 수치로 눈에 보이고, 어느 정도 인기가 생기면 서적화될 것 같은지 판단이 서는 편이 목표를 세우기도 쉽다.

서적화된 웹소설 인기작 중에는 기존 소설 신인상에 응모해도 수상하기 어렵겠다 싶은 작품이 적지 않다. 실제로 라이트노벨 신인상에 응모했는데 완전히 실패였다고 공언하는 웹소설 작가가 많다. 이것만 보더라도 출판 업계인이 내리는 작품 평가(=확신)를 믿을 수 없다는 점이 드러난다. 게다가 신인상 심사나 출판사의 편집 회의는 '집단지知성'이 아니라 오히려 '집단우愚성'이 되는 경우도 많다. 소설이든 음악이든 기호품이라면 사람마다 좋고 싫음이 명료하게 확 갈릴 만큼 개성이 강한 작품이 아니면, 결국은 아무에게도 꽂히지 못하기 마련이다. '그럭저럭 괜찮은' 것은 누구의 기억에도 남지 못한다. 엔터테인먼트 분야에선 누구는 "엄청나다!"고 하고 누구는 아주 질색을 하는 뾰족한 작품, '손님을 고르는' 작품에 가치가 있다. 예를 들어 2000년대의 라이트노벨은 '중고생 나이대의, 애니메이션 등과 같은 서브컬처를 좋아하는 남학생'에게 타깃을 맞추고, 그 외의 사람은 쳐다보지도 않을 내용으로 극단화한 결과, 그 특정 층에게는 열렬한 지지를 받는 장르로 발전했

다. 만인을 대상으로 한다고 자칭하는 '일반 문예'가 쇠퇴한 것과
는 대조적이다. 하지만 상의 심사나 편집회의에서 격렬한 찬반양
론이 일어나고, 어떤 사람은 강렬히 칭찬하고 어떤 사람은 침을 뱉
는 유형의 작품은 기피될 수밖에 없다. 감점 방식으로 따져가다 보
면 "뭐, 이게 무난하겠지"란 작품에 큰 상이 주어지고 그런 기획이
통과된다. 이것이 바로 '집단우성', 일본스러운 회의의 어리석음
愚이다. 뾰족한 부분은 다듬어버리고 미움 받지 않도록 하면서 아
무에게도 울려 퍼지지 못하는 것을 만드는 데에 공헌해온 셈이다.
어째서 인터넷 플랫폼의 순위나 포인트 시스템은 잘 기능하는데,
상의 심사나 회의는 제대로 기능하지 못하는가. 전자는 정량定量적
이고 후자는 대부분 정성定性적이기 때문이다. 싫다는 사람이 아무
리 많더라도, 좋아하는 사람의 '수'가 객관적으로 가시화되는 편
에 설득력이 있다. 회의에서는 종종 목소리가 큰 사람, 권위가 있
는 사람의 힘이 커지면서 판단에 쓸데없는 편견이 발생한다. 게다
가 회의 자리에서 분쟁이 발생하는 안건은 (적어도 일본에서는) 기
피하는 경우가 많다. 그러므로 찬반양론이 일어나고 '손님을 고르
는' 스타일의 뾰족한 작품은 떨어진다.

물론 '수치의 가시화'의 폐해로 "이 작품, 조회 수도 엄청 많으
니 출판하면 잘 팔리겠지"라는 식으로 단락적인 사고를 하는 레
이블이나 편집자도 나타나고 있다. 아무에게도 울려 퍼지지 못할
것 같은 패키징과 가필·수정이 가해지고, 그 결과 전혀 팔리지 않

는 경우도 발생한다. LINE[10]에서 실시한 소설 신인상 수상작을 고 단샤가 서적화한 LINE노벨이 전형적인 실패 사례였다. 누구를 대 상으로 한 것인지 전혀 알 수 없는 어정쩡한 라이트노벨풍 장정의 4·6판 소프트커버로 간행했고, 봐주기도 힘들 만큼 완전히 망해 버렸다. 인터넷에서 어떤 사람들이 읽고 있는지, 그것을 어떤 책으 로 만들어 어느 매대에 배본하면 누가 구매할 것인지, 책으로 팔기 위한 전략이 정합되지 못한 상품이 고객에게 도달할 리 없다.

웹소설을 서적화하는 출판사나 편집자 중에는 당장의 순위는 신경 쓰지 않고 자신의 사용자 감각과 레이블 색깔에 맞는 작품을 위주로 접촉하는 곳도 있다. 예를 들어 프론티어웍스의 여성 대상 레이블 아리안로즈가 그렇다. 애당초 '소설가가 되자'에선 여성 대상 작품이 순위 상위에 오르는 경우가 드물고, 또 그 적은 수의 순위 상위권 작품은 이미 대개 출판사의 오퍼를 받았기 때문이다. 프론티어웍스 편집자는 본인도 한 사람의 사용자로서 상당한 작 품을 읽은 상태에서, 철저히 독자와 같은 시선으로 접촉하고 있다.

인터넷에선 '수치가 보이기' 때문에 인기 있는 콘텐츠에 출판 사들이 쇄도하여 경쟁하게 된다. 따라서 당장 눈앞의 숫자에서는 보이지 않는 "이 작품은 앞으로 올라갈 거다", "이 작품은 서적화 를 하고 나면 커질 거다", "이 작품은 웹에선 인기가 있지만 종이 에선 팔리지 않을 거다"라는 식으로 꿰뚫어보는, 정성定性적인 '감 정鑑定' 기술이 앞으로 출판사 편집자에게 점점 필요할 것이다. 현재 웹소설 서적화를 둘러싼 상황은 이미 거기까지 진행되어 있다는 말이다.

이야기가 작가에 대한 내용에서 출판사 쪽으로 옮겨갔는데, 다시 돌아가보자. 물론 아무리 테크놀로지가 발달하더라도 완벽한 상, 완벽한 출판사, 완벽한 플랫폼은 존재할 수 없다. 다만 상대적으로 볼 때, 출판사의 상이나 잡지 미디어가 가진 결점 대부분을 인터넷의 투고·열람 플랫폼이 해소해냈다는 사실은 분명하다.

## 린 스타트업─가설 검증의 사이클을 고속으로 돌려 학습할 수 있다

또 한 가지, 작가에게 종이보다 인터넷이 더 나은 점을 들어보겠다. 2010년대 초반에 벤처 비즈니스 업계에서 화제가 된 수법 중에 '린 스타트업lean startup'[11]이란 것이 있다. 아이디어를 낸다 → 결과물을 구축한다 → 제품을 론칭한다 → 반응을 계측한다 → 데이터를 수집하여 분석한다 → 배운다 → 다음 번 아이디어에 반영한다…… 이런 피드백 사이클을 고속으로 돌린다는 뜻이다. 계획을 사전에 완벽하게 짜는 데에 시간을 들이는 것보다도, 일단은 프로토타입Prototype이나 베타(β)판을 만든다. 그리고 그 반응을 보고서 개선하고, 또 다시 반응을 보고 수정하는 과정을 계속해서 빙글빙글 돌리면서 다듬는 방식이다.

웹소설 플랫폼에선 소설도 이런 고속 가설을 검증할 수 있다.

예를 들어 소설 기획(플롯)에 A안, B안, C안, 세 가지가 있는데 어느 것이 좋을까? 그거야 해보지 않으면 알 수 없다. 이전에는 편집자와 작가가 감으로 결정해왔다. 하지만 지금이라면 세 가지 버전으로 서두 부분을 써서 인터넷에 올리면 된다. 아예 발표를 해버리면 각각 조회 수를 비롯한 독자 반응을 알 수 있다. 반응이 안 좋으면 설정을 바꾸어 다시 출시하는 일도 가능하다(이것은 린보다도 'A/B 테스트'라 불리는, 마찬가지로 인터넷에서 이용되는 마케팅 수법에 가깝다).

종이책 출판계에서 서두 부분만 세 가지 패턴을 만들어 독자에게 보여주고 어느 쪽이 더 인기를 얻는지 비교해보는 방법은 사실상 불가능했다. 집필 도중에 경과를 보여주면서 독자의 반응을 확인하는 일도 어렵다. 아니 물론 불가능한 것은 아니다. 다만 월간 소설 잡지에서 그런 시도를 한다면 시간이 너무 걸린다. 반응이 좋은지 나쁜지, 어느 부분이 인기를 얻고 어떤 내용까지 쓰면 독자가 빠져나가는가, 거기까지 알아내려면 엄청난 시간과 노력이 필요하다. 작품을 기획하여 집필하고 발표한 후, 반응을 보고서 다음에 어떻게 할지를 생각하기까지 걸리는 소요 시간이 너무나도 길다. 하지만 인터넷에서라면 금방 확인할 수 있다. 쓰면서 도중에 "아차, 이거 내용에 모순이 있네"라고 알아차린 부분이 있다면 거슬러 올라가서 수정할 수도 있다. 아무리 고쳐도 안 된다는 것을 알게 된 작품은, 도중에 중단하고 다른 작품으로 옮겨 타는 일도 간단하다. 종이책보다 작가가 타석에 설 수 있는 횟수가 많고 반응도 빠르다. 타석에 서서 나온 성적을 정량적으로 분석하는 도구도 갖춰져 있다. 그것이 바로 웹소설 플랫폼이라는 말이다. 집필 속도가 나름대로 빠르고 남들한테서 무슨 소릴 듣더라도 상관없으며 학습 의욕이 높은 사람이라면, 인기 작가로 급성장할 수 있는 환경이 갖춰져 있다. 이러한 점이 종이책 소설 미디어보다 인터넷이 작가를 끌어들이고 있는 것이다. 그러면 독자로서 느낄 수 있는 매력은 무엇일까? 계속해서 생각해보자.

# '스마트폰 퍼스트' 시대의
# 고객 행동과 그에 대응하는
# 웹소설 미디어

어째서 웹소설 미디어와 플랫폼에서 지속적으로 히트작이 탄생하는가? 포인트는 '지속적으로'란 부분이다. '붐'이라고 일컬어지는 것 대부분은, 사실 생각하는 것만큼 그렇게까지 잘 팔리지 않는다. 그저 그 장르에서 출시되는 작품 수가 많다(서점 매대에 놓이는 작품 수가 많다)는 것뿐인 경우가 비일비재하다. 과거 전기傳奇물 바이올런스[12]나 신본격新本格 미스터리[13], 혹은 작금의 경찰소설과 시대소설, 라이트노벨의 문고판 역시 마찬가지다. 하지만 웹소설의 서적화는 양상이 다르다. 소설의 단행본은 초판 2천~5천 부가 대부분인 작금의 일본 출판 시장 속에서 1만 부, 2만 부, 3만 부가 팔리는 작품이 수두룩하다. 바꿔 말하면 타율이 상대적으로 높다. 이것이 이 장르의 강점이고 여러 출판사가 경쟁적으로 뛰어든 이유였다. 물론 '유행을 타서 거품이 커지는' 측면도 있다. 하지만 그뿐만은 아니다. 잘 팔리는 '구조'가 있다는 것이다. 그 부분을 확인하기 위해서는, 소설의 독자를 둘러싼 환경 변화를 살펴보고 소설 투고 플랫폼이 사용자에게 주는 이점에 대해 이해할 필요가 있다.

## 스마트폰 안에서 처리할 수 있는, 수 초에서 십여 분 정도의 '짧게 끊어지는 소비'가 일반화된 시대

잠깐 여유 시간이 생기거나 틈이 날 때 바로 손에 드는 것은 이젠 책이나 잡지가 아니다. 스마트폰이다. 종이 잡지를 사는 사람, 들고 다니는 사람은 이젠 흔하지 않은 존재가 되었다. 신호등을 기다릴 때, 학교나 직장의 휴게 시간, 통근·통학 시간에 이르기까지, 틈이 나면 그 자투리 시간에 스마트폰을 통해 접할 수 있는 것을 사람들은 원하고 있다. 스마트폰 안에서 처리할 수 있는, 수 초에서 십여 분 정도의 '짧게 끊어지는 소비'가 일반화된 것이다.

'짧게 끊어지는 소비'에 관해서는, 다음 조건을 충족시키지 못하면 고객이 이탈하게 된다.

○ 그때마다 나름대로 자극을 만족시켜줄 것

○ 뒷내용이 신경 쓰일 만큼 호기심이 일어나는 것

동영상, SNS, 뉴스, 게임, 만화……, 그리고 웹소설도 그 선택지 안에 들어 있다. 종이책 소설은 들어가지 못하지만 웹소설은 들어 간다. 이 부분이 중요하다.

　잠깐 틈이 나서 짧게 끊어 보더라도 나름대로 휴식이 되고 흥분 을 얻을 수 있는 것. 이 말을 바꿔보면 어떤 것일까? 우선 줄거리 가 복잡한 이야기는 계속 기억하고 있을 수 없기 때문에 맞지 않 는다. 클라이맥스에 다다를 때까지 시간이 걸리는 작품도 안 된다. 작품 타이틀과 섬네일 그림, 5초 만에 읽을 수 있는 간단한 작품 설명 문장을 본 순간 '용도를 알 수 있는', 읽고 나면 어떤 기분이 될지를 즉시 알 수 있는 작품이 더 좋다는 말이다. 대부분의 작가 가 웹소설과 종이책 사이의 템포 차이, 독자의 기호 차이를 지적한 다. 예를 들어 다카라지마샤에서 출간된 『이 Web소설이 대단해!』 를 보자. 히로익 판타지Heroic fantasy 『레인』 등의 대표작을 가진 웹소 설 베테랑이자 종이책 라이트노벨도 다수 발표한 요시노 다쿠미吉 野匠는 이렇게 말한다.


　종이와 인터넷에서 소설을 쓰는 법에는 어떤 차이가 있는 지, 느끼는 부분이 있으신가요.

　요시노: 인터넷 쪽은, 독자가 중간에 질려 하지 않도록 신 경 써야 한다는 느낌이 있습니다. 웹소설은 드라마 〈24(트웬티 포)〉[14] 같은 패턴이어야 성공하기 쉬운 것 아닐까 싶은 거죠. 종 이책은 돈을 먼저 내고서 읽게 되니까, 문체가 미묘하게 다릅

니다. 일단 사고 나면 독자가 진중하게 읽어줄 것이란 전제가 있으니만큼, 좀 더 느긋한 템포여도 허용된다는 측면이 있습니다. 물론 쓰는 사람으로서는, 무슨 궁리를 얼마나 하더라도 독자가 정말로 재미있게 느껴줄지 어떨지는 알 수 없습니다. 하지만 쓰는 도중에 "재미있게 느끼고 있으려나?" 하고 항상 신경 쓰면, 아무래도 좀 다르지요.

의역해보자면 종이책은 웹소설과 비교할 때 템포가 느리다. 천천히 진행된다는 말에 가깝다. 자투리 시간에 읽기 쉽다고는 하기 어렵다. 즉 기존의 종이 소설을 전자책화하는 정도로는 이 문제가 해결되지 않는다. 자투리 시간에도 술술 읽을 수 있는 웹소설의 빠른 템포에 종이 소설은 대항하기 어렵다. 또 짧게 끊어보는 소비의 세계에선 단시간 안에 한 편의 사이클이 끝나는(한 작품이 끝나거나, 기승전결이 하나 끝나는) 쪽을 더 선호하기 마련이다. 또 잠깐 시간이 지난 다음에 다시 돌아왔을 때 바로 기억이 떠올라야 한다. 하지만 단시간 안에 완전히 다 만족해버리고 두 번 다시 봐주지 않으면 또 작가로서는 곤란하다. 그렇다면 독자에게 가장 적합한 형태는 어떤 것일까?

좀 허세가 있고 흥미를 끌 수 있는 깜짝 놀랄 만한 이벤트가 벌어진다. 거기에 등장인물의 격정이 일어나고 빠른 속도로 선택해야 하는 상황에 처한다. 그리고 결단하고 행동을 일으키면 그때!

이런 사이클이 단시간에 돌아가면서 반복되는 '히키'의 연속! 마치 주간 연재만화 같은 방식이 바람직한 작품 제공 방법론의 하나가 된다. 이러한 콘텐츠의 변화에 대해서는 나중에 다시 논하도록 하겠다.

## 독자는 소량이라도 좋으니 자주 갱신되길 원한다

리텐션<sup>retention : 유지, 지속</sup>이 안 되면 안 될수록 독자는 떨어져나간다. 리텐션이 잘되면 잘될수록 그 작품을 접하는 일이 습관화된다. 타성에 젖어서라도 접속하게 된다. 예를 들어 소셜 게임은 접속할 때마다 로그인 보너스를 받는 경우가 대부분이다. 또 2주일에 한 번 정도 새로운 이벤트가 시행되기 때문에 싫증이 나지 않도록 새로운 요소가 투입된다. 이런 방침은 작품을 계속해서 이용해달라는 목적으로 준비된 것이다. 웹소설에서는 사용자에게 로그인 보너스를 부여하거나 정기적으로 이벤트를 개최하는 등의 시책은 아직 일반적이지 않다(일부 만화 앱에선 소셜 게임 같이 어떤 행동을 하면 체력이 소비되고 시간이 지나야 회복된다는 모델을 채용한 경우도 있다). 그 대신 작가가 매우 빈번하게 정기적으로 업로드함으로써 '독자가 뒷내용을 읽고 싶어지게 한다', '리로드<sup>reload</sup>하게 만든다', '정보가 갱신되지 않았는지 체크하고 싶어지게 한다'는 것을 일상화한다. 빠른 갱신 자체가 가치인 셈이다.

그에 반해 종이책으로 출간되는 월간 소설지의 '한 달에 한 번'(혹은 격월간, 계간 등)이란 방식은 너무 늦다. 어째서 시대가 극적으로 변화하는 와중에도 이 페이스를 유지하는가? 발행하는 입장, 즉 출판사나 작가의 사정 때문에 그렇게 하고 있을 뿐이다. 고객에게 한 달에 한 번이어야 할 필연성이나 그에 따른 이득은 아무것도 없다. 월간 소설지의 비즈니스 모델은 이미 시대에 뒤쳐져 있다. 대조적으로 인터넷 서비스를 제공하는 회사가 운영하는 소설투고·열람 플랫폼은 스마트폰 퍼스트 시대에 소설의 모습을 제시하고 있고, 실적 면에서도 약진을 거듭하고 있다. 인터넷 연재소설을 전자 매체만이 아니라 종이로 서적화했을 때도 히트할 수 있는 작품을 낳는 미디어로 기능하도록 만드는 데에 성공한 것이다.

## 스마트폰 퍼스트 시대에는 사용자의 기호에 맞게 작품이 변화한다

이런 고객 행동의 변화를 통해 작품 제공의 형태는 어떻게 되어갈까? 한번 정리해보겠다.

### ① '주간 만화화'의 진행 - 짧은 간격의 '연재'가 주는 마력 + 독자와 가까운 거리

프랭크 로즈Frank Rose의 『빠져들게 만드는 기술: 누가 스토리를 조종하는가』(필름아트사)에서 인용해보겠다.

연재라는 형식은, 필연적으로 이야기의 형식 그 자체도 변화시켰다. 찰스 디킨스는 독자가 다음 호도 읽고 싶도록 만들고자 매월 연재 끝 부분을 '클리프행어'[15]처럼 만들어서 독자의 기대를 이어갔다. (중략) 더 중요한 것은 디킨스가 독자의 반응을 본 다음 즉흥적으로 스토리를 전개시켰다는 점이다. 스토리가 잘 진척되지 않을 때 디킨스는 독자 반응을 자세히 살펴보았다(일본어판 134~135페이지).

후세의 학자들은 디킨스 문학이 작가와 독자가 주고받은 관계가 없었다면 존재할 수 없었다고 생각한다. (중략) 하지만 디킨스 시절에는 연재소설이 널리 용인되지는 못했다. 문학 그 자체도 간신히 고귀한 상류 계급에게 받아들여지기 시작하던 때의 이야기인 것이다. 연재소설은 단적으로 말해 너무 속되었다. 우리 입장에선 디킨스는 이제 곧 사라질 위기에 처한 문화를 상징하는 문학적 거장이지만, 당시 상류 계급이 본 디킨스는 정체가 불분명한 새롭고도 무시무시한 존재의 상징이었을 따름이다(일본어판 136페이지).

1830년대 영국에선 연재소설이 유행했고, 찰스 디킨스는 그 형식을 이용해서 인기 소설가가 되었다. 지금도 외국 드라마나 〈주간 소년 점프〉 연재 작품은 '히키'를 계속해서 이어가면서 "이거 다음

엔 어떻게 되는 걸까?"라고 생각되는 부분에서 끊고 "다음 회에 계속!"이란 식으로 중독성을 높이는 수법을 사용한다. '디킨스 스타일의 복권과 주류화'가 스마트폰 퍼스트 시대가 되면서 진행되고 있다. 디킨스와 똑같은 행동을 E★에브리스타나 '소설가가 되자' 작가도 하고 있다는 말이다. E★에브리스타나 '소설가가 되자'의 인기 작품은 매일 또는 매주 업로드란 형식을 작가 스스로 선언하고, 정기적으로 뒷내용을 집필하면서 마찬가지로 '히키'를 보여주며 "다음 회에 계속"이란 패턴으로 이어간다. 게다가 독자가 감상이나 댓글을 다는 것도 가능하다. 작가가 본인 이름을 검색해서 작품 감상을 확인하는 일도 용이하다. 즉 작가는 빠르게 독자의 반응을 보면서, 그들의 예상을 좋은 의미에서 배신하는 전개를 짜내어 쓰는 것이다. 웹소설에는 작가와 독자 간의 직접적 커뮤니케이션이 만들어내는 긴장감이 있다. "다음 내용이 궁금해서 미칠 것 같다"는 굶주림을 발생시키는 '히키' 테크닉도 존재한다.

2016년 현재, 출판사가 운영하는 소설 사이트 대부분은 그냥 프로 작가가 쓴 원고를 싣고 있을 뿐이다. 더 심한 경우에는 스마트폰 대응도 제대로 되어 있지 않다. 열람하기도 불편하고 댓글을 통해 독자와 커뮤니케이션하는 회로 및 독자의 목소리가 작품이나 작가에게 직접적으로 피드백되는 시스템도 불충분한 경우가 많다. 이래서야 인터넷 서비스로 제대로 돌아갈 리가 없다. 웹소설 플랫폼은 작가에서 독자를 향한 일방통행 미디어가 아니다. 커뮤니케이션에 가치를 두고 있는 사실상의 SNS인 것이다.

## ② 끝없는 '운용형' 콘텐츠와 F2P 스타일이 선호된다.

또 이러한 상황에서는 스토리의 처음부터 끝까지, 발단부터 완결까지 패키징된 한 권의 완결된 책이란 형식을 벗어난 작품이 늘어나고 그것을 원하는 사람들이 많아진다. 이미 모바일게임이나 온라인게임에선 '끝이 없는' 작품이 있다. 한 편씩 떼어서 판매하는 '패키지형'으로 발매되는 것이 아니라는 말이다. 한번 출시한 다음에 지속적으로 업데이트하여 새로운 요소를 수시로 투입하는 '운용형' 콘텐츠가 당연한 상황이다. 소설과 만화에서도 끝없이 이어지는 대하 작품은 과거부터 쭉 있었다. 인터넷 연재가 주류가 된 지금은 더더욱 늘어나고 있다. '엔딩을 향해 가는 전체 스토리'가 아니라 '연재분을 열람할 때마다 그때그때의 단계를 더 즐긴다'는 감각은 소설 분야에서도 일반화되고 있다. 지금까지는 출판사의 사정에 맞춰 팔리기 쉽도록, 인쇄하기 쉽도록, 보급하기 쉽도록 200페이지 분량 정도를 '한 권 분량'으로 패키징하는 것이 일반적이었다. 그리고 그 사이즈에 맞춘 장편소설을 쓰기 위해 필요한 기술이 발달했다. 엔딩부터 역산해서 기승전결의 '전', 3막 구성의 3번째 막에 가장 클라이맥스가 될 내용이 오도록 복선을 깔고 플롯을 구성하는 기술이 축적되었다. 이것은 영화나 TV드라마와 같은 영상의 각본에서도 마찬가지였다. 러닝타임이 어느 정도 결정되어 있다는 전제하에 그 분량에 맞도록 아이디어를 부풀리거나 깎아내어 정리하는 극작 방식이 유용한 것이다.

하지만 짧은 분량을 빠르게 갱신하도록 요구받는 환경 속에서, 예를 들어 90분의 액션영화나 256페이지 한 권짜리 라이트노벨에서 필요했던 플롯 작법은, 제대로 기능한다고 말할 수 없다. 웹소설에서는 스토리의 사이즈를 작게 줄여서 마치 염주 알처럼 이어간다. 독자의 소비 행동이 변화함에 따라 작가에게 요구되는 능력, 적성도 변화하는 것이다. 또한 먼저 돈을 지불하도록 하는(읽기 전에 미리 돈을 먼저 내고서 작품을 사도록 하는) 모델인지, 공짜로 먼저 읽고 나서 마음에 들어 하는 사람에게 돈을 받는(무료로 조회한 다음 마음에 드는 작품은 추가로 콘텐츠를 산다는, 소위 F2P[Free to Play]/프리미엄[freemium]) 모델인지, 한번 팔면 그것으로 끝인지, 운용형인지 등에 따라 그 작품을 보여주는 방식도 달라진다. 허세를 담아 초반부에 독자를 꽉 붙들고, 짧은 분량일지라도 감정을 뒤흔드는 사건이나 상황을 만들어, "그 후엔 과연!?"이란 식의 '히키'를 계속 만들면서 끌어가는 테크닉이 '엔딩에서 역산해서 클라이맥스에서 감정의 최고조를 만드는' 작법보다 중요해진다.

소설은 '운용형 콘텐츠'로 이행한다. 그 운용형 콘텐츠에 종이책 서적화를 결합시킨 비즈니스가 작금의 웹소설 서적화의 본질인 것이다. 바꿔 말하면 'F2P 모델[16]+마켓인[market in][17] 서적화'다. 세상의 '오락'은 이미 게임 비즈니스에서 말하는 F2P 모델로 이행했다는 이야기다. 웹소설 서적화도 그 흐름 속에 있다. F2P란 처음엔 무료로 이용할 수 있는 서비스나 상품으로 손님을 모은 뒤, 그 안에서 마음에 들어 추가 서비스를 받기 원하는 사람은 돈을 지불하게 하는 방식이다. 스마트폰 게임이 그 전형적인 사례다. '소설가가 되자' 소설도 인터넷에선 무료로 읽을 수 있다. 하지만 가필·수정되어 패키지로 만든 종이책을 원하는 사람은 돈을 내라는 말이다.

다만 웹소설 서적화가 다른 F2P와 다른 점도 있다. 무료판을 보지 않은 사람이 서적판을 구매하는 비율이 80% 가까이나 된다는 것이다. 즉, 인터넷에서 읽고 서적판이 나오면 사는 사람이 20%, 서점 매대에서 처음 보고 책을 사는 사람이 80% 정도다(내가 〈신문화〉[18]에 연재했던 알파폴리스 사장 가지모토 유스케梶本雄介의 인터뷰를 참조할 것. http://www.shinbunka.co.jp/rensai/netnovel/netnovel01.htm). 그건 어째서일까? 무료의 세계(=인터넷)에서 인기가 있는 것은 유료의 세계(=종이책)로 옮기더라도 상품성이 있다. 처음 본 사람일지라도 끌어들이는 매력이 있기 때문이다. 인터넷 사용자의 집단지성이 작품을 부화시켜 종이책 세계에서 생존 확률을 높여준다. 이것은 애니메이션이나 게임을 노벨라이즈[19]하는 것과는 또 다르다. 노벨라이즈는 원작의 팬이 사는 것이지만, 웹소설 서적화에선 오리지널인 인터넷판을 모른 채(읽지 않은 채) 사는 경우가 적지 않기 때문이다.

웹소설 플랫폼의 '시스템'이 어떤 힘을 갖고 있는지 여기까지 개관해보았다. 테크놀로지의 발달, 모바일 미디어의 보급으로 사람들이 콘텐츠를 접하게 되는 경로는 변화하였고, 소비 스타일이나 요구하는 내용도 달라졌다. 거기에 대응한 것이 웹소설이다. 이 다음엔 '소설가가 되자'에서 인기를 끌고 있는 '이세계 환생물'과 E★에브리스타에서 인기를 끌고 있는 '데스 게임물'이 어째서 인터넷에서 히트하거나 유행하는지 생각해보겠다.

4장
___

# 작품 내용의
# 분석

# '소설가가 되자'
# 유행 작품의 내용 분석

2010년대에 파죽지세로 융성하고 있는 '소설가가 되자'의 이세계 판타지에는 어떤 것들이 있을까. 종래의 라이트노벨이 주로 10대~20대 대상이었던 것에 반해 '소설가가 되자' 서적화 단행본의 독자는 볼륨 존volume zone[1]이 30대이고 20대 후반에서 40대까지가 대부분이라고 한다. 그렇다면 과거 라이트노벨과 무엇이 다른 걸까? 혹은 하야카와쇼보早川書房[2]나 도쿄소겐샤東京創元社[3] 등에서 출간되는 정통파 판타지 소설과는 뭐가 다를까. 대략 특징을 살펴보자.

'소설가가 되자' 내에서의 유행은 매우 빠르게 바뀐다. "이세계 환생물 아니면 '난 강해--!' 장르뿐 아니냐"며 야유를 받는 경우도 많지만, 실제로는 그 변주나 세세한 유행 내용은 시시각각 변화하고 있다. 여기에 적은 내용은 매일 인터넷 세상에서 살고 있는 사람이 보기엔 '너무 늦고, 옛날 얘기'일지도 모르는, 대략적인 이야기라는 점을 명시해두겠다.

**게임 같은 판타지+환생·소환물―다른 삶을 '다시 살아보고 싶은' 소망**

'소설가가 되자'에서 인기 상위 작품, 서적화된 작품 대다수
의 장르는 판타지다. 그것도 RPG[4]스러운 설정의 중세풍 이세
계 판타지다. 게임 공간에 몰입할 수 있도록 가상현실을 장착한
MMORPG(온라인게임)[5]의 세계로 들어가는 내용도 많다. 다만 판
타지라고 해도 남성 대상 작품 중에는 '배틀'물을 중심에 놓은 작
품이 많다. 여성 대상 작품에는 로맨스가 많다. 배틀과 로맨스 수
요가 많다는 점은 거의 대부분의 장르에서도 다 마찬가지겠지만
'소설가가 되자'에서도 다르지 않다. 또 취직, 결혼, 복수, 이지메[6],
요리 등의 요소가 인기 있다.

주인공이 현대 일본에서 그 판타지 세계로 환생하거나 소환되
는('트립trip'하는) 패턴이 많다. 혹은 처음부터 이세계에서 살아가
는 인간이 인생을 '루프loop; 반복'한다는 내용이 많다. 34세 무직의 동
정남 니트[NEET7]가 트럭에 치여 사망한 뒤 이세계에서 환생하고(『무
직 전생無職転生』), 이세계에서 용사였는데 마왕으로 소환되고(『용사
이사기의 마왕담勇者イサギの魔王譚』), 마왕을 토벌한 줄 알았더니 2회 차
가 시작되고(『강해서 뉴 사가強くてニューサーガ』), 일개 병사가 죽은 줄
알았는데 마법의 지식을 가진 채 과거로 돌아가는(『평범한 병사는

과거를 꿈꾼다平兵士は過去を夢見る』) 등이다. "수정하고 싶었던 인생을, 다시 한번 이세계에서!"(『무직 전생』1권 띠지의 문구)와 같은 분위기다. 외모나 능력이 높은 스펙으로 바뀌어 환생한다. 지식이나 기술을 가진 채로 소위 '강하게 새로운 게임'을 한다. 이렇게 '유리한 조건으로 다시 한번, 인생을 살아본다'는 패턴이 많다. 스토리의 시작 시점에선 "어째서 난 치트 능력[8]을 갖고 환생하지 않았지?" 라고 하더라도, 얼마 안 있어 무언가 특수 능력이 밝혀지는 사례도 드물지 않다. 그렇게 하지 않으면 단순히 재미없는 스토리가 되어 엔터테인먼트로 이해하기 어려운 작품이 되어버리기 때문이다.

두 번째의 삶은 어떤 상태로 시작하는가. 예를 들어 전형적인 사례로 "난 강해--!"[9]나 현자賢者[10], 장인을 주인공으로 삼는 경우가 있다. 물론 그밖에도 변주는 무수히 존재하고, 그 미묘한 차이를 즐기도록 만들어져 있다. "난 강해--!"라면, 최강의 검사로 다시 태어나거나 특수한 능력이 부여된 용사로 소환되기도 한다. 현자나 장인, 요리사 유형은 이전 생生에서의 지식이나 기술을 이어받아, 신체적인 능력은 반드시 충분치 못하더라도 지혜나 기술을 써서 난국을 헤쳐 나가는 형태다.

웹소설에서도 종이책의 엔터테인먼트 소설이나 오락 영화와 마찬가지로, 아무런 활약을 할 수 없는, 아무 능력도 지식도 없는 사람이 주인공인 작품은 대부분 인기를 얻지 못한다. 『전생했더니 슬라임이었던 건転生したらスライムだった件』이란 작품이 히트했는데, 주

인공이 슬라임으로 환생(전생)했으나 결국은 수많은 몬스터가 주인이 된다. 『페어리테일 크로니클』처럼 주인공이 장인인 경우, 또이세계에서 요리사가 되는 작품도 있지만 그 모두가 역시 일종의 "난 강해--!"의 변주인 셈이다. 일종의 기술(스킬)이 매우 뛰어나다는 패턴이다.

'다시 태어나겠다'는 소망의 발로이니만큼 이런 작품에는 원래세계로 돌아가고 싶어 하는 주인공은 비교적 적은 편이다. 원래 세계로 돌아갈 가능성이 남아 있는 경우도 드물다. 여성 대상 작품 중에선 그래도 꽤 볼 수 있는 설정인데, 남성 대상 작품 중에선 『이세계가 게임이라는 사실은 나만이 알고 있다この世界がゲームだと俺だけが知っている』 등 소수에 불과하다.

## 마니악한 장르 SF, '소설가가 되자' 계열 판타지, 10대 대상 라이트노벨의 차이점

마니악한 SF나 판타지 작품과, 웹소설에서 인기 있는 판타지 작품은 어떻게 다를까. 혹은 젊은 층 대상의 라이트노벨과 웹소설(청년~중년 대상의 라이트노벨)은 어떻게 다를까. 이를 설명하기 위해서는, 약간 길어지겠지만 필자가 해온 조사와 그 분석 결과를 살펴볼 필요가 있다.

나는 2013년 7월부터 8월까지 도쿄 도에 있는 학원과 사립고등

학교, 사립대학교의 강사에게 협력을 얻어 중·고·대학생 269명에게 무기명 앙케트를 실시했다(중학생 65명, 고등학생 178명, 대학생 26명. 통계학적으로 엄밀한 조사·분석은 아니므로 어디까지나 참고로 보아주기 바란다). 그중에서 "당신이 가장 빠져 있는 작품의, 어떤 부분을 좋아합니까?"란 질문을 선택식으로 답변을 받았다. 선택지는 웃기다, 마음이 아련하다, 자극적이다, 무섭다, 귀엽다, 멋지다, 기분이 들뜬다, 열정적이다, 흉내 내고 싶어진다, 함께 즐길 수가 있다, 다른 친구들과 이야기할 때 화제가 된다, 컬렉션하거나 레벨을 높이는 게[11] 즐겁다, 마음이 따스해진다, 깜짝 놀란다, 수수께끼다, 지적이다, 개운치 않은 기분을 풀어준다, 밝은 느낌이다, 흑화한다[12], 야하다, 두근두근한다, 위험한 느낌이 든다, 눈물이 난다, 장대하다, 친근하다, '모에萌え'[13]를 느낀다, 기분이 진정된다, 다른 세계란 느낌이다, 기타 자유롭게 쓰시오, 이상이었다. 결과는 어땠을까? 베스트 10은 다음과 같다.

○ 웃기다 43%

○ 기분이 들뜬다 38%

○ 멋지다 32%

○ 귀엽다 26%

○ 밝은 느낌이다 19%

○ 눈물이 난다 / 열정적이다 18%

○ 함께 즐길 수가 있다 17%

○ 다른 친구들과 이야기할 때 화제가 된다 / 마음이 따스해진다 16%


　반대로 하위 항목, 즉 원하는 사람이 적었던 요소는 어땠을까. 이 앙케트에서 워스트 11은 다음과 같다.


○ 친근하다 4%

○ 지적이다 5%

○ 흑화한다 7%

○ 기분이 진정된다 / 컬렉션하거나 레벨을 높이는 게 즐겁다 / 장대하다 8%

○ 깜짝 놀란다 / 흉내내고 싶어진다 9%

○ 수수께끼에 차 있다 / 개운치 않은 기분을 풀어준다 / 야하다 10%

(참고로, 모집단의 남녀 비율이 4 대 6이어서, 5 대 5가 되도록 되돌려서 계산했다.)


　"좋아하는 작품의, 좋아하는 부분을 말해주십시오"라는 질문에 "웃기다", "기분이 들뜬다" 등 긍정적인 요소, "눈물이 난다", "열정적이다" 등 감정을 뒤흔드는 요소를 드는 사람이 전체적으로 많았던 것을 알 수 있다. "장대하다", "수수께끼에 차 있다", "지적이다", "흑화한다" 등의 요소는 비교적 적은 편이다. "친근하다"가 적은 이유는 사람들이 오락에서 원하는 것 중 하나가 '기분 풀기'나 '도피'이기 때문으로, 자기 일상과 너무 가까운 것은 원하지 않는다는 뜻이겠다.

다만 주의할 필요는 있다. 하위 항목일지라도 수요$^{needs}$가 없
는 것은 아니라는 점이다. '지적'인 부분이 좋다고 말하는 사람은
100명 중에 5명이나 있다. 이 5명의 마음을 확실하게 120% 채워
주는 작품이 있다면, 120% 히트작이 될 수도 있는 것이다. 또한 하
위 항목을 무시하면 안 될 이유로, 좋아하는 소설 장르마다 경향
이 다르다는 점도 있다. 이 조사에서는 좋아하는 소설 장르도 선택
식으로 물어보았다. 예를 들어 좋아하는 소설 장르로 'SF'는 남자
18%, 여자 8%로 건투하고 있었다. 참고로 가장 인기가 높았던 것
이 라이트노벨인데, 남자 26%, 여자 15%. 그 다음이 미스터리로
남녀 모두 18%였다(이 조사에서는 판타지와 호러는 선택지로 넣지 않
았다).

좋아하는 소설 장르와, 그 사람이 소설에서 무엇을 바라는지는
관계가 있는 것일까? 시험 삼아 "라이트노벨을 좋아한다"고 답변
한 사람만 뽑아내어 "가장 빠져 있는 작품의 어떤 부분을 좋아합
니까?"란 설문의 결과를 전체 결과와 비교해보았다. 그랬더니 의
외로 차이가 없었다. "기분이 진정된다"와 "야하다", "'모에'를 느
낀다"가 상위에 들어온 정도일 뿐이다(다시 한번 강조해두지만, 설문
은 "자신이 지금 가장 빠져 있는 작품의 어떤 부분을 좋아합니까?"란 내용
이었기 때문에, 라이트노벨 팬에 대한 결과만 뽑아내도 그 답변자가 실제
라이트노벨 작품을 상정해서 이 질문에 답변했는지는 알 수가 없다).

그럼 SF 팬만 뽑아서 상위 항목을 보면 어떻게 될까. 실은 전체 결과와 약간 차이가 난다.

- ○ 웃기다 / 기분이 들뜬다 41%

- ○ 멋지다 38%

- ○ 열정적이다 31%

- ○ 수수께끼에 차 있다 25%

- ○ 자극적이다 / 눈물이 난다 / 장대하다 22%

- ○ 다른 친구들과 이야기할 때 화제가 된다 / 흑화한다 19%

전체에서는 하위 항목이었던 '수수께끼에 차 있다', '장대하다', '흑화하다'를 뽑은 사람이 증가했다. 참고로 '지적이다'도 16%로 대폭 상승했다. 그렇지만 어쨌거나 중요한 점은 '웃기다', '멋지다', '열정적이다', '눈물이 난다' 등과 같은 희로애락과 공포의 정동情動을 뒤흔드는 요소는 라이트노벨 팬에게서든 SF 팬에게서든, 혹은 다른 어떤 분야segment의 팬만을 따로 떼어 보더라도 반드시 상위에 올라온다는 것이다. '감정이 뒤흔들리는 것'은 공통된 수요needs라는 말이다.

다만 이 결과는 10대에 한정해 조사한 내용이다. 그러므로 더 나이가 든 세대에서도 마찬가지 경향일지는 알 수 없다. 참고로 『독서 여론 조사 2015년판』(마이니치신문사)에서 "당신이 책을 읽는 동기는 무엇입니까"라고 물어보았더니 결과는 다음과 같았다.

- ○ 감동하거나 즐기기 위해 62%
- ○ 일이나 공부에 필요한 지식을 얻을 수 있어서 50%
- ○ 자신이 체험할 수 없는 세계에 빠질 수 있어서 32%
- ○ 좋아하는 작가의 작품을 읽고 싶어서 31%
- ○ 동료나 친구와 이야기할 화제에 따라가기 위해 13%

성별로 보자면 남성은 55%가 "감동하거나 즐기기 위해"였고 52%가 "일이나 공부에 필요한 지식을 얻을 수 있어서"였다. 여성은 전자가 68%, 후자가 48%였다. "감동하거나 즐기기 위해"와 "자신이 체험할 수 없는 세계에 빠질 수 있어서"는 젊을수록 많이 선택했고, 10대 후반 여성의 80%, 20대~30대 여성의 70%는 "감동하거나 즐기기 위해"라고 답변했다는 것이다. "일이나 공부에 필요한 지식을 얻을 수 있어서"는 30대~50대의 남성 60%가 응답했다고 한다.

여성보다 남성이 더 실용적인 지식을 원하고, 젊은 사람이 연장자 세대보다 오락을 원한다는 경향이 있다. 또한 뇌과학에서 자주 일컬어지는 내용이지만 젊은이의 뇌는 이성을 다루는 전두엽이 아직 발달하지 않아 자극에 민감하고 반응하기 쉽다. 그 부분도 10대 대상의 라이트노벨과 그보다 높은 연령층 대상인 '소설가가 되자'

계열 인기 작품이 보이는 차이를 설명할 수 있을 것 같다.

아무튼 이 앙케트 결과는 우리가 상상하는 'SF 팬'의 모습과 꽤나 일치하는 편이다. 장대하고 수수께끼를 품은 지적인 스토리를 좋아하고, 어느 한쪽을 선택해야 한다면 밝고 즐겁고 웃기는 것보다 흑화하는 내용을 좋아한다는 것 말이다.

장르의 팬이란 '특정한 수요$^{needs}$의 조합을 갖고 있는 사람의 집단'이라고 바꿔 말할 수 있다. SF 팬이든 라이트노벨 팬이든, 어느 정도 '이런 것을 좋아하는 사람들'(이런 수요를 가진 사람들)은 집단(=클러스터$^{cluster}$)을 형성하고 있다. SF 팬 중 많은 이들도 "즐겁다", "기분이 들뜬다"는 감정, 희로애락이나 공포를 자아내는 내용을 원하지 않는 것은 아니다. 하지만 그것과 동시에 "장대하다", "수수께끼에 차 있다", "지적이다", "다른 세계", "흑화"라는, 전체적으로 보면 마이너한 수요, 즉 그 집단 고유의 장르 수요를 갖고 있는 것이다.

이 조사에선 '소설가가 되자' 팬인 30대 남성에 대한 앙케트는 하지 않았다. 따라서 여기서부터는 어디까지나 추측이다. SF팬이 좋아하는 '지적', '장대', '수수께끼' 요소가 갖춰져 있다면 '소설가가 되자' 계열 판타지라도 반응이 좋을 것이다. 하지만 그렇게 되지 않고 있다. 뭔가 차이가 있기 때문일 텐데 그것은 무엇일까. 구체적으로 살펴보자.

우선은 많은 사람이 공통적으로 원하는 희로애락과 공포 등 감정을 뒤흔드는 요소가 있는지다. 이게 없다면 '소설가가 되자' 서적화 작품이 히트하는 이유를 설명할 수가 없다. 먼저 "다시 태어난난 강해--!"를 비롯해, 혼자만 치트 능력을 가진 상태로 유리한 인생을 사는 것은 매우 즐겁다. 이전 삶에서의 울적한 인생(주인공은 전세에서 출세를 못하는 샐러리맨이나 무직 동정童貞 히키코모리[14] 니트인 경우가 많다)과는 달리, 특수한 능력을 얻은 채 환생, 소환된 곳에서 귀여운 여자애들에게 인기가 있다. 전세에서는 친구도 없는 외톨이였지만, 신뢰할 수 있는 동료나 이성이 생긴다. 이거야 진심으로 기쁘지 않은가.

전세의 자기를 떠올리거나, 혹은 전세의 자신과 마찬가지로 불우한 삶을 살고 있는, 비참한 과거를 가진 여주인공의 슬픈 에피소드가 삽입되는 경우도 있다. 모처럼 다시 살고 있는 삶인데 죽을지도 모르는 위기를 만나 "절대 이 인생을 잃고 싶지 않다"는 공포를 느끼는 모습이 그려지는 경우도 있다. 희노애락이나 공포에 관해서는 기본적인 포맷 안에서도 충분히 독자의 흥미를 일으킬 수 있게 되어 있다는 설명이 가능할 것 같다.

그러면 '지적'이란 측면은 어떠한가. 이건 작품에 따라 다르다. 주인공이 마법사나 현자, 장인 등인 패턴에서는 지혜를 구사하는 경우가 많다. 하지만 코믹한 분위기로 머리를 쓰지 않고 읽을 수 있는 작품도 있다('흑화'한 상태를 그리고 있는 인기 작품은 비교적 적다).

'장대함'에 관해서라면, 이것도 작품에 따라 다르지만 기본석으로는 별로 없다. 같은 판타지라곤 해도 '소설가가 되자' 계열에서는 '세계'를 그린다기보다 '캐릭터'를 그리는 내용이 대부분이기 때문이다.

'수수께끼에 차 있다'는 측면, 이쪽은 나름대로 꽤 있다. 현실 세계에서 날아간 이세계가 어떤 장소인지, 무엇이 기다리는지, 어째서 환생·소환된 것인지 등의 내용을 '히키'로 쓰곤 한다(웹소설에서는 '연재' 형식이라는 점이 중요하기 때문에, 연재를 끌어가기 위해서는 펀치와 수수께끼를 빠뜨릴 수 없다). '수수께끼에 차 있다'는 것이 꼭 독자가 풀어보도록 수수께끼 요소를 집어넣었다는 말은 아니고, 작중 캐릭터에게 "어떻게 되는 거지?"라는 식의 긴장감을 부여하기 위해 사용되는 경우가 더 많다.

그렇게 생각해보면, '소설가가 되자' 계열의 전형적 작품에서는 '지적知的', '장대壯大', '수수께끼', '흑화'라는 SF팬 취향의 요소가 전부 다 갖춰진 경우는 드물다고 보는 것이 타당하리라. 마니악한 SF나 판타지와 '소설가가 되자' 계열은 질적으로 다르다. 따라서 독자층도 다르다. 그러면 전격문고 등에서 간행되는 '좁은 의미의 라이트노벨'과 '소설가가 되자' 계열을 비교할 경우엔 어떻게 다를까? 예를 들어 좁은 의미의 라이트노벨에선 대개 필수라고도 할 수 있을 '학원물' 요소나 '주인공과 히로인 모두 10대'라는 설정이 '소설가가 되자' 계열에서는 반드시 그렇지는 않다. 주인공이 20대, 30대인 사회인이었다가 환생하는 경우도 드물지 않다. '소설가가 되자' 서적

화 작품 구매층의 볼륨 존은 30대, 그 다음으로 20대 후반과 40대
가 많다. 특히 웹소설의 서적을 소프트커버 단행본으로 구매하는
층은 전격문고나 스니커문고를 비롯한 종래의 '좁은 의미의 라이
트노벨' 문고 독자와는 거의 겹치지 않는다(다만 '겹치지 않았다'라
고 과거형으로 표현해야 더욱 적합할 것이다. 왜냐하면 근년에 라이트노
벨의 문고 레이블에서도 이 장르에 힘을 쏟기 시작하여, 독자의 평균 연령
을 높이고 있기 때문이다). 웹소설 서적화 작품은 1980년대~2000년
대 초반까지 라이트노벨을 읽었지만 "요즘 라이트노벨은 좀……"
이라고 생각하는 층이 쓰고, 읽는다고 여겨진다('소설가가 되자' 사
용자 자체는 10대도 많지만, 서적화하면 어째선지 구매층이 달라진다).
10대 대상으로 바꾸지 않고, 30대면 30대에 걸맞은 자기 세대 감
각에 맞춰 쓰고, 연령에 걸맞은 설정이나 언어를 사용한다. 그렇기
에 동세대에게 울림을 주는 작품으로 만들어진다.


## 어째서 '소설가가 되자'에선 이세계 판타지가 많아졌는가?

"희로애락이나 공포를 효율 좋게 충족한다면, 꼭 이세계 판타지가
아니더라도 상관없지 않은가?"란 생각이 들 수도 있다. 나는 "그
게 아니더라도 상관없다"고 생각한다. 왜냐하면 다른 웹소설 플랫
폼인 E★에브리스타에서는 서바이벌 호러물이나 여성 대상 연애
소설이, 스타츠슛판에서 운영하는 (휴대전화 소설부터 흐름을 잇는)

산딸기에선 초·중학교 여학생 대상의 연애물과 호러가 히트하고 있다. '소설가가 되자'에서도 알파폴리스는 성인 여성 대상의 비非 판타지 세계를 무대로 하는 이터니티북스 등으로 견실한 매출을 올리고 있다. 해외에서는 KDP<sup>Kindle Direct Publishing</sup>[15]로 디스토피아물이나 서바이벌물이 인기를 얻는다고 한다. 즉 다른 방식도 존재한다는 말이다.

'소설가가 되자'에서도 이세계 판타지 수요가 '지금' 큰 것일 뿐이라고 보는 편이 나을 것이다. 사실 과거엔 마법물이나 SF, 그보다도 더 전엔 러브코미디가 유행했던 적도 있다고 한다. 그렇다면 5년 후, 10년 후엔 어떤 장르가 유행할지는 아무도 알 수 없지 않은가.

그런데 어째서 이세계 판타지가 많아졌을까? 거의 우연이라고 할 수 있지 않을까. 어떤 장르도 하나만 유명한 작품이 나오면 모방되기 마련이다. 비틀즈가 유행하던 때는 비슷한 4인조 록밴드가 끝도 없이 생겼다. 개그계에서도 만담이 유행할 땐 만담 콤비가 늘어났고, 어떤 개그맨의 개인기가 유행할 땐 그에 따르는 흐름이 만들어졌다. 킬러 콘텐츠가 탄생해 팔로워가 속출하는 것은 사실 플랫폼이 유행하기 위한 필수 요인이다. 물론 킬러 콘텐츠가 생기기 위해서는 어느 정도 사용자가 있어야 하고, 사용자를 불러 모으기 위해서는 남들의 이목을 끄는 콘텐츠가 있어야 한다는, 마치 닭과 달걀 같은 관계를 브레이크 스루[16]시켜야 한다는 점도 필수 요인이다.

'소설가가 되자'의 유행이란 것도 결국은 먼저 '이세계 환생물'이나 '난 강해--!' 장르에서 킬러 콘텐츠가 나타났고, 그걸 읽은 다음 "나도 쓸래"라고 생각한 사람이 대량으로 생겼기 때문에 만들어진 것일 뿐이다. 즉 어느 시점에 킬러 콘텐츠가 된 작품(혹은 작품군)이 그런 식의 판타지 장르였을 뿐이라는 말이다. 인간은 의식적으로든 무의식적으로든 '나뉘어 살기' 마련이다. 웹소설에서도 각 플랫폼마다 인기 있는 작품의 경향은 다르다. 인간은 어떤 장소에 간다면 '다른 곳에서도 입수할 수 있는 것'보다는 '거기에서만 입수할 수 있는 것'을 고르게 된다. 다른 곳에선 읽을 수 없는 것, 다른 곳보다 여기에서 자신에게 맞는 것을 찾은 사용자가 모인 결과로 우연찮게 이렇게 되었다는 말이다.

그렇기는 하지만, 조금만 더 깊은 이유를 찾아보자. 이런 종류의 이세계 판타지가 사용자에게 '쓰기도 쉽고, 읽기도 쉬운 것이었기 때문에'라는 측면도 있다. 이게 무슨 말일까?

**'세계를 구한다'고 하는 큰 목적을 부여하기 쉽고, 그 뒤는 생각해가면서 쓸 수 있다**

미스터리처럼 엔딩부터 역산해서 쓰지 않으면 안 되는 장르는 웹소설에서 그다지 인기가 없다. 미스터리는 연재할 때 매회 다음 회를 기대하도록 만드는 '히키' 방식도 기술적으로 사용하기 어렵다. 웹소설에 적용되기 쉬운 장르는 아니라고 할 수 있다. 연재 형식으로 분량을 늘려가면서(작가 본인이 그때마다 계속 생각을 해가면서) 쓸 수 있는 장르로는 판타지가 꽤 적합하다. 몬스터에게 기습당한다는 등 '히키'를 만들기 쉽기 때문이다. 게다가 '세계를 구한다'는 식의 큰 목적을 주인공에게 부여해두기만 하면, 스토리가 어떤 쪽으로 진행되고 있는지 알 수 없어지는 사태도 방지할 수 있다.

### 사전 조사나 전제 지식이 (그다지) 많지 않아도 된다

웹소설에선 마음 편하게 읽고 쓸 수 있다는("이세계에서 블로그 글을 쓰는 것과 같다"고 표현한 작가도 있다) 점을 작가도 독자도 바라는 듯하다. SF나 미스터리는 글을 쓰기 전에 사전 조사가 절대적으로 필요하다. 하지만 게임적인 분위기의 이세계 판타지에선 보통 작가가 편한 대로, 분위기에 따라서 쓰는 식의 작품이 많은 것 같다. 사전 조사가 그렇게까지는 필요하지 않다는 말이다. 또 독자에 대해서도 전제가 되는 지식(SF를 읽는 독자라면 '양자 컴퓨터'라는 단어 하나만으로도 그게 무엇인지는 대략적으로 알 수 있겠으나, 그런 독자가 아니라면 "뭐라고?"라고 반문할 수 있지 않겠는가)이 그다지 요구되지 않는다. 또한 지식을 요구하는 작품을 즐겨 읽지 않는 사용자가 많다. 그런 이유에서 게임적인 판타지가 선택되었다는 측면도 있을 것이다.

## 상상력의 베이스가 게임인 시대·세대의 산물

마크로밀 브랜드 데이터뱅크 『세대×성별×브랜드로 일도양단! 제4판』(닛케이BP사, 2014년)의 조사에 따르면 취미로 'TV게임'을 든 비율은 다음과 같다.

○ 20~24세 남성 32.1%, 여성 13.6%

○ 25~29세 남성 31.7%, 여성 12.1%

○ 30~34세 남성 26.4%, 여성 8.1%

○ 35~39세 남성 21.8%, 여성 7.4%

○ 40~44세 남성 14.3%, 여성 6.5%

○ 45~49세 남성 7.7%(45~49세 여성 및 그 이상 연령대에서는 양쪽 모두 순위 밖)

그리고 취미로 '독서'를 든 비율은 다음과 같다.

○ 20~24세 남성 22.8%, 여성 27.4%

○ 25~29세 남성 19.6%, 여성 24.8%

○ 30~34세 남성 17.2%, 여성 22.4%

○ 35~39세 남성 19.2%, 여성 24.3%

○ 40~44세 남성 17.6%

이젠 거치형 하드웨어[17]가 아닌 휴대용 게임기나 스마트폰 게임이 더 주류인 시대에 '가정에서 하는 TV게임'이란 구시대적 범위로 질문했음에도 불구하고 이 수치다. 나머지를 다 합친 '디지털 게임'이 취미인 사람은 이보다 훨씬 더 많을 것이다. 『레저 백서』(일본생산성본부)에서도 마찬가지 조사 결과가 나와 있는데, 그쪽을 보더라도 일본인 남성은 30대까지 독서와 거의 비슷하거나 혹은 게임이 더 대중적인 취미라는 것이 수치로 볼 때 명백하다 (표3 및 표4 참조).

그리고 일본에서 인기 있는 게임 중에는 판타지적 세계관의 작품이 많다. 현대 일본에서 "톨킨의 소설은 읽은 적 없지만 〈드래곤 퀘스트〉나 〈FF〉, 〈포켓몬〉이나 〈테일즈〉는 너무 좋아한다(좋아했다)"는 사람은 확실히 많으리라. '판타지'라고 하면 퍼트리샤 A. 맥킬립Patricia A. Mckillip, 태니스 리Tanith Lee가 쓴 소설보다 〈몬스터 헌터〉나 〈체인 크로니클〉, 〈그랑블루 판타지〉 등의 게임[18]을 떠올리는 사람이 수십~수백 배 많은 것이 현실이다. 이런 상황 속에서 일본인 남성이 소설을 쓰려고 했을 때 참조하기 쉬운 것은 우선 판타지 게임 스타일의 설정과 세계관이지 『나니아 연대기』[19]나 『반지의 제왕』[20]이 아니다. 매출 면에서 사람들의 가처분 시간을 점유하는 비율을 보더라도, 게임 스타일의 판타지 쪽이 더 주류이고 그이외의 판타지가 방계이다. 오늘날 일본에서 게임풍 판타지 소설이 융성하는 것은 단순히 그 사실을 반영했을 뿐이다.

이런 사정과, 또 종이책 소설계에는 '소설가가 되자'풍의 판타

## [표3] 여가 활동의 성·연대별 참가율 상위 10종목 (2014년)

| | | | | | | | |
|---|---|---|---|---|---|---|---|
| 남성 | 10대 | 조깅, 마라톤 | 노래방 | TV게임 (가정용) | SNS, 트위터 등의 디지털 커뮤니케이션 | 음악 감상 (스트리밍, CD, 레코드, 테이프, FM 등) | 독서(업무, 공부를 위한 경우를 제외한 오락으로서) |
| | | 49.2% | 46.6% | 44.4% | 44.1% | 40.7% | 39.8% |
| | 20대 | SNS, 트위터 등의 디지털 커뮤니케이션 | 독서 | TV게임 | 국내 관광 여행 (피서, 피한, 온천 등) | 외식 (일상적인 것은 제외) | 음악 감상 |
| | | 46.4% | 45.9% | 44.4% | 43.4% | 42.9% | 41.3% |
| | 30대 | TV게임 | 국내 관광 여행 | 외식 | 드라이브 | 독서 | 음악 감상 |
| | | 52.1% | 46.4% | 45.3% | 44.5% | 41.5% | 41.5% |

※복수 답변이 가능한 조사
(『레저 백서 2015』[공익재단법인 일본생산성본부] 25페이지를 참조하여 작성한 표)


## [표4] 20대~30대의 취미 순위

| 순위 | 연령 (성별은 전부 남성) | | | | | |
|---|---|---|---|---|---|---|
| | 20~24세 | | 25~29세 | | 35~39세 | |
| 1 | 인터넷 | 42.80% | 인터넷 | 41.70% | 인터넷 | 29.30% |
| 2 | TV게임 | 32.10% | TV게임 | 31.70% | 국내 여행 | 27% |
| 3 | 음악 감상 | 29.90% | 음악 감상 | 26.40% | 술 | 23.20% |
| 4 | 스포츠 | 24.90% | 스포츠 | 24.60% | 영화 감상 | 22.50% |
| 5 | 만화 | 24.90% | 만화 | 22.80% | 음악 감상 | 21.80% |
| 6 | 영화 감상 | 23% | 국내 여행 | 20.10% | TV게임 | 21.80% |
| 7 | 독서 | 22.80% | 독서 | 19.60% | 스포츠 | 21.20% |
| 8 | 노래방 | 22.40% | 영화 감상 | 19.30% | 드라이브 | 20.10% |
| 9 | TV·라디오 | 18.40% | 술 | 18.40% | 독서 | 19.20% |
| 10 | 스포츠 관전 | 17% | 노래방 | 17.20% | TV·라디오 | 17.90% |

※복수 답변이 가능한 조사
2013년 6월 18일~6월 24일에 30,779명을 대상으로 인터넷으로 조사한 결과. (마크로밀 리서치 패널, 마크로밀 브랜드 데이터뱅크 『세대×성별×브랜드로 일도양단! 제4판』[닛케이BP사, 2014]을 바탕으로 작성한 표)

지 소설을 신인상을 통해서 받아들일 만한 토양이 없었다는 점 때문에 '소설가가 되자' 계열 판타지는 인터넷상에 일대 세력을 구축했다. 그리고 그 흐름이 종이책으로 자연스럽게 파급된 것이다.

4·6판 소프트커버의 '소설가가 되자' 서적화 작품은 문고판 라이트노벨보다도 일반 문예와 함께 구매되는 비율이 높다. 하지만 '일반 문예'를 구매하는 층도 여러 가지로 나뉜다. '소설가가 되자' 서적화 작품의 대다수는 캐릭터를 주체로 삼은 라이트하고 소프트한 엔터테인먼트다. 대부분의 독자는 딱딱하고 본격파인 작품보다 가벼운 쪽을 지지한다.

## 판타지 이외의 '소설가가 되자' 유력 작품 - 『선술집 바가지』, 『너의 췌장을 먹고 싶어』

여기서 확실히 해두겠지만 '소설가가 되자'에는 지금까지 예로 든 '게임풍의 이세계 판타지'가 아닌 유력 작품도 물론 존재한다. 예를 들어 시엔BIS支援BIS의 『변경의 노기사辺境の老騎士』는 미식가인 노기사의 여행을 그린 판타지이고, 가자하네 히로미風羽洸海 『재와 왕국灰と王国』은 게임풍도 환생·소환도 없이 고향이 멸망한 소년이 용의 화신인 소녀와 만나 세계의 운명을 바꿔간다는 정통 이세계 판타지다. 또 판타지가 아닌 유력 작품으로는 아키카와 타키미秋川滝美의 『선술집 바가지酒屋ぼったくり』나 스미노 요루住野よる의 『너의 췌장을 먹고 싶어君の膵臓をたべたい』가 있다. 그 두 작품을 소개하겠다.

## 중년 이상 남성에게도 지지받는 요리 소설: 아키카와 타키미秋川滝美의『선술집 바가지』

『선술집 바가지』는 알파폴리스에서 시리즈로 간행되어 단권이 10만 부 이상 판매된 작품이다. 조촐하고 아담한 상점가에 있는 어느 선술집. 돌아가신 부모에게 물려받은 가게를 마음씨 고운 두 자매가 운영한다. 그곳은 일식·양식·중식을 가리지 않고 갖가지 진미와 술을 제공하는 선술집 바가지다. 오늘밤에도 개성 넘치는 단골손님이 모이고 불쑥 새로운 손님이 찾아와서는 입맛을 다신다.

저자 아키카와는 여성 대상의 연애 내용이 진한 웹소설『대충 대충 야식いい加減な夜食』으로 데뷔했다. 두 번째 시리즈『너무 흔한 초콜릿ありふれたチョコレート』도 비슷한 계열의 작풍이었다. 그녀는 30년 정도 그런 유형의 소설을 쓰고 있었으나, 신인상은 당선 여부가 나올 때까지 반년에서 1년이나 기다려야 한다는 것을 견디지 못하기에(결과에 신경이 쓰여서 다른 일이 손에 잡히질 않았다고 함) 응모한 적은 없었다. 하지만 알파폴리스는 인터넷에 업로드한 소설을 가지고 작가 본인이 서적화 신청을 넣고, 독자에게 받은 포인트가 일정 수를 넘으면 편집자 쪽에서 2주일 안에 답변을 주는 시스템이 있었기 때문에, "2주일이라면 기다릴 수 있겠는걸?"이라 생각하고서 응모했다. 신청을 하자마자 순식간에 규정 포인트에 도달했

고, 결국 데뷔가 결정되었다. 『선술집 바가지』를 쓰기 시작한 이유는, 자기 작품을 서적화하는 데 인터넷에서 연재 중인 작품이 없으면 홍보하기 어려울 거라고 생각했기 때문이다. 즉, 이 작품은 홍보를 위한 샘플용 소설로 쓰기 시작했다는 말이다.

그런데 단편만 한 편 써서 올리려고 했던 것을 "연재해달라"는 인터넷 독자의 요청이 많아 조금씩 더 쓰다가 보니 정작 첫 단행본인 『대충대충 야식』의 서적화 작업도 제쳐놓고 집필에 매달리게 되었다. 그리고 때가 무르익기까지 기다리며 편집 작업에 시간을 들여서 『선술집 바가지』는 서적화된 것이다. 서적판에는 인터넷 연재판에 없었던, 본문에 등장하는 주조회사의 연락처나 아키카와의 요리 칼럼도 게재되었고, 만화가 시와스다<sup>しわすだ</sup>가 그린 부드러운 선의 일러스트가 음식과 인물을 더 훌륭하게 표현해내, 읽으면서 식욕이 생길 만큼의 책으로 완성되었다. 식문화에 관한 글을 쓴다면 천하제일인 이케나미 쇼타로<sup>池波正太郎</sup>[21]와 쇼지 사다오<sup>東海林さだお</sup>[22]를 경애하는 아키카와다운, 당당한 '일반 문예' 작품이 된 것이다. 『선술집 바가지』는 아키카와 작품의 본래 독자층인 여성뿐만 아니라 40대~50대의 남성에게도 폭넓게 지지받고 있다.

**난치병을 다룬 슬픈 연애소설: 스미노 요루 『너의 췌장을 먹고 싶어』**

스미노 요루<sup>住野よる</sup>의 『너의 췌장을 먹고 싶어』는 현대 일본을 무대로 한 난치병을 다룬 청춘 연애소설이다(지금은 '소설가가 되자'

에서 삭제되어 읽을 수 없다). 인터넷 연재 당시부터 화제를 모았고, 서적화된 후에도 인기가 계속 높아지고 있다.

『선술집 바가지』에 뒤이은 '소설가가 되자' 출신 일반 문예 계열의 히트작이고, 2015년 데뷔한 신인의 화제작이란 의미에서는 마타요시 나오키의『불꽃』다음이라고 할 수 있다. 주인공인 고등학생 '나'는 도서위원인 야마우치 사쿠라山內桜良에게 "네 췌장을 먹고 싶어"라는 말을 듣는다. 물론 '얀데레ヤンデレ'[23]라서 그런 것은 아니다(그녀가 치명적으로 잠식당하고 있는 것은 정신이 아니라 육체 쪽이다).

작품 서두에서 '나'는 그녀의 장례식에 관해 말한다. 그렇기에 독자는 그녀가 죽는다는 사실을 알고 있다. 그 다음 장면이 바뀌어 건강하던 시절 그녀와 보낸 날들이 시작된다. 사쿠라는 밝고, 병자라고는 생각할 수 없을 만큼 가벼운 말투를 쓴다. 하지만 '얼마 남지 않은 삶'이라는 사실은 곳곳에서 보이고, 이렇게나 매력적인 아이가 정말로 죽는 건가, 괴로움을 느끼게 된다. 그녀를 상대하고 있는 '나'는 담담하고 둔감한, 즉 바보 같은 녀석이다. 하시모토 쓰무구橋本紡의『반쪽짜리 달이 뜨는 하늘半分の月がのぼる空』이나 가즈오 이시구로Kazuo Ishiguro의『나를 보내지 마Never Let Me Go』가 그렇듯이 가까운 장래에 죽게 되는 젊은이가 겪는 연애는 존엄하고, 하는 말 한 마디 한 마디는 무겁다. 그들의 존재는 우리에게 인간의 삶은 유한하고, 병에 걸리지 않았더라도 사실 언제 죽어도 이상한 일

이 아니라는 현실을 다시금 들이민다. 사쿠라의 고집과 배려가, 알 수 없는 관계를 맺게 되는 '나'와 사쿠라의 감정 왕래가, 그들의 거리감과 그것을 쫓아가는 필치가, 참을 수 없을 만큼 안타까운 걸작이다.

아마도 『선술집 바가지』와 『너의 췌장을 먹고 싶어』 둘 다, 머지 않은 미래에 TV드라마나 영화로, 혹은 극장용 애니메이션이 되어 대히트할 것임에 틀림없다.[24] '소설가가 되자'에서 튀는 장르는 분명 이세계 환생물이나 게임 계열 판타지다. 하지만 투고 작품은 그보다 더 다양하고, 판타지 이외의 화제작도 만들어지고 있음은 확실히 해두고 싶다.

그러면 다음은 E★에브리스타에서 유행하는 '데스 게임물'은 어째서 웹소설에 잘 맞는지에 관해 살펴보겠다.

# E★에브리스타에서 유행하는
# '데스 게임·파워 게임'의 내용 분석

## 데스 게임·파워 게임물이 연속적인 연재에 잘 맞는 이유

E★에브리스타에 연재된 내용을 가필·수정한 다음 종이책으로 서적화한 대표 작품으로 카나자와 노부아키의 『왕 게임』, 오카다 신이치岡田伸一의 『노예구: 나와 23명의 노예奴隷区 僕と23人の奴隷』, 야마자키 카라스山崎烏의 『복수 교실復讐教室』 등이 있다(좀 더 정확히 쓴다면 『왕 게임』은 E★에브리스타의 전신인 모바게 타운에서 발표되었다).

　　E★에브리스타에서는 한 번에 수백 글자 단위라도 상관없으니 빨리빨리 자주 갱신하는 편이 작품의 조회 수를 올리기 쉽다. 예를 들어 『E★에브리스타 연감 2014년판』(미쓰린샤)에 게재된 인기 작가 인터뷰를 보면 400자~500자씩을 짧은 기간 안에 갱신했더니 조회 수가 높아졌다는 내용이 있다. E★에브리스타를 열람하는 사람의 대부분은 스마트폰으로 접속하고(그래서 E★에브리스타에서

는 '스마트폰 소설'이란 문구를 자주 사용한다), 작은 디스플레이를 통해 소설을 읽는다. 이런 스마트폰 시대의 환경에서는 기존 종이책 월간 소설 잡지의 연재나 단편과는 완전히 다른 집필 기술과 작풍이 요구된다. 몇 가지는 앞서 언급한 바와 같다.

'소설가가 되자'의 판타지처럼, E★에브리스타에서는 『왕 게임』 이후 데스 게임물과 호러가 메인 장르가 되었다. 어째서 E★에 브리스타에선 데스 게임물이 작가나 독자에게 선택받기 쉬운 것일까.

## 주간 만화형 데스 게임·파워 게임이 대두한 이유는 무엇일까? 그 배경을 살펴본다

『왕 게임』의 내용은 어느 고등학교의 반 전원에게 '왕'으로부터 명령 문자가 휴대전화에 도착하고, 명령을 무시한 사람은 차례차례 죽게 된다. 주인공 노부아키와 친구들이 급우와 연인을 지키기 위해 "○○와 △△는 섹스하라"는 식의 부조리한 명령을 뛰어넘어 "누가 '왕'인가?", "이 게임을 중지할 방법은 없나?" 등의 의심, 의문과 싸우면서 살아남기 위한 방법을 찾는다는 서바이벌 호러다.

『노예구』는 SCM이라 불리는 특수한 장치를 몸에 붙인 사람끼리 싸우고, 한쪽이 패배감에 젖게 되면 그 대전 상대방의 노예가 된다는 설정이다.

이 두 작품의 공통점은 스몰 서클(작은 규모의 집단)을 상대로 한 잔혹한 데스 게임이자 파워 게임물이라는 것이다. 데스 게임이란 '○○하면 사망'이란 내용의 게임이다. 명령을 수행하지 않으면 죽는다거나, 승부에 패배한 쪽이 죽는다는, 그런 내용이 종료 조건인 게임을 뜻한다. 혹은 살아남은 마지막 한 사람만이 탈출할 수 있다는(거의 전원이 죽는) 규칙을 가진 게임을 가리키는 경우도 있다.

파워 게임은(이 단어는 필자가 만든 조어지만) 예를 들어 『노예구』에서는 '승부에 패배한 쪽이 이긴 쪽의 노예가 된다'는 식의 지배·종속 관계를 결정하는 게임을 말한다. 게임의 승자가 패자의 행동을 조종하는 능력이나 권력을 갖게 된다는 말이다.

데스 게임이나 파워 게임이 독자에게 제공하는 것은 강한 자극이다. 그런 작품에서 게임은 플레이어의 감정을 뒤흔드는 장치로 사용된다. 참가자는 죽고 싶지 않으므로 필사적으로 행동한다. 그럼에도 불구하고 대부분의 참가자는 게임의 클리어 조건을 충족시키지 못하여 죽음을 맞이하면서 미쳐 날뛰거나, 목숨을 구걸하지만 무참히 죽는다. 파워 게임에서는 패배해 원하지 않는 일을 당하고 싶지 않으므로 초조해진다. 하지만 게임의 패자가 되고 명령으로 바라지 않는 행위를 하면서 감정이 고조된다. 반대로 이겨서 가슴을 쓸어내리게 될 때의 해방감이나, 상대방을 마음대로 지배할 수 있다는 전능全能감도 맛볼 수 있다. 작중 게임 참가자는 격렬한 감정 기복을 겪고, 그것이 작품의 독자에게 전달된다. '소실가가 되자' 소설의 해설에서도 다루었지만, 사람은 감정의 움직임에 민감하게 반응한다. 하지만 평소엔 지성이나 이성으로 그런 원시적인 행위를 억압하고 있다. 지적으로 행동하는 것을 선호하는 인간은 감정을 그대로 드러내는 일을 혐오한다. 그렇기에 E★에브리스타식 호러 작품은 기성 소설 신인상에 응모해봤자 통과하지 못했을 것이다. 지적이고 이성적인 장식을 벗어던지고 있기 때문이다. 묘사의 밀도는 흐리고, 차례차례 절규하며 유린당하고 죽어가는 모습만 연이어서(라고 하는 것은 조금 과도한 표현이겠지만) 그려내고 있을 뿐이다. 공포소설이나 괴기문학의 전통 따윈 참조하지 않고, 문화적으로 가치 있는 내용을 지향하지도 않는다.

반대로 그런 문맥을 참조하며 필치를 억눌러 발생하는 '답답하고 짜증나는 느낌'을 넘겨버리고 있다. 그렇기 때문에 E★에브리스타의 데스 게임 소설은 소설 읽기에 익숙하지 않은 10대를 중심으로 지지받고 있다.

## 애당초 게임이란 무엇인가?

그렇다면, 애당초 게임이란 무엇일까? 그런 논의는 너무 빙 돌아가는 느낌이 들지도 모른다. 하지만 '소설가가 되자'에서도 E★에브리스타에서도, 웹소설에선 넓은 의미에서 '게임적'이라고 할 수 있는 내용이 이만큼이나 인기를 얻고 있다. 그러니 이 이야기는 그냥 넘길 수 있는 것이 아니다. 잠시 함께 생각해보아 주기 바란다.

'게임'의 정의는 논하는 이에 따라 제각각이지만, 대략 다음과 같은 세 가지로 구성되어 있다.

① 룰: 어떤 사람이 무엇을 하는 게임인지에 대한 정의와, 승리 조건(종료 조건)

  - 대체 무엇을 견주고 겨루는 것인지.
  - 무엇을 하는, 혹은 해야 하는 것인지.
  - 참가자 수와 참가 자격은?

이런 식으로 구체적인 내용이 필요하다. 또한 이렇게 되면 게임이 끝나고, 이렇게 되면 이쪽이 이긴다는 식의 게임에 대한 종료 조건, 승리 조건도 필요하다.

② 플레이어: 구체적인 플레이어와 플레이어의 행동 변수(선택지)

  - 어떤 사람이 참가하게 되는지. 플레이어가 선택할 수 있는 행동에는 어떤 것이 있는지.

③ 부상: 게임의 결과에 따라 발생하는 reward(보수, 상벌)

  - 게임이 종료되면 참가자에게 무엇이 발생하는가.

데스 게임·파워 게임 장르에 나오는 게임이 '데스 게임·파워 게임'이 된 원인은 바로 ③이다.

## 극단적인 상벌이 캐릭터의 감정을 북돋운다 - 기믹<sup>gimmick</sup>[25]으로서 우수한 점

게임의 결과, 극단적인 상벌이 주어진다는 것이 바로 데스 게임·파워 게임이다. "가위바위보에서 지면 죽는다"는 게임에 강제적으로 참가하게 된다면, 대부분의 사람은 열심히 한다. "술래잡기에서 붙잡히면 사형"이란 게임에 전국의 '사토'라는 성을 가진 사람들이 강제로 참가하게 된다는 것이 야마다 유스케山田悠介의 히트작『리얼 술래잡기リアル鬼ごっこ』였다. 생사나 스스로의 의지 및 행동의 자유가 걸려 있으면 어떤 한심한 내용의 게임일지라도 필사적으로 참가하게 된다.

극단적인 상벌이 참가자의 심정을 뒤흔든다. 그것이 데스 게임·파워 게임의 본질이다. 플레이하는 게임의 내용은 간결한 것, 바보스러운 것이어도 상관없다. 참가자끼리 지적인 임기응변을 하는 것도 필수적이지 않다. 생사나 본인의 자유가 걸려 있기 때문에 참가자(와 독자)는 두근두근하면서 희비가 교차하는 내용이 강력하게 표현되어 있으면 된다.

물론 등장인물의 감정 표현을 풍부하게 하거나 비주얼 면에서 좋게 비치도록 하기 위해서 게임의 룰(규칙)을 복잡하게 하거나 플레이어의 캐릭터가 잘 살아나도록 하는 일, 또 액션을 화려하게 만드는 일도 중요하다. 하지만 상벌이 극단적이기만 하다면 그것만으로도 데스 게임·파워 게임이 될 수 있는 것이다.

데스 게임·파워 게임은 참가자의 감정을 뜨겁게 끌어올린다. 결사의 행동을 하게 되는 필연성을 캐릭터의 내적인 동기나 목적에서(혹은 목적에서만) 찾을 필요 없이 '죽음의 공포'라는 외압의 존재를 통해 끌어올릴 수 있는 것이다. 통상적으로 캐릭터에게 격렬한 액션이나 과격한 행동, 과감한 행위를 시키기 위해서는 그에 걸맞은 동기나 목적이 필요하다. 그러지 않으면 보는 쪽에서 "얘네들은 왜 이렇게 열심인 거지?"라고 의문을 품기 마련이다. 하지만 강제로 게임에 참가시키고 죽음이나 노예가 될지도 모른다는 공포를 부여하면 강렬한 목적의식과 마음의 고양이 간단하게 만들어진다. 또한 평소와 비교해 위기에 몰렸을 때 캐릭터의 차이를 그리는 일도 용이해진다. 극한 상태에 처하도록 만들어서 순간적으로 인간의 어두운 뒷모습, 추한 부분을 그릴 수 있는 것이다. 반대로 껄렁해 보이는 사람이 보여주는 뜨거운 열정이나 진지한 일면을 강조하는 일도 가능하다.

『왕 게임』에서는 "이 녀석은 처음엔 이렇게 보였지만, 사실은 이런 녀석이야"란 패턴이 많이 쓰인다. 별 것 아닌 듯 보이던 캐릭터라도 누군가를 위해 죽는다면 착한 사람처럼 보이기 마련이다. 평소엔 착한 것 같던 친구도 막판에 몰리자 같은 반 아이들을 배신하고 자기만 살아남으려고 하면 '최악'이라는 느낌을 받는다.

또 이런 극단적인 상벌을 부여하면 일상에서는 평범한 행위일지라도(예를 들어 가족과 친구, 연인과의 식사나 대화 등) 보다 무겁게, 감동적이거나 감상적으로 보이게 만들 수 있다.

**게임 자체에 스토리성은 없다. 스토리가 깃드는 것은 캐릭터(플레이어)다**

다만 게임 자체에 스토리성이 있는 것은 아니다. 예를 들어 술래잡기나 숨바꼭질에 스토리는 존재하지 않는다. 스토리가 나타나는 것은 그 게임 참가자 각각의 동기, 배경, 놓인 환경에 대한 반응에서다.

스토리란 무엇일까. 등장인물에게 갈등conflict이 발생하고, 그에 대해 액션(행동)을 취하여 변화가 일어난다. A가 곤란한 상황에 직면하여 행동을 취해서 B라는 상태에 다다른다. 이것이 스토리의 기본 패턴이다.

상태 A → 갈등 발생 → 타개하기 위해 액션을 취한다 → 상태 B로 변화

예를 들어 판타지 세계에서 주인공인 모험자가 숲을 걷고 있다가 몬스터에게 습격당하던 노인을 발견한다. 몬스터를 검으로 베어 격퇴하고, 구해준 답례로 노인에게서 아이템을 받았는데, 그것이 바로 주인공이 찾고 있던 어떤 것에 대한 실마리였다는 식이다.

게임풍의 픽션은 다음과 같다.

상태 A → 게임 → 상태 B

변화의 트리거(방아쇠)가 되는 '갈등conflict → 액션' 부분에 게임
이 배치되어 있는 형식이라고 할 수 있다. "명령에 따르라, 그렇지
않으면……"이라든지, "패배하면 노예로 전락하는 승부를 한다"
고 하는 일이 A에서 B로의 변화 사이에 들어 있다는 말이다. 게임
을 하면서 캐릭터의 갖가지 감정을 분출시키고, 그에 따라 독자 욕
구를 충족시킨다는 것이 게임풍 소설의 포인트다.

## 데스 게임·파워 게임물은 희로애락과 공포를 간단히 충족시킬 수 있는 장치다

### 데스 게임·파워 게임과 SF, 호러, 판타지 설정의 상성이 좋은 이유

E★에브리스타에서 나온 데스 게임·파워 게임물의 대다수는
SF나 호러, 혹은 판타지 설정을 쓰고 있다. 어째서인가? 현대 일본
을 무대로 하여 초자연현상이나 SF 설정이 없는 데스 게임·파워
게임물을 만들고자 하면 무리가 생기기 마련이다. 패자에 대한 명
령을 강제하는 데에 어려움이 따르고, 그보다도 살인이나 노예 계

약은 법률적으로 불가능하다. '시체 처리는 어떻게 할 것인가?'라는 이야기가 되어버린다.

데스 게임·파워 게임에 호러나 SF, 판타지 설정을 추가하면 초자연현상을 통해서 상벌이 강제적으로 발생할 수 있다. 현실세계라면 설령 '야구권[26]을 해서 진 쪽이 옷을 벗는다'는 룰을 설정하더라도 진 쪽에서 미적거리며 안 벗을 수 있을 것이다. 그런 사람을 억지로 벗기면 심각한 행위다. 하지만 호러나 SF라면, 게임의 패자에겐 초자연적인 힘이나 도구를 통해서 벌이 강제로 집행된다고 하면, 참가자의 의지와는 관계없이 벗길 수 있다. 설령 패배자에게 죽음이 가해진다(살해당한다)고 할지라도 초자연적인 힘이 집행하는 것이지, 사람이 한 짓이 아니라고 하면 법률도 통하지 않는다.

또한 일본을 무대로 삼은 호러도 SF도 판타지도 아닌 보통의 학원물로 스토리를 만들면, 이른 시간 내에 등장인물에게 강한 동기를 일으키거나 격렬한 행동을 취하게 하고, 노도처럼 감정이 흔들리게 하는 소재는 만들기 어렵다. 예를 들어 수영대회에서 이기고 싶다는 강한 의지를 가진 인물을 그리려고 해봤자, 어째서 이기고 싶은 건지, 어째서 수영인지를 충분한 분량으로 설명하지 않으면 설득력이 없다. 데스 게임이라면 '실수하면 죽음', '자유형에서 패배하면 죽음'이란 룰을 만들기만 하면, 그대로 모두들 목숨 걸고 수영을 할 것이다.

데스 게임·파워 게임 이외의 수단으로 등장인물에게 강한 짐을 지우려고 한다면, 쉽게 떠오르는 것은 이지메나 성적인 범위를 포함한 폭력, 혹은 병이나 빚 등이 될 것이다. 하지만 그것들은 스토리가 너무 우울해진다. 그저 어둡고 무겁기만 한 스토리는, 기본적으로는 대중mass에게 어필하는 작품이 되기 어렵다. 『왕 게임』이나 『노예구』는 험한 작품이긴 하지만 음울하진 않다. 가혹한 상황에 처하더라도 어떻게든 빠져나가고자 노력하는 사람들의 모습을 그렸다. 비참하지만 낙관적인 스토리라는 말이다. 데스 게임·파워 게임에 캐릭터들을 집어넣으면, 살아났을 때의 기쁨, 부조리한 폭력에 대한 공포와 분노, 친구와 연인을 잃었을 때의 슬픔 등과 같은 갖가지 감정을 폭넓게 그려낼 수 있다. 아주 간단히 만들어낼 수 있는 것이다. 또 그와 동시에 무언가 감상을 말하고 싶어지도록 만든다. 느낀 감정을 누군가와 공유하고 싶어진다(따라서 입소문이 퍼지기 쉬워진다).

## 데스 게임이 유행하는 이유 - 불쾌함과 공유 욕구의 관계

의지에 반하여 무언가를 강제당하거나 부조리·불합리한 일을 강요받는다, 사람은 그런 일에 대해 강한 저항감을 갖는다. 억지로 무언가를 당하는 모습, 폭력이나 권력으로 타인이 상처 입고 자유를 빼앗긴 상황을 목격하면 "안 좋은 일을 봤구나" 하는 느낌이 든다. 그리고 그 불쾌감을 누군가와 공유하고 싶어진다. 예를 들어 인터넷상에서의 발언, SNS 등을 다시금 살펴보라. 부정적인 감정, 불쾌한 기분을 토로하는 사람이 얼마나 많은가? 화가 난다, 재미없었다, 열 받는다, 지루하다, 기분 나쁘다, 그 자식 대체 뭐냐? 등등. 사람은 부정적인 심리, 스트레스를 금방 표명하기 마련이다. 악평이나 분노는 사람들에게 공유되기 쉽다. 아니면 인터넷 뉴스를 보라. 기사 제목만으로도 "바보냐?", "이런 황당한!?", "너무한 걸?" 싶은 기사일수록 더 보게 된다. 낚시 기사라는 걸 알면서도 클릭하게 된다. 보면서 분노를 느끼고, 공격적인 기분이 들게 하는 그 뉴스를 더 널리 퍼뜨린다.

세상의 뉴스는 부정적인 일이나 '지적질' 하고 싶어지는 사건을 중심으로 보도된다. 과학계에서 자주 논의되는 학설 중 생물의 생존에 더 강력히 연관되는 것은 긍정적인 사건보다 부정적인 사건이 많다는 주장이 있다. 인간도 좋은 일보다 나쁜 일에 쉽게 민감해지는 경향이 있다. 독자는 픽션에 대해서도 이와 마찬가지 반응을 보이는 것이다.

『왕 게임』에서는 왕의 문자에 쓰여 있는 일은 반드시 따라야 한다. "같은 반 급우 다섯 명을 지명하라. 지명된 다섯 명은 사형. 지명하지 않을 경우, 지명자 본인이 사형"이라거나, "A와 B를 인기투표해서 진 쪽은 사형"과 같은 일을 강요당한다. 『노예구』에서는 노예로 삼은 여성에게 성매매를 시키는 등의 묘사가 많다. 두 작품 모두 잔혹한 일들을 그린다. 이런 내용을 그냥 무조건적으로 칭찬할 사람은 없다. 아무리 픽션 속의 세계라고는 해도 인명을 너무 경시하고 있다. "너무하다", "심하다", "지나치다", "기분 나쁘다"고 말하고 싶어진다. 그렇기에 데스 게임·파워 게임물의 히트작은 어느 리뷰 사이트를 찾아보더라도 평가가 높지 않다. 높을 수가 없다. 하지만 잘 팔린다. 인간의 부정적인 감정을 강하게 뒤흔들고, 잔혹한 걸 오히려 더 보고 싶어 하는 마음을 자극하기 때문이다. 즉 웹소설은 종이책 소설보다 감정이 그대로 드러나는 경향이 있다.

물론 모든 것이 불쾌하기만 한 작품이라면 세상에 받아들여질 수 없다. 불쾌함만이 아니라 희로애락과 공포가 들어간 오락물이이야 히트할 수 있다. 어딘가 속에서 걸리는 불쾌함, 성급한 분노, 시장의 구경거리 같은 호기심을 건드리는 위험함이 들어차 있는 작품은 입소문을 많이 끌어낸다. "윤리적으론 문제가 있다고 본다", "남들한테 추천하고 싶진 않다", "취향이 갈릴 것이다"라는 말을 하면서도, 결국은 보게 되고 저런 말을 내뱉을 수밖에 없는 것이다. 그런 것을 보고, 속으로는 재미있다는 느낌까지 든다.

팔리는 것, 조회 수를 올리는 것에는 다소 독이나 빈틈이 있는 경우가 많다. 독설을 하는 연예인, 살짝 짜증이 나는 존재, 도저히 지적을 하지 않을 수 없게 만드는 바보, "어차피 ○○잖아?" 하고 비웃고 싶어지는·비난하고 싶어지는 것, 경솔하고 얼빠진, 화를 잘 내는, 인터넷에서 매일같이 염상炎上하는 유명인, 소란을 부채질

하는 블로거……. 칭찬만 하기에는 어려운 측면이 있는 사람이나 작품이 청렴결백하고 얌전한 사람이나 작품보다 더 잘 팔린다. 이케다 하야토ｲ*ケ*ダハヤト나 하아추ｈあちゅう나 아즈마 히로키東浩紀나 후루이치 노리토시古市憲寿나 전부 다 그렇지 않은가.[27] 사람의 감정을 자극하고 신경을 건드리니까 수요가 있는 것이다. 마음을 자꾸 툭툭 건드리는 것에는 어쩔 수 없이 반응하게 된다. 인터넷 뉴스 기사 제목을 붙이는 쪽에서는 읽는 이의 반응을 미리부터 예상하고서 의도적으로 '튀어나온 못이 박히도록'[28], 일부러 화가 나도록, 때리기 쉬운 위치에 못을 튀어나오게 만드는 것이다. 그렇게 하면 정확하게 예상한 그대로 사람들은 몰려든다.

일반론으로는 그렇다 하더라도 『왕 게임』과 『노예구』와 같은 데스 게임·파워 게임물이 어째서 인터넷 연재에 적합한지 조금 더 깊숙이 들여다보자.

## 웹소설에 데스 게임·파워 게임 계열 호러와 판타지 작품이 적합한 이유

데스 게임·파워 게임물은 우선, 작품 시작 부분부터 분위기를 띄우기가 쉽다. 그 다음 부분에서도 각 이벤트가 일어날 때마다 단시간 내에 예상외의 전개를 만들기 쉽다. 그리고 자극을 주기 쉽다. 느닷없이 사람이 죽거나 노예가 되는 등, 등장인물이 격정을 갖기 쉽고 독자에게 강한 인상을 주기도 쉽다.

두 번째로 연재 형식으로 만들기 쉽고 연재를 할 때 잘 늘어지지 않는다.『왕 게임』이라면 하나의 명령마다,『노예구』라면 노예가 될지 말지를 결정하는 승부 하나하나마다 그려낼 수 있다.『복수 교실』에선 이지메를 당하던 주인공이 복수를 위해 급우들을 한 명씩 표적으로 삼아 사냥을 한다. 그때마다 도입부에는 흡입력을 갖는 갈등이 일어나고 감정이 뒤흔들리면서 결과가 나오고 다음 전개를 향한 '히키<sup>引き</sup>'를 보여주면서 끝난다. 이러면 작품을 만드는 입장에선 스토리를 짜기가 쉽다(최종 엔딩을 완벽하게 정해놓지 못했더라도, 생각을 해가면서 진행하기 쉽다). 또한 읽는 입장에서도 복잡한 전개를 쫓아가기보다는 하나씩 상황만 기억하면 되니까 읽기 쉽다.

일반적인 미스터리에서는 연쇄 살인사건이 일어나더라도 주인공인 탐정이나 형사, 혹은 그 바로 주변에 있는 '시리즈 캐릭터'가 죽을지도 모른다는 생각은 보통 아무도 하지 않는다(물론 그런 작품도 존재하긴 하지만). 주인공에게 생사<sup>生死</sup>는 머나먼 타인의 일일 뿐, 본인의 감정이 직접 뒤흔들리는 일은 적다. 그렇게 되면 독자 입장에서도 긴장감이 없어진다.

『왕 게임』에선 첫 번째 에피소드부터 주인공의 여자친구와 어렸을 때부터 사귄 죽마고우가 죽어버린다. 또『노예구』는 작품을 다중시점<sup>多重視点</sup>으로 만들어 한 장마다 화자<sup>話者</sup>가 바뀐다. 이 형식에선 누가 노예가 될지 알 수 없다. 처음엔 주인공처럼 취급되던

캐릭터도 노예가 되어 고통을 받는 내용 전개도 있다. 감정을 뒤흔든다는 점에서는 이쪽이 더 쉽다(마찬가지로 다중시점으로 내용이 전개되는 미나토 가나에湊かなえ의 가혹한 작품이 인기를 얻는 이유와도 상통하는 면이 있다).

웹소설에서 인기 있는 장르는 호러나 판타지나 연애물이다. 이것들은 모두 다 '과정(프로세스)을 즐긴다'고 하는 웹소설 연재(운용형 콘텐츠)에 적합한 장르다. 호러라면 연속된 긴박한 연출을 통해 높은 밀도로 감정의 진폭을 만들어내기 쉽다. 판타지는 마음 편한 도피적인 시간도 만들어내기 쉽고 활극을 통해 자극을 만들어내기도 쉽다. 연애물은 별것 아닌 일로 서로 간에 오해를 만들거나, 거리가 가까워졌다가 떨어졌다가 하는 이벤트를 만들어서 기쁨과 슬픔의 기복을 만들어내기 쉽다. 반대로 엔딩이나 클라이맥스에서 벌어지는 반전이 가장 중요하고, 거기서부터 거꾸로 역산해서 복선을 집어넣는 식의 작품(예를 들어 수수께끼 풀이 요소가 강한 미스터리 등)은 웹소설에 적합하지 않다. 중반이 늘어지는 장르, 긴장이 풀리는 부분이 꼭 필요한 장르는 운용형 콘텐츠에는 적합하지 않다.

웹소설 작가의 문화적 상상력은 DVD 대여점과 게임 판매점, 서점이 복합되어 있는 TSUTAYA와 GEO[29], 이온몰[30]과 스마트폰을 통해 형성되어 있다. 즉 웹소설은 일본 대중의 문화 수준을 그대로 반영한다.

　그럼 여기에서, 웹소설 서적화의 키 플레이어인 서점에 관한 이야기를 넣고 싶다. 현재 마찬가지로 레이블 수가 늘어나 출간 종수가 증가하고 있는 '라이트 문예', '캐릭터 문예'와 웹소설 서적화 작품 사이의 결정적인 차이점에 관해 살펴보기 위해서다.

5장
———
# 서점, 출판사, 웹 콘텐츠,
# 독자의 복잡한 관계

# 서점이 4·6판 소프트 커버의
# '넓은 의미의 라이트노벨' 중
# 웹소설 서적판을 더 환영하는 이유

2000년대 '라이트노벨'은 전격문고나 MF문고J 등을 통해 간행되는, 만화·애니메이션 캐릭터가 표지에 그려진 10대 남성 대상의 소설을 주로 가리켰다. 그런데 2010년대가 되면서 '소설가가 되자' 서적화 작품을 필두로 판형도 다르고 대상 연령층도 다른 작품까지 '라이트노벨'이란 이름으로 묶어서 부르게 되었다.

여기에선 전격문고 등에서 출간되는 '좁은 의미의 라이트노벨'과 '소설가가 되자' 서적화 작품, 그리고 출판사에서 만들어진(즉 비[非]인터넷 작품인) '어른 대상의 라이트노벨'(=라이트 문예, 캐릭터 문예)[1], 거기에 추가로 '보컬로이드 소설' 등까지 포함하는 '넓은 의미의 라이트노벨'의 차이점에 관해 정리해보겠다.

출판사에서 만드는 '캐릭터 문예'와 인터넷에서 출발한 '소설가가 되자' 서적화 작품은 언뜻 보기에 비슷한 테를 두르고 서점에서 팔리고 있지만 비즈니스 모델은 완전히 다르다는 점, 더불어 캐릭터 문예는 상업적으로 볼 때 전혀 말도 안 된다는 점을 제시 하겠다.

## 라이트노벨 현상-문고판 시장의 20%를 점유하지만 저조한 반면, 단행 본은 성장하고 있는 분위기

『출판월보』(출판과학연구소) 2015년 3월 호에 따르면 문고판 시장 에서 라이트노벨의 연간 매출액은 2013년에 250억 엔, 2014년엔 225억 엔이었다. 통계를 시작한 2004년 이후 성장 곡선만을 그리 던 라이트노벨 문고판 시장이 2012년 248억 엔을 정점으로 하강 하고 있다. 2013년, 2014년에는 전년도 대비 10% 이상 대폭 하락 했다.

물론 문고판 전체에 대한 점유율은 18.5%. 문고판 매출에서 다 섯 권 중 한 권은 라이트노벨인 셈이다. 일본의 소설 시장 전체가 연간 1,300억~1,400억 엔 정도로 추산되고 있는 점을 감안하면 이 정도로 충분하고도 남는 규모인 셈이다.

"어이구, 라이트노벨도 끝났구먼"이란 말을 하고 싶어질지도 모르겠다. 하지만 이것은 '종이책'의 '문고판' 시장이 축소된 것에 지나지 않는다. 전자책이나, 단행본 사이즈로 출간되는 (넓은 의미 의) 라이트노벨은 2010년대에 접어들어서 오히려 성장하고 있다.

그것을 고려할 때 라이트노벨의 기세가 쇠퇴했다고는 할 수 없다. 종이책 문고판 시장에서 라이트노벨은 규모가 축소될지도 모르겠지만.

우선 전자책에 관해 살펴보자. 오늘날에는 라이트노벨의 신간(전격문고를 제외한)은 대부분 킨들Kindle을 필두로 전자책으로 구입할 수 있게 되었다. 하지만 아이패드iPad가 등장하고 일본어를 지원하는 킨들이 발매된 2010년 정도까지는, 각 출판사에서 간신히 휴대전화(피처폰)용 전자책을 판매하고는 있었으나 진심으로 진입하려는 모습은 보이지 않았다. 지금은 생각하기 어려울 정도의 상황이었던 셈이다.

예를 들어 KADOKAWA 그룹(현재는 가도카와カドカワ)에서는 2012년도 전자책 매출이 약 24억 엔이고, 라이트노벨은 매출액 전체의 50% 이상이라고 보도되었다(http://ebook.itmedia.co.jp/ebook/articles/1304/25/news086.html). 또한 2013년도에는 전자책 플랫폼 사이트 북워커BookWalker의 매출이 전년도 대비 3배라고도 공표했다(http://www.animeanime.biz/archives/19854). 만약 라이트노벨의 점유율이 바뀌지 않았다고 가정한다면, KADOKAWA의 라이트노벨 전자책 매출액은 2012년 12억 엔에서 2013년에는 36억 엔으로, 24억 엔이나 증가했다는 말이 된다(IR[투자자 대상 홍보]의 방침이 바뀐 것인지, 그 이후로는 전자책에 관한 수치를 공표하지 않고 있다).

KADOKAWA 이외에도 소프트뱅크 크리에이티브, 고단샤, 쇼가쿠칸 등도 2012년부터 2013년 사이에 애니메이션화도 된 인기 시리즈를 전자책으로 판매하기 시작했고 매출액이 증가했다. 이런 사실을 감안한다면 종이책 라이트노벨 문고판 시장이 284억 엔에서 225억 엔으로 감소한 액수 대부분은 전자책의 성장세로 상쇄된다고 생각할 수 있다. 전자책이 대개 종이책 문고판보다 정가가 낮은 경우가 많다는 점을 고려하면, 권수로 따져보면 오히려 더 많은 양이 판매되었을 가능성도 높다.

그렇다고는 해도, 여전히 종이책 매출을 기준으로 의사 결정을 하고 있는 라이트노벨 업계는 이런 격감과 독자의 평균 연령 상승 (이미 20대가 중심 구매층인 작품과 레이블도 드물진 않다), 바꿔 말하자면 신규로 구매하는 고객층의 감소에 위기 의식을 갖고 있는 것이 현재 상황이다. 하지만 이 자리에선 좁은 의미의 라이트노벨 이야기를 하려는 것은 아니다. 그와 자리를 뒤바꾸는 것처럼 성장한 것이, 문고판이 아니라 소프트커버의 단행본으로 출간되는 '소설가가 되자' 서적화 작품을 필두로 한 '넓은 의미의 라이트노벨'이다.

## 초속이 빠르고, 회전율이 좋고, 마진이 괜찮은 상품을 원하는 서점

서점 측에서 볼 때 '소설가가 되자' 서적화 작품은 어떤 점이 고마웠던 것일까. 서점의 운전 자금 회전에 공헌해왔던 '잡지' 부문이 추락하는 와중에, 알기 쉽게 말해서 다음과 같은 상품(책)을 원하게 되었다.

① 초속初速이 빠르고

② 회전율이 좋고

③ 마진 폭이 큰

그런 이유로 현재 일반 문예는 초속이 느리고 회전율이 나빠 골치 아픈 존재다. 하지만 라이트노벨은 발매일로부터 1~2주일 안에 대부분의 매출액을 만들어내고, 시리즈 간행 페이스도 3, 4개월에 한 권이다. 또 신간이 나오면 구간도 조금씩 더 팔리니까 회전율이 나쁘지 않다. 그런데 문고판 라이트노벨의 이런 구매 패턴과 비교적 비슷한 수치를 보이는 '소설가가 되자' 서적화 단행본은 심지어 정가가 1,000엔(약 1만 원) 이상인 데다가 시리즈 몇 권을 한꺼번에 구입하는 고객도 많고 마진 폭도 작지 않다. 인터넷에 한참 연재한 후 출간을 시작하므로 간행 페이스도 기존 문고판 라이트노벨보다 더 빠른 경우가 많아 서점에 매우 고마운 존재다. 그렇기 때문에 하향세인 노벨스나 하드커버 문예의 매대를 줄이고 소프트커버로 발매되는 단행본의 매대를 늘리는 것이다.

그러면 여러 매체에서 한꺼번에 취급받는 일이 많은 라이트노벨('넓은 의미의 라이트노벨')이 출신, 구매층, 상품마다 특징이 각각 다르다는 사실은 여기까지 몇 번 다뤄왔지만, 다시금 정리해보겠다.

## 넓은 의미의 라이트노벨 ①: 웹소설 서적화

우선 여기까지 소개한 '소설가가 되자' 서적화 단행본이 있다. 반복하지만 이 작품의 구매층은 남성 대상으로는 30대를 볼륨 존으로 하고, 20대 후반~40대까지에 집중되어 있다. '좁은 의미의 라이트노벨'과 '소설가가 되자' 계열의 독자층은 겹치지 않는다. 다른 책과 함께 구매하는 경우를 보더라도 좁은 의미의 라이트노벨보다 일반 문예서를 더 많이 산다. 따라서 라이트노벨 문고판 가까이에 라이트노벨 단행본을 배치하는 것보다, 일반 문예서 매대에 꽂거나 그 옆에 배치하는 편이 매출이 더 잘 나온다는 것이 여러 서점에서 확인되고 있다.

또 여성 대상으로는 '소설가가 되자'나 알파폴리스가 운영하는 소설 투고 사이트에서 인기를 얻은 로맨스 소설이 간행되고 있다. 장르는 현대물, 이세계 판타지, TL(틴즈 러브=여성 대상의 소프트 포르노) 등 다양한데, 20대~50대에서 지지를 받고 있다. 이것들은 하나의 작품이 폭넓은 세대에게 읽히고 있다기보다는, 20대 작가가 쓴 작품은 20대 독자가 읽는다는 식으로 작가와 독자의 세대가 합치되는 작품이 세대마다 존재한다고 보는 것이 더 맞다.

아직 서적화되는 일 자체가 적었던 시기에는 서점에 따로 매대가 없어서 코믹스 매대 쪽에 놓을지 문예 쪽에 놓을지에 관해 여러 서점에서 논의가 일어났다. 서점에서는 코믹스 담당자와 문예 담당자가 다른 경우가 많아서 어느 쪽에 매출액이 붙느냐에 따라

서점원의 평가·급여에까지 영향을 준다. 코믹스 매대 측에서는 수요도 많고 고객의 문의가 잦기 때문에 자기 쪽 매대에 놓고 싶어 했지만, 코믹스와 라이트노벨 매대는 책장 한 단의 높이가 낮아서 4·6판이나 B6판은 애당초 꽂을 수가 없다. 문예 매대 측에서는 매출은 원하지만 과연 기존 고객과의 친화성이 있는지, 기존 고객이 경원하는 짓 아닌지 우려하는 목소리가 나오고 있었다. 결과는 문예 매대 쪽에 놓는 것이 '정답'이었다.

예를 들어 CCC의 도서 취급점에서는 웹소설 계열의 매출액이 2011년 이후 신장되기 시작하여 2013년 7월에는 전 점포에 입하하기로 결정했다. 그 전까지는 점포마다 배본 위치도 제각각이었으나 데이터를 분석한 결과 일반 문예(국내 문예서) 코너에 진열하는 편이 좋겠다는 판단을 내렸다. CCC에서는 인기 시리즈가 점포 매대에서 완전히 다 빠지는 것을 방지하기 위해 확실히 필요한 재고 수량을 과거 실적을 통해 분석하여 본사 측에서 출판사에 정기적으로 통합 발주하며 매장을 최적화시킨다고 말했다.

## 넓은 의미의 라이트노벨 ②: 보컬로이드 소설, 프리 게임의 노벨라이즈

최근 몇 년간 두각을 나타낸 넓은 의미의 라이트노벨로는 '소설가가 되자' 계열 이외의 것들도 있다. 니코니코동화나 유튜브YouTube 등의 동영상 사이트에서 인기를 얻은 콘텐츠를 소설화한 책이

10대~20대(주로 여성) 사이에서 히트하고 있다. 자세한 내용은 나중에 다시 소개하겠다.

『악의 딸悪ノ娘』, 『아지랑이 데이즈カゲロウデイズ』 등 보컬로이드[2]를 사용한 인기 곡을 바탕으로 스토리를 짜서 만든 보컬로이드 소설과, 소위 '게임 실황'[3] 동영상을 통해 인기에 불이 붙은 프리 게임(무료로 플레이할 수 있는 PC용 게임)을 소설화한 『아오오니青鬼』와 『유메닛키ゆめにっき』, 『안개비가 내리는 숲霧雨が降る森』 등이 그것이다. 내용적으로는 젊은 여성층이 좋아할 만한 잔혹한 비극과 비련, 호러 등이 많아 밝고 즐거운 작품이 인기 있는 남성 대상의 '좁은 의미의 라이트노벨'과는 차이가 난다. 이쪽은 중·고·대학생이 주요 구매층이라 용돈도, 정보 능력도 윤택하지 못하기 때문에 '소설가가 되자' 계열 작품보다 초속은 느린 편이다. 그래도 『아오오니』는 실사 영화로 만들어졌고 책도 시리즈 누계 40만 부, 『아지랑이 데이즈』는 누계 250만 부를 돌파하는 등 영상화가 이루어지면 발행 부수가 크게 늘어난다. 다만 한때는 내기만 하면 팔리는 상태였으나, 2014년 이후 한 권당 매출액이 급격히 떨어졌다. 이에 관해서도 나중에 고찰하고자 한다.

## 넓은 의미의 라이트노벨 ③: 라이트 문예, 캐릭터 문예

서점에서 실제로 사용되는 구분과는 차이가 있지만, 개념적으로 정리하기 쉽도록 여기에서는 일반 문예를 다루는 출판사 및 그 출판사의 문예 부문에서 출간하는 일러스트 표지의 소설을 '라이트 문예', '캐릭터 문예', '라이트노벨 문예'라고 정의하겠다(너무 세세한 이야기일지도 모르지만 출판사 조직도를 볼 때엔 '좁은 의미의 라이트노벨'은 코믹 부서 아래의 한 부문이다. 따라서 문예 부서와는 문화도 인원도 다른 경우가 많다).

간단히 말하면 라이트노벨 신인상 출신이면서도 일반 문예에서 히트한 아리카와 히로<sup>有川浩</sup>나 미디어웍스문고『비블리아 고서당 사건수첩<sup>ビブリア古書堂の事件手帖</sup>』이 히트하자 그걸 뒤따라서『만능감정사 Q<sup>万能鑑定士Q</sup>』시리즈를 보유한 가도카와문고를 필두로, 2014년부터 신초문고nex, 후지미L문고, 슈에이샤 오렌지문고 등 각 출판사가 연이어 참가했다. 더 상세히 분류해보면 '1990년대 후반부터 2000년대까지 좁은 의미의 라이트노벨 장르에서 히트작을 냈지만 그 후의 라이트노벨 경향과는 작풍이 맞지 않는 중견 작가를 받아줄 자리'로 20대~30대 남녀 독자 대상으로 만들어진 라이트노벨 문예와, 단카이<sup>団塊</sup> 세대[4] 다음으로 인구가 많고 마켓이 거대한 '단카이 주니어 세대 여성을 대상으로 한 가벼운 소설'(코발트문고[5] 등의 소녀소설 전성기에 직격했던 40대 여성 독자 대상)이 있다. 같은 레이블 안에서 전자와 후자를 둘 다 내고 있는 경우도 많다. 이들은 문예와 라이트노벨의 중간을 노린 레이블인 것이다. 2000년대 고단샤의 〈파우스트〉[6]와 하야카와쇼보의 '리얼 픽

션'[7], 아리카와 히로의 등장 시기를 전후하여 아스키미디어웍스에서 했던 일들과 결국 본질은 똑같은 셈이다. 여성 대상으로 약간 더 옮겨놓았을 뿐, 기시감을 느끼지 않을 수 없다(다쓰미숏판 등에서 남성 대상 성인 라이트노벨 레이블도 등장했지만, 이도 마찬가지다). 몇 바퀴쯤은 뒤늦은 모습이지만, 늦은 만큼 작가 인선은 견실하다.

또한 『비블리아 고서당 사건수첩』 히트를 전후하여 가도카와 문고 중심으로 '라이트 미스터리'가 가시화되었다. 그 중 대표격은 (E★에브리스타에서 발표된) 오타 시오리의 『사쿠라코 씨의 발밑에는 시체가 묻혀 있다』이고, 일러스트가 표지에 사용되어 30대~40대 여성을 중심으로 지지받고 있다. 내가 가도카와문고의 편집자를 취재했을 당시 "코발트문고 전성기에 독자였던 사람들(단카이 주니어 세대 여성)이 딱 40대라서, 일러스트 표지에 저항감이 없기 때문에 사는 것 아닐까"라는 말을 들었다. 개인적으로 이런 '라이트노벨 졸업생', '소녀소설 졸업생' 대상의 새 레이블에는 신선함도 가능성도 느끼지 못한다. 어째서 30대~40대 여성 대상의 레이블이나 서브 레이블만 늘어나는가. POS 데이터를 보면 (좁은 의미의 라이트노벨 이외의) 소설을 가장 많이 사고 있는 것이 바로 그 층이기 때문이다. 단카이 주니어는 단카이 세대와 더불어 일본의 전 세대 중에서 인구가 가장 많고, 더불어 남성보다 여성이 더 소설을 많이 읽는다. 권수 베이스로 따지면 40대 여성이 소설을 자주 사는 것처럼 보이는 것은 당연한 이야기다. 기노쿠니야 PubLine

이나 닛판 WIN 등에서 책 판매 상황을 체크해보면 누구라도 알수 있다. 그러니 그 대상 독자층을 겨냥해 작품을 기획한 것일 뿐이다. 물론 개별 작품이나 작가 단위로는 흥미로운 부분도 적지 않지만, 비즈니스로 보면 시작하기 전부터 결과는 나와 있다.

이 독자층을 대상으로 하여 가장 성공한 것도 F2P 소설의 메이저인 알파폴리스다. 알파폴리스에서 출간한 여성 대상의 웹소설서적화 작품 대다수는 일반 문예 단행본보다 견실한 수치를 내고있다. 소설의 질이나 기획이 어떤 수준인지를 운운하기 이전에, 비즈니스 모델 단계에서 이미 '웹소설 서적화 작품'과 기성 출판사에서 만든 '라이트 문예'는 결과가 뻔히 보인다. 인터넷 퍼스트와아날로그 퍼스트의 싸움에서, 종이책 중심이 인터넷 중심을 비용면에서 이길 방도는 없다. 이것은 인터넷을 통해 독자를 끌어들여서 기획의 상업성 여부를 판단하는 소비자 지향 시스템과, 서적 출판을 할 때 저자와 편집자끼리만 기획의 상업성 여부를 판단하는시스템의 '히트할 타율' 싸움이기도 하다. 경제적인 합리성을 따져볼 때 후사가 승리할 가능성은 없다.

어쨌든 서점은 문예 부문의 매출 저하를 막기 위해 웹소설 서적화 작품을 기본적으로는 환영하고 있다. 그리고 매출을 더 신장하기 위해 출판사와 중개업체(총판)를 향하여 웹소설 서적화 작품의"중개 코드를 별도로 두어 카테고리를 독립시킬 것", "어떤 책이웹소설인지 알 수 있는 공통된 표식", "여러 출판사를 통합한 월별 베스트셀러 순위"를 바라고 있다. 웹소설은 현재로선 독립된 카테 고리가 없는 상태다. 서점 내에서는 C코드 분류 혹은 중개업체가 결정하는 부문에 맞춰 결정된다. 그래서 반쯤 자동적으로 B6판이나 4·6판이면 문예에서, 문고 사이즈이면 문고(라이트노벨)로 판매되고 있다. 즉 같은 '소설가가 되자' 서적화 작품일지라도 책의 사이즈에 따라 매대가 달라진다는 말이다. 그러면 필연적으로 별도의 스태프가 담당할 수밖에 없다. 그런 상태에서 아무래도 담당자의 지식이나 판단에 의존하는 부분이 크다. 카테고리가 독립되고 여러 출판사의 통합된 베스트셀러 순위가 나오게 된다면 현장의 서점원이나 고객에게도 효율적으로 정보가 전달되고 취급하기도 편해질 것이다.

오프라인 서점은 실체로서 존재하고 있는 물건(책)을 다루기 때문에 아날로그 세계일 수밖에 없고, 인터넷 플랫폼만큼 유도하는 동선을 효율화할 수가 없다. 하지만 서점에 오기 전 출판사와 중개업체 단계에서 책과 매대의 분류를 구매층의 실태에 맞게 개선하는 일은 아직 가능하다고 본다. 서점에서 본 책을 계기로 웹소설 사이트의 존재를 알게 될 가능성도 적지 않다는 점을 생각해 보면, 서점과 인터넷 플랫폼을 연동한 프로모션 방법이나 서로 갖고 있는 정보를 순환시키는 시스템을 만드는 일도 도움이 될 것이다. 앞으로 유통상의 협업이 일어나기를 기대한다.

다만, 그럼에도 불구하고 여전히 문제는 남는다. 앞서 언급했듯이 웹소설(특히 '소설가가 되자' 계열 작품)은 '작품'에 팬이 붙고 '작가'에게는 잘 안 붙는다는 점이다. 라이트노벨도 그런 경향이 있었지만, 웹소설이 더 심한지도 모르겠다. 즉, 어떤 히트작을 만들어낸 작가의 다음 작품이 인터넷, 종이책 모두 인기를 얻지 못하는 경우가 종종 있다. 작가의 과거 성적을 보고 출판사가 발행 부수를 결정하고 서점이 반입 부수를 결정하는 방식은, 일반 문예에서는 어느 정도 통용되지만 웹소설에선 제 기능을 하지 못한다. 이에 관한 해결법은 아직 발견하지 못했다.

# 라이트노벨에서 호러는
# '망하는 지름길'이었는데
# 호러 계열 프리 게임의 노벨라이즈가
# 잘된 이유는 무엇일까

서점, 출판사, 인터넷 콘텐츠, 독자의 관계를 살펴보는 데 중요한
사례가 한 가지 더 있다. 프리 게임의 노벨라이즈다.

　인터넷 소설을 종이책으로 만들 때 애로 사항이 있다. 채널(서
점)에 대한 시책이다. 서점의 어느 매대로 배본되도록 할 것인가.
기존 책의 옆에 놓는다고 할 때 그걸 어디로 정하면 좋을 것인가.
혹은 그 장르에 익숙하지 않은 서점원이 볼 때 기존의 종이책과
똑같은 것처럼 보일 텐데, 내용이나 타깃 고객층이 다를 경우에는
어떻게 할 것인가. 그에 대한 케이스 스터디였던 것이 바로 프리
게임의 노벨라이즈였다. 어떤 점이 획기적이었을까? 종래에 좁은
의미의 라이트노벨에선 호러 장르가 배틀물이나 러브코미디에 비
하여 잘 안 팔리고, 애니메이션화되는 일도 없어 '망하는 지름길'
이었다. 그럼에도 불구하고 『아오오니』를 필두로 인터넷에서 인

기를 얻은 호러 계열 프리 게임을 노벨라이즈한 책(라이트노벨처럼 일러스트를 표지에 넣은 소설)은 그럭저럭 결과가 나오는 신흥 장르가 되었다.

이전까지 팔리지 않는다고 여겨지던 젊은 층 대상의 라이트노벨 계열 호러에서도 히트작이 나왔다. 이것은 어째서일까. 고객의 모습을 구체적으로, 현실에 가깝게 파악하는 일은 중요하다. 하지만 생각해야 할 점은 이용자의 수요만이 아니다. 어떤 식으로 유통하고 전달할 것인지에 대한 '채널 전략'도 필요하다. 예를 들어, 50대 남성이 서점에서 자주 가는 매대와 10대 남성이 서점에서 자주 가는 매대는 다르다. 인터넷에서 책을 살 때의 구매 행동도 연령, 성별, 취미·기호에 따라 다르다. 미스터리든 시대소설이든 상관없지만, 중년이나 노년을 대상으로 해온 출판사 혹은 저자가 젊은 층 대상으로 타깃을 바꿔 작품을 만들려고 했을 때는 본문 내용이나 책의 장정만이 아니라 서점에 어떻게 배본해서 어느 장소에 놓아야 최선인지도 생각해야 한다. 일개 작가나 현장 편집자에게 한 권의 책이 진열될 장소를 바꿀 권한은 거의 없다. 예를 들어, 라이트노벨 작가가 철학 소재의 신작 소설을 쓰고는 "이 책은 사상서 코너에 놓으면 잘 팔릴 거야!"라고 주장해봤자 90% 이상은 출판사 편집자나 영업 담당자에게 무시당한다. 운 좋게 출판사 안에서는 합의를 얻게 될지라도, 중개업체나 서점 현장에서는 책을 한 권씩 살펴볼 수는 없다. 그냥 그내로 라이트노벨 코너에 놓이고는 묻히게 된다.

작가와 편집자와 영업 담당자가 일체가 되어 제작·판매를 준비하지 않으면 효과적인 채널 전략은 실행될 수가 없다. 반복 작업처럼 신간 매대를 정리하고 꽂아 넣는 아르바이트 서점원이 작업하더라도 똑같이 기능할 수 있는 방도를 만들어내지 못하면 소매 현장에서 통용되지 않는다는 말이다.

새 장르 혹은 새로운 카테고리로 인정 받아 널리 인지될 수 있는 성공 사례 대다수는 다음과 같은 세 가지를 갖추고 있다. 타깃과 콘텐츠, 채널이다(그림6).

우선 타깃으로 삼을 고객의 모습과 고객의 수요를 확실하게 파악해야 한다. 그 다음으로 내용에 참신함이나 두드러지는 특징이 있어야 한다. 중요한 점은 고객의 수요를 충족해주는 핵심이 되는 부분에서 차별화가 이루어져야 한다는 것이다. 그냥 신기하기만 해서는 안 된다. 그리고 상정한 고객이 접근하기 쉽고 상품을 보았을 때 쉽게 원하도록 유통과 소매에 관한 '채널' 선택이 잘 이루어져야 한다. 타기팅, 작품의 만듦새, 판매 전략. 이 세 가지 시책이 하나라도 잘못되면 히트할 확률은 엄청나게 낮아진다.

"이제까지 없었던 작품을 만들어보겠다!"는 시도가 비참한 매출액으로 끝나는 경우에 자주 들 수 있는 이유는 이런 것이 있다. 하나는 내용적으론 새로울지 몰라도 "그래서 그게 누구에게 좋은데?" 싶은, 고객을 무시한 독선적인 작품. 바꿔 말하자면 수요가 없

## [그림6] 타깃×콘텐츠×채널

작품(콘텐츠)과 독자(타깃)를 연결하는 것이 서점이나 사이트 등과 같은 '채널'이다. 혁명적인 작품을 만들었더라도 그것을 혁명적이라고 생각해줄 타깃 고객에게 도달하지 못하면 의미가 없다. 혁명적이라고 생각해주는 타깃 고객이 있더라도 프로모션에 실패해서 유통하는 채널에 들어오지 않는다거나, 혹은 그 채널 안에서 신택 빚지 못하면 마찬가지로 도달하지 못힌디. 또힌 각 채널에선 타깃에 맞추어 조닝(zoning)[8]을 하거나 콘텐츠에 대해서 성과 폭력, PC(political correctness; 정치적 올바름)에 관한 표현 규제를 실행한다. 따라서 작품을 만든다는 것은 어떤 사람을 대상으로 어떤 특성을 가진 유통 경로를 선택할 것인지를 빼놓고 생각할 수 없다.

는 작품을 만들었을 경우에 그렇다. 또 한 가지는 고객 수요를 염두에 두고 작품을 만들었음에도 불구하고 상정했던 고객에게 도달할 수 있도록 판매가 이루어지지 않았을 경우다. 프로모션 및 판매 방법의 실패인 셈이다. 애당초 고객 수요의 파악과 그에 합치되는 작품을 만드는 것만으로도 어려운 일이다. 대부분의 창작자는 자기가 만들고 싶은 것을 만들지 남이 보고 싶어 하는 것을 만들고 싶어 하진 않는다. 마음 속 깊이 "잘 팔리면 좋겠어!"란 생각이 있더라도, 고객이 원하는 것이 무엇인지 알지 못한다. 혹은 "알고는 있지만 만들지 못하겠다"는 경우도 흔하다. 거기에다가 추가로 채널 공략이란 커다란 변수가 덧붙는다. 그렇기 때문에 "정말 새로운 ○○"을 성공시키는 것은 매우 어려운 일이라는 것이다.

그렇지만 최근 몇 년 사이에 성공을 거두고 새로운 카테고리를 형성한 장르가 바로 프리 게임의 노벨라이즈와 웹소설이다. 여기에서는 프리 게임의 노벨라이즈에 관해 생각해보고자 한다.

## 프리 게임이란? 무료로 플레이할 수 있는 인디 게임(자작 게임)

이 장르를 잘 모르는 사람에게는 전제 지식이 필요한 이야기를 하게 되었는데, 하나씩 설명해보도록 하겠다. 우선 프리 게임이란 무엇인가. 주로 컴퓨터로 플레이할 수 있는 프리(무료)의 게임을 가리킨다. 그 대부분은 메이저 게임 회사가 만드는 것이 아니다. 개인이나 동인 서클이 만든 액션 게임이나 RPG, 어드벤처 게임, 노벨 게임을 말한다. 인디 게임 혹은 자작 게임이라고도 부른다(이 두 용어는 각각 포함되는 범위가 달라지지만, 여기에선 세세한 분류는 따지지 않도록 하겠다). 프리 게임은 2000년대 후반 이후 니코니코동화나 유튜브와 같은 동영상 투고 사이트에서 '게임 실황'이 융성함에 따라 광범위한 주목을 받았다.

## 게임 실황이란? 게임을 하면서 말을 하는 동영상이 폭발적인 인기다

게임 실황이란 글자 그대로 플레이어가 실황 중계를 하는 것 같은 형태로 말을 하면서 게임을 플레이하는 동영상을 뜻한다. '플레이 동영상'이라고도 한다. 또한 플레이어가 직접 중계하는 것이 아니라 음성을 읽어주는 소프트웨어(SofTalk 등)를 써서 기계 음성으로 실황'풍'으로 편집한 동영상도 다수 존재한다(〈동방 프로젝트〉[9]의 2차 창작에서 만들어진 '윳쿠리'[10]라는 캐릭터가 읽도록 하는 체재의 동영상이 많다). 이것들은 엄밀하게 보자면 '실황'은 아니지만, 그냥 전부 다 합쳐서 '게임 실황'으로 취급된다.

얼마나 인기 있을까? 예를 들어 게임 실황은 2015년 현재 니코니코동화에서 재생 수, 투고 수가 가장 많은 장르다(2010년대에 그 기세는 꺾일 줄 모르고 치솟고 있다). 또한 '유튜버'라 불리는 외국의 톱 플레이어들은 연간 수백만 달러의 수입을 얻을 만큼 인기가 있다. 일본에서도 동영상을 투고하면 수십만에서 수백만의 재생 수를 기록하는 게임 실황 스타, 예를 들어 유튜브에선 HIKAKIN, 맥스 무라이, 하지메샤초[11], 니코니코동화에선 M.S.SProject, 키요, 아브, 레토르트가 탄생했다. MSSP 관련 서적은 출간될 때마다 아마존 순위에서 종합 1위를 차지하고, 새로운 시대의 스타라고 해도 좋을 만한 존재가 되었다.

2010년대에 접어들어 게임 실황이 가진 프로모션 파워는 무시할 수 없을 만큼 커졌다. 〈마인크래프트〉[12], 〈그랜드 테프트 오토 Grand Theft Auto〉[13] 등의 게임은 원래도 인기가 높았지만, 플레이 동영상이 인기를 얻으면서 새로운 게임 유저가 무수히 많아졌다. 이런 힘을 게임 업계에서도 인식하여 공식으로 플레이 동영상 업로드를 허가하는 움직임도 커지고 있다. 또한 아마존이 동영상 사이트 트위치Twitch를 인수하는 등 실황 동영상이 미치는 경제 효과에 주목하는 흐름은 비즈니스 업계에서도 강화됐다. 닌텐도가 2015년에 발매한 Wii U(위유)용 소프트웨어 〈스플래툰〉과 〈수퍼마리오 메이커〉는 실황에서 인기가 높아질 것을 예상하고 발매한 것이었다. 즉 소프트웨어 제작에도 실황 문화가 영향을 미치고 있는 것이다.

게임 실황에서 인기를 얻는 것은 꼭 메이저 업체가 발매한 유료 게임만은 아니다. 일본에서는 프리 게임·자작 게임, 외국에서는 인디 게임이라 불리는 무료(혹은 소액)로 플레이 가능한 게임도 무수히 있다. 또한 유튜브를 중심으로 '기본 무료'[14]로 플레이 가능한 스마트폰용 게임, 심지어 스토리성이 거의 없는 퍼즐 게임의 실황까지 인기를 얻고 있다. 즉 중요한 것은 '동영상으로서 재미있는가 없는가'이다. 플레이 대상이 유료 게임, 인기 게임이더라도 동영상으로 볼 때 확 눈에 띄지 않으면 게임 실황에서는 주목받을 수 없다.

**'동영상에서 눈에 띄는' 전형적인 게임이 바로 호러이고, 프리 게임은 마음 편하다는 점이 더욱 유리했다**

'동영상에서 눈에 띈다'는 점에서 2000년대 후반부터 2010년대 초반까지 실황계에서 널리 받아들여진 것이 호러 게임이었다. 다만 게임 실황이 '저작권을 위반하는 언더그라운드적 존재'에서 '게임 업계와 실황 중계하는 사람이 서로를 이용하는 공공연한 존재'가 되어버린 2014년경부터는, 대형 메이저 게임 제작사가 발매하는 저명한 게임에 실황이 집중되는 경향이 발생했고, 그에 따라 프리 게임 실황은 저조해졌다. 어디를 찾아봐도 〈마인크래프트〉, 〈스플래툰〉, 〈수퍼마리오 메이커〉를 중계하는 것이 2015년의 니코니코동화 실황 풍경이 된 것이다. 하지만 여기에선 2010년대 초반부터 중반에 이르기까지 호러 게임 실황 붐, 그리고 그 노벨라이즈 인기는 어떻게 생긴 것인지, 출판업계에 어떤 시사점이 있는지 고찰하고자 한다.

우선은 노벨라이즈된 주요 호러 게임 제목으로 검색해본 동영상의 재생 수를 나열해보겠다.

〈아오오니〉 = 유튜브: 약 540만, 니코니코동화: 약 500만

〈마녀의 집魔女の家〉 = 유튜브: 약 26만, 니코니코동화: 약 100만

〈이치로 소년 기탄いちろ少年忌譚〉 = 유튜브: 약 13만, 니코니코동화: 약 121만

〈안개비가 내리는 숲〉 = 유튜브: 약 10만, 니코니코동화: 약 90만

〈식칼 씨의 소문包丁さんのうわさ〉 = 유튜브: 약 10만, 니코니코동화: 약 50만

〈시로의 저주シロノノロイ〉 = 유튜브: 약 6만, 니코니코동화: 약 42만

〈옥도사변獄都事変〉 = 유튜브: 약 14만, 니코니코동화: 약 69만

이것은 재생 수 최상위 동영상의 재생 수만을 뽑아본 것으로, 이외에도 각 게임마다 무수히 많은 실황 동영상이 올라와 있다(즉 각 게임의 플레이 동영상을 누적해서 재생 수를 세어보면 여기에 나열한 수치보다 몇십~몇백 배가 된다는 뜻이다). 이런 게임의 인지도는 웬만한 컨슈머 게임[15]이나 소설 매출액의 몇 배, 몇십 배나 된다. 그렇다면 그 인기를 이용해서 소설로 만들려는 움직임이 나오는 것도 자연스러운 일이다. '소설가가 되자' 등의 웹소설 서적화와 마찬가지 논리다.

**팬층은 크기가 어느 정도인가?**

앞서 언급했던, 내가 조사한 앙케트 결과를 살펴보도록 하자. '좋아하는 니코니코동화의 장르'에 '게임 실황'이라고 답한 남학생은 전체의 25%, 여학생은 9%였다. '좋아하는 게임'에 '프리 게임'이라고 답한 남학생은 9%, 여학생 8%. 참고로 소유하고 있는 게임기는 남학생은 거치형 게임기(PS3나 4 등)가 24%, 휴대용 기기(닌텐도 3DS나 PSVita 등)는 58%, 여학생은 거치형 14%, 휴대용 43%였다. 프리 게임이나 게임 실황을 좋아하는 10대는 10명 중 한 명 정도. 애니메이션이나 만화와 비교하면 아직 적지만 좋아하는 사람이 한 반에 2~4명이나 있다고 본다면, 취미로서는 충분히 대중적이지 않은가.

## 게임 시스템과 스토리의 특징

프리 호러 게임의 내부는 어떻게 되어 있을까. 게임 시스템과 스토리의 패턴을 소개하겠다. 프리 호러 게임은 크게 두 종류로 나뉜다. 〈RPG 만들기(RPG 쯔꾸르)〉[16]로 만든, 간단한 액션 요소가 있는 어드벤처 게임과, 소설 형식으로 읽어가는 노벨 게임[17]이다. 전자의 대표적 게임이 〈아오오니〉, 〈Ib(이브)〉, 〈마녀의 집〉, 〈안개비가 내리는 숲〉이고 후자의 대표작이 〈식칼 씨의 소문〉, 〈부인은 참살소녀奧樣は慘殺少女〉 등이다(여담이지만 옛날에는 '노벨 게임=미소녀 게임[18]=에로 게임'이었으나, 2010년대 10대에게는 '노벨 게임=호러 게임'이 되었다. 30대인 나로서는 격세지감이 느껴지는 대목이다). 하지만 게임의 골격은 전부 다 비슷비슷하다.

① 주인공이 어떤 이유로 폐쇄 공간에 갇힌다. 저택이나 꿈의 세계, 밤중의 학교, 미술관, 마녀의 집 등에서 나가지 못한다.

② 수수께끼의 폐쇄 공간에는 주인공의 몸에 해를 끼칠 만한 덫(트랩)이나 괴물이 존재하고, 주인공은 싸우거나 도망치면서 탈출하고자 노력한다. 선택지를 잘못 고르면 죽는다.

③ 탈출하기 위해서는 폐쇄 공간에 놓인 수수께끼를 풀어서 열쇠나 비밀번호를 입수하고, 그 전까지는 열리지 않던 문을 열고 다음 장소에 가서 또 다른 수수께끼에 도전해야 한다. 이 작업을 계속 반복한다. 그 과정에서 주인공은 종종 깜짝 놀랄 만한, 혹은 위험한 상황에 빠진다.

④ 마지막에는 반전이 준비되어 있다. 무서움이 더욱 심화되거나, 감동적인 경우
도 있다.

대략 이렇다. 호러 게임을 좋아한다는 두 명의 여대생을 취재
했을 때 인상적인 점이 있었다. "프리 게임의 어떤 점을 좋아하는
지?"라는 질문에 "귀여운 여자아이가 '마미'당하는 것이 좋아요"
라고 답한 것이다(다른 한쪽에서도 "그래그래!"라고 맞장구쳤다). '마
미당한다'는 것은 애니메이션 〈마법소녀 마도카☆마기카〉[19] 제
3화에서 마법소녀 도모에 마미가 마녀에게 참혹한 죽음을 당한
것에서 만들어진 유행어인데, 즉 간단하게 '살해당한다'는 말이다.
메이저 게임이나 대부분의 TV애니메이션, 할리우드영화에서는
규제나 윤리적인 배려로 인해 여성이나 아이가 무참하고 무의미
한 죽음을 당하는 장면이 직접적으로 그려지는 일은 드물다. 〈마
도카☆마기카〉나 〈진격의 거인〉[20]은 예외이고, 그 때문에 젊은이
가 원하는 자극을 제공했다고 할 수 있을지도 모르겠다.

그리고 프리 게임에선 메이저 게임 세계에 존재하는 업계 단체
의 윤리 규정이 없다. 자율 규제가 없다는 말이다. 주인공 소녀에
게 식칼이나 기요틴이 떨어져서 사살·참살 당하거나 압살당하는
일도 흔하고, 심지어 카니발리즘cannibalism[21]이 그려지는 경우도 있
다. 플레이어와 동영상 시청자의 감정을 좋든 싫든 다짜고짜 끄집
어내는 자극적인 표현이 그려진다는 점도 이 장르의 매력일 것이

다. 참고로 이 경향은 역시 10대~20대 여성에게 매우 인기가 높은 pixiv<sup>픽시브</sup> 투고 만화 중 일부에서도 엿볼 수 있다. pixiv 만화에서는 여자들이 좋아할 만한 러브코미디(예를 들자면 후지타<sup>ふじた</sup>『오타쿠에게 사랑은 어려워ヲタクに恋は難しい』, 오토이 레코마루<sup>音井れこ丸</sup>『아저씨와 마시멜로おじさんとマシュマロ』 등), '드립성'<sup>22</sup>이 강한 개그 만화(미카게 서커스<sup>美影サカス</sup>『요즘☆이집트신イマドキ☆エジプト神』 등), 그리고 카니발리즘을 다룬 자극이 강하고 '중2병'<sup>23</sup> 요소가 포함된 엽기적이고 관능적인 작품(오하기<sup>おはぎ</sup>『죽고 싶은 소녀와 식인귀 씨死にたがり少女と食人鬼さん』 등)이 인기 있다. 그 중 마지막에 예로 든 유형의 작품이 여성에게 인기 있는 프리 호러 게임과 통하는 세계관인 경우가 많다.

이야기를 다시 돌리면, 프리 호러 게임을 플레이할 때 불가사의한 폐쇄 공간 안에서 수수께끼를 풀어야 할 필요가 있다. 즉 '수수께끼' 요소도 강하다. 전편에 걸쳐 환상적인 세계관이면서도 작중에서 그 세계가 어떤 의미를 갖고 있는지가 거의 설명되지 않는 〈유메닛키〉를 가장 특수한 케이스로 놓고(다만 〈유메닛키〉는 호러라기보다 다크 판타지에 가깝다), 희대의 예술가 게르테나의 작품·정신세계 속을 헤맨다는 내용인 〈Ib(이브)〉 등과 같이 '수수께끼'에 '다른 세계'를 합체시킨 느낌이 강하다는 특징을 갖고 있다.

클라이맥스에 준비되어 있는 반전은 공포에서 해방되어 안심하게 되는 것만이 아니라 괴기 사건에 관한 안타까운 진상이 밝혀지고 슬프고 감동적인 전개를 보여주는 작품도 많다. 〈이치로 소년 기탄〉, 〈안개비가 내리는 숲〉, 〈부인은 참살소녀〉, 〈식칼 씨의 소문〉, 〈시로의 저주〉 등이 그렇다. 즉 그냥 무서운 것만이 아니라 '눈물이 나는' 엔딩이라는 말이다. 덧붙여 게임 실황에서는 중계 하는 사람이 게임을 플레이하면서 무서워하거나 게임 내용에 대해 농담하거나 지적을 하는 행위 등을 통해 만들어지는 '재미'가 존재한다. 그런 재미는 게임 자체에 있는 것이 아니라 플레이하는 동영상에 덧붙여진 재미인 것이다. 공포라는 면에 있어서도, 플레이어가 무서워할수록 시청자에게도 무서움이 전염된다(예를 들자면 '호러 게임 〈이치로 소년 기탄〉의 첫 실황 플레이 제24화' [https://www.youtube.com/watch?v=YmCZ_CFT3v4]를 한번 보라). 진심으로 무서워하는 플레이어, 스토리에 충격을 받아 울음을 터뜨리는 플레이어의 모습까지 포함해서 게임 동영상을 보면, 내가 그냥 혼자서 플레이했더라면 이만큼이나 정동情動, 감정의 환기喚起가 일어나지 않았을 것 같다는 생각이 든다.

즉 플레이하는 중에 감정의 흐름은 '공포'와 '수수께끼'를 기조로 하면서 마지막에 '기쁨'과 '슬픔'이 온다─입구는 무섭고 출구는 감동─는 의미다. 거기에 더해 실황 중계하는 사람으로 '재미'가 추가되고, 또한 공포와 감동도 증폭되어 전달된다는 오락이 바로 호러 게임의 실황 동영상인 것이다. 게임 실황에서 인기를 얻고 있는 호러 게임에 요구되는 것은 E★에브리스타의 데스 게임물과 마찬가지로 닳고 닳은 호러 마니아가 원하는 식의 호러가 아니다.

알기 쉽고 강한 인상을 주는 '무서움+감동'인 것이다.

## '스토리 구성은 라이트노벨보다 야마다 유스케에 가까운데도 라이트노벨 독자와 친화성이 높다'는 수수께끼

그러면 이 사람들은 어떤 소설을 좋아하는 것일까? 호러 게임이니까 우선은 10대 대상 호러를 집필하는 야마다 유스케의 독자와 얼마나 친화성을 갖고 있는지 살펴보자.

게임 실황 팬 중에서 야마다 유스케 팬은 18%(남자가 0%, 여자 36%). 프리 게임 팬 중에 야마다 유스케 팬은 19%(남자 10%, 여자 27%). 반대로 야마다 유스케 팬 중에서 게임 실황 팬은 16%(남자 0%, 여자 24%), 프리 게임 팬은 13%(남자 10%, 여자 14%). 즉 남자는 거의 겹치지 않고, 여자는 4, 5명 중 한 명은 겹친다.

그럼 라이트노벨은 어떨까. 게임 실황 팬 중에 라이트노벨 팬은 남자 38%, 여자 50%. 프리 게임 팬 중에 라이트노벨 팬은 남자 60%, 여자 64%. 반대로 라이트노벨 팬 중에서 게임 실황 팬은 남자 50%, 여자 29%. 라이트노벨 팬 중 프리 게임 팬은 남자 21%, 여자 29%. 게임 실황과 프리 게임을 좋아하는 사람들은 야마다 유스케보다도 라이트노벨과 친화성이 있다.

참고로 라이트노벨 팬 중에 야마다 유스케 팬은 남자 7%, 여자 25%. 야마다 유스케 팬 중에서 라이트노벨 팬은 남자 20%, 여자

29%. 여자는 몰라도 남자는 그다지 겹쳐 있지 않다. 이 말은 게임 실황이나 프리 게임을 좋아하는 팬을 대상으로 만드는 호러 게임의 노벨라이즈 작품은 야마다 유스케풍보다 라이트노벨풍으로 만드는 편이 더 친근감 있게 받아들여진다고 할 수 있다.

호러 게임의 '입구는 무섭고 출구는 감동'이란 스토리 전개 방식(어필링 포인트訴求点; appealing point의 배치 방식)은 라이트노벨보다 2000년대 중반 이후의 야마다 유스케 작품과 가깝다. 극한 상태의 폐쇄 공간에 몰린 주인공이 목숨을 걸고 탈출을 감행하여, 마지막엔 눈물을 흘릴 수밖에 없는 진상이 밝혀지면서 끝난다. 호러 게임에서 자주 볼 수 있는 이 구성은 야마다 유스케 작품과 매우 닮았다. 물론 이것은 호러 장르의 패턴 중 하나일 뿐이지만 말이다.

그렇지만 프리 게임이나 게임 실황을 좋아하는 팬은 야마다 유스케보다 라이트노벨을 좋아하는 사람과 겹치는 비율이 높다. 또한 좁은 의미의 라이트노벨에선 호러가 배틀물이나 러브코미디와 비교할 때 잘 팔리기 어렵고, 애니메이션화되는 일도 없어 '망하는 지름길'이었다. 그럼에도 불구하고 프리 호러 게임을 노벨라이즈할 때엔 라이트노벨처럼 일러스트를 표지에 집어넣는다. 그러고서 판매 수치가 그럭저럭 나오는 신흥 장르가 되었다. 이는 무슨 이유에서일까? 생각할 수 있는 가설을 들어보겠다.

**가설 ① : 호러 게임 팬과 야마다 유스케 팬 모두 '무서우면서도 눈물 나는' 내용**

**[표5] 게임 실황 팬, 야마다 유스케 팬, 라이트노벨 팬 사이의 관계**

| 게임 실황 팬 중에서… | 야마다 유스케 팬 중에서… | 라이트노벨 팬 중에서… |
|---|---|---|
| 야마다 유스케 팬은 18%<br>라이트노벨 팬은 51% | 게임 실황 팬은 16%<br>프리 게임 팬은 13% | 야마다 유스케 팬은 16%<br>게임 실황 팬은 39% |

게임 실황 및 프리 게임 팬과 라이트노벨 팬은 친화성이 높다. 하지만 양쪽 모두 야마다 유스케와는 친화성이 낮다.

을 좋아했다. 하지만 평소 접하는 미디어나 플랫폼이 다르고, 서점에서 자주 가는 매대도 다르기 때문에 서로를 잘 모르거나 흥미를 갖지 않았다.

가설 ② : 호러 라이트노벨은 주로 여성 대상으로 만들 필요가 있는데, 호러 게임 노벨라이즈 이전의 호러 라이트노벨에서는 타깃 선택이나 콘텐츠 제작 및 채널 전략에서 그런 부분을 채택하지 않았다.

야마다 유스케 팬 중 라이트노벨 팬은 26%, 게임 실황 팬은 16%. 게임 실황 팬 중 야마다 유스케 팬의 남자는 0%, 그에 반해 여자는 36%나 된다. 참고로 게임 실황 팬 중 라이트노벨 팬은 남자 38%, 여자 50%. 이것을 어떻게 해석해야 할까.

가설 ①의 근거로 야마다 유스케 팬은 실황을 그다지 안 보는 것 같았다. 다만 반대로 실황 팬인 여성 3명 중 1명 정도는 야마다 유스케를 좋아한다. 그렇다는 이야기는 소설을 읽는다는 말이다. 그리고 라이트노벨은 야마다 유스케 이상으로 더 많이 읽는다. 즉 실황 팬 여성 대상으로 라이트노벨 분위기의 호러 소설을 쓰면 됐을 것이라는 말이다. 그러나 전격문고라든지 판타지아문고처럼 일단은 남자아이 타깃을 중심으로 하는 레이블에서 여성 대상의 호러 라이트노벨은 내기 어렵다. 또 내더라도 사람들이 잘 모른 채 묻혔을 가능성도 있다. 그러면 내보더라도 성적이 좋지 않았을 것이다(가설 ②). 수요는 있었지만 적절하게 전달할 수단이 개발되지 않았기에 히트하지 못한 게 아니었을까?

참고로 『독서 여론조사 2015년판』(마이니치신문사)에는 라이트 노벨의 독서 체험에 관한 조사 결과가 실려 있는데, 10대 후반 남성은 라이트노벨을 '읽은 적이 있다' 32%, '알고 있지만, 읽은 적은 없다' 23%, '모르고, 읽은 적도 없다' 45%인데 비하여, 10대 후반 여성은 '읽은 적이 있다' 41%, '알고 있지만, 읽은 적은 없다' 31%, '모르고, 읽은 적도 없다' 26%였다. 즉 10대에서는 남자보다 여자가 라이트노벨을 더 알고 있으며, 읽은 비율도 높다. 하지만 10대 여성 대상의 라이트노벨 공급은 충분치 않았다. 코발트문고 나 빈즈문고 등 여성 대상 라이트노벨 레이블에서 나오는 태반의 작품은 현재 평균 연령이 낮은 경우에도 20대, 대부분은 30대나 40대 여성이 중심 독자여서 '틴에이저'가 읽는 '소녀소설'이 아니다(이것은 그 레이블이 최고 전성기였던 시기의 독자가 그대로 나이를 먹었고, 제작도 그에 맞춰왔기 때문이다). 이 말은 10대 여성의 라이트노벨 수요가 있는데도 원하는 작품을 적절히 전달하는 데에 실패했다는 의미다.

그래서 여기에서, 서두에 언급했던 '타깃×콘텐츠×채널' 이야기로 돌아가겠다.

## 어째서 지금까지 나온 호러 라이트노벨은 잘되지 않았는가

TSUTAYA나 GEO에서 DVD를 빌려볼까 하는 생각을 가졌다고 가정해보자. "연애 코너에서 빌려왔더니 집에서 틀어보니까 호러였다"고 한다면 어떨까? 웬만큼 특수한 성격이 아니라면 최악의 기분이 들 것이다. "이 장르, 이 카테고리의 작품이에요"라고 안내받았는데 내용이 다를 경우 사람은 화가 나기 마련이다. 라이트노벨에서 호러가 어려웠던 원인은 아마도 이 부분에 있을 것이다. 전격문고나 후지미문고 등의 라이트노벨 레이블에서 간행된 히트작의 대부분은 배틀이나 러브코미디였다. 거기에 호러를 섞어놓으면 DVD대여점의 러브코미디 코너에 호러를 배치한 것과도 같은, 받아들여질 확률이 낮은 행위였다.

그렇지만 10대에 호러물에 대한 수요가 없었던 것은 아니다. 오히려 다른 세대와 비교해도 왕성한 편이다. 공포 연구에서는 젊은이가 무서운 것에 더 이끌리기 쉽다는 점을 종종 지적하곤 한다. '학교 괴담'이라든지 자연 체험, 캠프장에서 담력 시험은 있지만 '회사 괴담'은 없고, 사원 여행을 가서 매번 담력 시험을 하는 회

**169**

사는 소수이지 않은가. 실제로도 지금 일반 문예 코너에서는 10대 대상 호러로서 야마다 유스케나 E★에브리스타에서 나온 카나자와 노부아키의 『왕 게임』이 잘 팔리고 있다. 초등학교 고학년에서 중학교 2학년 정도까지의 연령대에서 열렬한 지지를 받고 있다. 평소엔 라이트노벨을 읽는 중고등학생도 (특히 여학생은) 무서운 내용을 거부하진 않는 편이다.

다만 '밝고 즐거운 것'을 읽고 싶어 찾는 라이트노벨 코너에 공포를 내세운 작품을 배치해서 "지금 그런 기분 아냐"라며 선택받지 못했던 것뿐이라는, 즉 본질은 서점에서 어떻게 싸워야 할지 채널 전략의 미스였다는 말이다. 콘텐츠와 타깃을 연결하는 '채널'의 문제였다. 작품과 독자 수요의 불행한 미스 매치를 피하기 위해서는 적절한 채널을 골라서 수요자에게 어떤 카테고리에 속해 있는지(기존의 것과는 다르다는 점)를 적확하게 제시해야 한다.

호러 게임의 노벨라이즈에서 채널 전략은 어떤 것이었을까? PHP연구소는 『악의 딸』 시리즈를 필두로 4·6판으로 출간했던 보컬로이드 소설의 흐름을 따라 마찬가지로 4·6판으로 게임 노벨라이즈를 간행하여 『아오오니』, 『유메닛키』, 『어그러진 나라의 앨리스歪みの国のアリス』를 히트시켰다.

2000년대 남성 대상 러브코미디를 특화시켜서 매출을 신장했던 MF문고J 역시, 『미카구라 학원 조곡ミカグラ学園組曲』이나 『종언의 서표終焉ノ栞』 등의 보컬로이드 소설 히트에 이어 MF문고J 어펜드

라인ｱﾍﾞﾝﾄﾞﾗｲﾝ이란 10대 여성 대상의 서브 레이블을 만들었다. 거기에서『시로의 저주』등 프리 호러 게임의 노벨라이즈도 출간했다.『종언의 서표』는 보컬로이드 소설이긴 하지만 그야말로 '라이트노벨스러운 캐릭터가 나오는 호러'의 성공 사례다.

이 모든 작품이 '니코니코동화의 사용자 대상'이면서 동시에 지금까지 나왔던 라이트노벨과 가깝긴 하지만 다른 작품이라는 것을 알 수 있도록 패키징과 판매 전략을 선택했다는 말이다. 그래서 비로소, '라이트노벨스러운 호러'는 간신히 적절한 독자에게 전달될 수 있었다. 라이트노벨도 잘 모르고 프리 게임(의 노벨라이즈)도 잘 모르는 사람이 볼 때는 어느 쪽이든 다 표지에 일러스트가 그려져 있는 소설이니까 "뭐가 다른 건데?"라고 말할지도 모른다. 특히 신문과 같은 매스미디어에서는 좁은 의미의 라이트노벨도, 프리 게임의 노벨라이즈도, 웹소설도, 보컬로이드 소설도 전부 뭉뚱그려서 그냥 '라이트노벨'로 취급하는 경우도 많다. 하지만 작가와 독자의 의식에서 서브 카테고리는 분명히 갈라져 있다. 예를 들어 맥주라는 메인 카테고리는 동일하더라도 라거 맥주와 에일 맥주, 그리고 발포주와 논알콜 맥주 등과 같은 서브 카테고리가 구매자의 머릿속에서 분명하게 갈라져 있는 것과 가깝다. 맥주의 구매층이 자연스럽게 알 수 있도록, 구분이 가는 패키징과 프로모션을 통해 판매하고 있다.

2010년대에 접어들어 라이트노벨이란 커다란 카테고리 아래에 프리 게임의 노벨라이즈나 보컬로이드 소설, 인터넷상 소설 투고 플랫폼인 '소설가가 되자' 게재 작품의 서적화(웹소설) 등 여러 가지 서브 카테고리가 형성되었다. 이들 서브 카테고리의 작품은 '타깃×콘텐츠×채널'이 2000년대 라이트노벨과는 다르다. 독자에게 '소설가가 되자' 계열 작품과 '프리 게임 노벨라이즈'와 '좁은 의미의 라이트노벨'은 각기 카테고리가 다르다는 말이다. 서로 다른 존재다.

특정 카테고리 안에서 새로운 내용을 시도하여 성공시키는 일은 어렵다. 특히 성숙한 시장에서는 성공 패턴이 이미 확정되어 있어서, 그 성공 패턴을 효율 좋게 최대한 충족시키는 플레이어가 승리한다. 2000년대 라이트노벨은 이랬다. 타깃이 10대 남자였고 그들의 욕구는 '즐겁다', '친구와 얘기할 때 화제가 된다', '꽂힌다'(이에 관한 자세한 내용은 졸저 『베스트셀러 라이트노벨의 구조』[24]를 참조할 것)였다. 이것들을 충족시키는 배틀물이나 러브코미디 작품을 꾸준히 써낼 수 있는 사람이 이겼다. 배본되는 매대도 확정되어 있고, 거기에 오지 않는 사람을 대상으로 한 작품을 만들어봤자 히트하지 못하는 상황이었다.

하지만 어떤 카테고리의 옆에 새로운 카테고리를 만들거나 혹은 커다란 카테고리 밑에 서브 카테고리를 만들어서 고객에게 '다른 존재'라는 점을 인식시킬 수만 있다면, 또 다른 성공 패턴을 구축할 수 있는 것이다(자세한 내용은 브랜드론의 대가인 데이비드 아커

David Allen Aaker의 『카테고리 이노베이션』이나 하버드비즈니스스쿨 교수 문영미Youngme Moon의『비즈니스에서 제일 중요한 것: 소비자의 마음을 배우는 수업』을 참조할 것).

그리고 지금까지와는 다른 카테고리에 속한다는 점을 인식시키기 위해서는 "지금까지와 타깃이 다르다"고 말하고 "내용(콘텐츠)도 다르다"는 것을 보여주면서 작품이 유통되는 매장(채널)에서의 취급도 다르다는 것을 제시해야 한다(그림7).

여기에서는 프리 게임 노벨라이즈의 사례를 소개했지만, '소설

**[그림7] 라이트노벨과 프리 게임 노벨라이즈의 '타깃 × 콘텐츠 × 채널' 차이점**

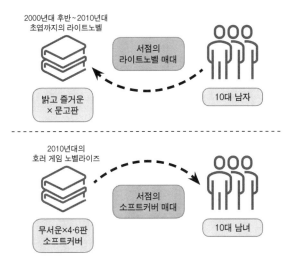

라이트노벨과 '같은 매장에서 같은 판형'으로서가 아니라, 인접해 있지만 '다른 매대에 다른 판형'으로 전개했다. 이에 따라 고객에게 '다른 존재'(다른 가치를 추구한 작품)로 받아들여질 수 있었다.

가가 되자' 계열을 비롯한 웹소설 서적화도 마찬가지 상황이다. 문고판으로 전개되는 '좁은 의미의 라이트노벨'과는 다른 책이고 서로 다른 타깃을 대상으로 한다는 점을 서점에서 보여주기 위해 패키지를 바꾸고 배본하는 매대를 달리하는 등 여러 시책을 출판 사에서 동원했다(그림8). 그 결과 본래의 타깃이 아닌 층이 구매하 여 불평하는 사태는 적어졌고, 서점에서 웹소설 서적화 작품이 융 성하게 된 것이다.

이번 장에서는 프리 게임의 노벨라이즈라는 사례를 소개했는

**[그림8] 2010년대에 일어난 '라이트노벨'의 확장**

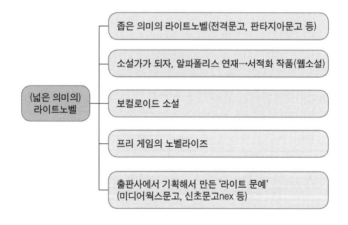

좁은 의미(종래의 용법)로는 '라이트노벨'이라 하면 전격문고나 판타지아문고 등에서 출간되는 작품을 가리키는데, 2010년대에 접어들어 인접 장르가 늘어나고, 타깃은 물론 모체가 되는 플 랫폼도 다양해졌다. 따라서 넓은 의미의 '라이트노벨'은 이것들 전부를 포함시키는 용어로 사용 하고 있다. 하지만 적절한 사용자에게 적절한 작품을, 적절한 플랫폼을 통해서 전달하기 위하여 '서브 카테고리'를 만들고 좁은 의미의 라이트노벨과는 다른 존재라는 점을 어필했다.

데, 다음 장부터는 '소설가가 되자'와 E★에브리스타 이외에서 생

겨난 '인터넷 콘텐츠의 소설화·서적화'의 움직임에 관해 살펴보

겠다.

6장
____

# 얼터너티브

# 소설 비즈니스의 새로운 물결: 인터넷발 콘텐츠의 소설화

지금까지의 논의를 정리해보자(그림9).

### [그림9] 소셜 비즈니스의 밸류 체인

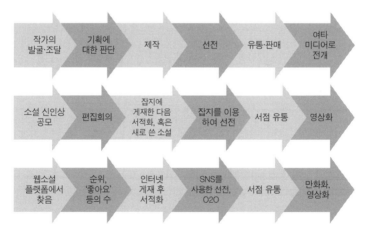

기존에는 가운데와 같은 모델이었지만, 웹소설 서적화는 아래쪽 흐름을 따른다. 인터넷을 쓰지 않는 부분, 종이책의 제작 및 유통과 여타 미디어 전개에 관해서는 출판사가 맡아야 할 역할이 여전히 크다.

우선 중간 미디어(작가·작품을 육성하고 프로모션해주는 매체)인 잡지가 추락했다는 등의 이유로 서적인 문예까지 어려움을 겪고, 출판사의 신인 육성 기능에 부전이 일어났다. 그때 인터넷 소설 투고 플랫폼이 융성하기 시작했다. 이들 인터넷 플랫폼은 출판사가 잃어버린 R&D 기능을 보완한다. 아날로그적인 '편집자의 감', '서점원의 감'에만 의존하지 않고, 테크놀로지의 힘을 빌린 작품과 독자의 매칭이 인터넷에서 일어나게 됨에 따라 지금까지는 '과연 팔릴 것인가' 하던 유형의 소설에도 실은 수요가 있었음을 발견하는 등의 일이 발생했다. 이것은 수많은 작가나 독자에게도 행복한 상황이었다.

그렇지만 인터넷 콘텐츠에 사람들이 바라는 것은 종이책 소설에 바라는 것과는 다른 부분도 존재한다. 종이책 잡지에서 스마트폰으로 소비 행동이 옮겨지고, 미디어 및 디바이스가 바뀌면서 작품 내용에도 변화가 일어나고 있음을 '소설가가 되자', E★에브리스타 등을 예로 들어 지적하였다.

그리고 인터넷에서 인기를 끈 작품이라고 해서, 그냥 종이책으로 내기만 하면 팔리는 것은 아니다. 어디에 배본할지, 어떻게 해서 기존 작품과 다른 카테고리에 속한다는 것을 독자에게 인식시킬 수 있는지, 오프라인 서점의 채널 전략이 필요한 것이다. 그에 대해 프리 게임의 노벨라이즈를 예로 들어 케이스 스터디를 해보았다. 호러 계열 라이트노벨은 2000년대에는 잘 팔리지 않는 장르

였음에도 불구하고 호러 계열인 프리 게임 노벨라이즈는 어째서 히트했던 것인지를 확인해보았다.

　인터넷에서 작품이 집필되고, 독자한테 전달되고, 종이책으로 제작되고, 종이책 독자에게 전달되기까지의 과정을 하나씩 살펴보았다. '소설가가 되자', E★에브리스타 및 이를 바탕으로 한 출판 사업은 현재 상업적으로 압도적인 존재감을 보이고 있다. 당분간은 계속 확대될 것이다. 하지만 그들에 대한 '얼터너티브' 또한 이미 시작되고 있다. 다른 형태의 플랫폼을 구축하고, 혹은 '소설가가 되자' 서적화와는 또 다른 유형의 인터넷발 콘텐츠의 서적화 역시 갖가지 모습으로 나타나고 있다. 지금은 아직 규모가 작은 경우가 많지만, 현대의(혹은 차세대의) 일각을 담당할 인터넷발 콘텐츠의 소설화 움직임을 설명해보겠다. 우선은 '소설가가 되자', E★에브리스타급으로 성장할 수 있는 잠재력을 갖고 있으면서도 한때의 '붐'으로 끝나버리면서 안정기에 접어든 '보컬로이드 소설'부터 시작하겠다.

# 보컬로이드 소설의 유행과 정체 : 이제는 다 지나가버린 웹소설 움직임의 하나

야마하에서 개발한 음성 합성 기술 '보컬로이드'(대표적인 소프트웨어로는 하츠네 미쿠初音ミク[1] 등이 있다)를 이용하여 만들어진 악곡을 원안으로 삼은 소설을 소위 '보컬로이드 소설'이라고 한다. 초·중·고등학교 여학생을 중심으로 일정한 인기를 얻고 있다. '넓은 의미의 라이트노벨'이며, 인터넷을 통해 소설 콘텐츠가 만들어졌다는 점에서는 웹소설의 일종이기도 하다.

30대 이상의 사람 대부분은 "보컬로이드가 인기"라고 하지 않고 "하츠네 미쿠가 인기"라고 할 것이다. 하지만 지금 보컬로이드 팬들은 보컬로이드에 관해 말할 때 "하츠네 미쿠가"라는 식으로 미쿠를 주어로 쓰는 사람은 없다. '보컬로이드=미쿠'라고 생각하지 않기 때문이다. 보컬로이드 소설 역시 '하츠네 미쿠 소설'인 것은 아니다.

보컬로이드 소설의 흐름은 2010년에 출간된 『악의 딸』로 시작해 2014년 봄에 애니메이션화된 아지랑이 프로젝트<sup>カゲロウプロジェクト</sup>[2](소설판의 제목은 『아지랑이 데이즈<sup>カゲロウデイズ</sup>』)가 가장 히트한 작품이 되었다. 하지만 그 후 '붐'은 식었고, 하나의 장르로 정착은 되었지만 가장 절정이던 시점과 비교해보면 정체됐다. 인터넷에서 인기를 끈 콘텐츠를 종이책으로 만들기만 하면 뭐든지 다 팔리고, 언제까지나 계속 팔리는 것이 아니라는 점을 보컬로이드 소설의 흥망성쇠는 깨닫게 해주었다. 다른 인터넷발 콘텐츠의 서적화 흐름을 점칠 때도 보컬로이드 소설의 역사는 참고가 될 것이다. 또한 고유 장르로 보컬로이드 소설이 갖는, 다른 장르에는 없는 특징은 무엇인지도 살펴보도록 하자.

**하츠네 미쿠 붐에서 supercell까지―보컬로이드 캐릭터에서 작가로**

우선 보컬로이드 소설의 역사를 따라가보자. 상업 출판으로 나온 보컬로이드 소설은, mothy(악의P)가 2008년에 니코니코동화에 투고한 인기곡 「악의 하인<sup>悪ノ召使</sup>」, 「악의 딸」을 바탕으로 악의 P 본인이 직접 집필하여 PHP연구소에서 2010년에 간행한 『악의 딸: 황의 클로아튀르<sup>悪ノ娘 黄のクロアテュール</sup>』가 사실상 시초였다고 일컬어진다.

그 선년도인 2007년은 하츠네 미쿠 원년이었다. 크립톤퓨처미

디어<sup>Crypton Future Media</sup>가 발매한 음악용 소프트웨어인 하츠네 미쿠
는, 2006년 서비스를 개시한 니코니코동화 중심으로 하츠네 미쿠
로 만든 악곡이 발매되면서 금세 유행했다. 초기에는 보컬로이드
그 자체, 혹은 하츠네 미쿠와 P(프로듀서를 뜻하는 말. 작곡자를 가리
킨다) 및 팬과의 관계를 자기 언급적으로 그린 작품이 많았고, '미
쿠를 사용한 놀이'의 측면이 강했다.

그런데 신<sup>scene</sup>에 supercell³이라는 독자적 개성을 가진 '작가'가
나타났다. 놀이라는 측면을 뛰어넘어, 미쿠보다도 supercell이란 크
리에이터의 재능이 강하게 두드러진 일련의 악곡이 인기를 얻은
것이다. 악의P 이전에 '보컬로이드의 2차 창작'이란 영역을 뛰어
넘은 강한 독창적인 캐릭터와 특출한 스토리성을 가진 곡으로서
supercell의 「멜트<sup>メルト</sup>」와 「블랙★록슈터<sup>ブラック★ロックシューター</sup>」가 있
었다(「블랙★록슈터」는 나중에 애니메이션화되었는데 이 점도 '보컬로
이드 악곡의 스토리화', '다른 미디어로의 전개'라는 관점에서 볼 때 중요
하다). 그가 있었기 때문에 악의P 등의, 보컬로이드를 쓰면서도 독
자적인 느낌을 강렬하게 띠면서 전개되는 '스토리 음악'을 받아들
일 수 있는 소지가 만들어졌던 것인지도 모른다.

1세대(이 시기의 팬) 보컬로이드 팬의 연령대는 2016년 기준
20대 중반이 많다. 2007년에 하츠네 미쿠가 등장하고 supercell의
「멜트」, 「블랙★록슈터」, cosMo@폭주P<sup>cosMo@暴走P</sup>의 「하츠네 미쿠
의 소실<sup>初音ミクの消失</sup>」 등이 유행하던 시기에 그 곡들에 빠져들었던

세대다. 이 시기는 하츠네 미쿠를 사용한 2차 창작 움직임이 일어났던 때라고 할 수 있다.

## 보컬로이드 소설의 탄생과 형식의 확립

그리고 2008년 중세풍 판타지의 세계관 속에서 카가미네 린鏡音リン과 렌鏡音レン[4]이라는 보컬로이드를 모델로 삼은 캐릭터가 맞이하는 기승전결이 존재하는 비극, 악의P의 곡이 열광적인 팬을 낳았다. 악의P 작품은 한 곡 한 곡에 전부 스토리가 있는 것처럼 느껴질 뿐만 아니라, 그 곡들 사이에 어떤 연결점이 있는 듯이 해석할 여지가 있는 수수께끼가 담겨 있다. 이 시기엔 악의P 본인도 여러 가지 해석에 대해 무엇이 정답이라고 말하는 것을 피했기에 고찰이나 2차 창작을 하는 팬들이 끊이지 않았다. 이 시기의 팬, 즉 보컬로이드 2세대 사이에 '보컬로이드=미쿠'라는 분위기는 옅어졌다. 2세대는 2016년에 20대 전반~중반 전후의 연령대가 많다. 카가미네 린과 렌 등 후속 보컬로이드가 발매되었고, 악의P가 「악의 딸」, 「악의 하인」을 투고하여 인기를 모은 2008년경부터 '린페'(카가미네 린 페인), '렌페'(카가미네 렌 페인)가 되는 사람이 속출했다. 악의P 「악의 딸」과 함께 '카가미네 3대 비극'이라 불린 수인P囚人P의 「수인囚人」이나 히토시즈쿠PひとしずくP의 「soundless voice」, 「proof of life」 등, P의 이세계 판타지적 세계관을 전면에 내세운

스토리풍 가사를 특징으로 삼은 곡이 유행하기 시작했다. 이런 유형의 보컬로이드 곡을 좋아하는 사람은, 마찬가지로 스토리 음악인 Sound Horizon[5]이나 '중2병스러운' 탐미적 세계관을 구축하는 ALI PROJECT[6]의 팬과도 겹쳐 있다.

『악의 딸』 소설화 계기를 만든 것은 현재까지 보컬로이드 관련 서적의 기획·편집을 다수 진행해온 스튜디오 하드디럭스[7]였다. 당초엔 악의P가 만든 일련의 스토리를 그림책으로 만들지 않겠느냐고 제안했다고 하는데, 악의P 본인이 펜을 들겠다고 말하면서 소설로 기획되었다. 하츠네 미쿠 등장 이후, 국지적인 붐이긴 했어도 일반적으로 인지되었다고 할 수 없던 보컬로이드를 사용한 곡의 소설화, 그것도 보컬로이드 자체를 다룬 것이 아니라 P의 오리지널 색이 짙은 악곡을 장편소설로 만든 책. 이것을 만들 때 니코니코동화의 동향을 알 리 없는 출판사의 기획 결정권자나 결재자(중년 이상의 연령층)를 설득하기는 매우 힘들었을 것이다.

결국 PHP연구소[8]에서 『악의 딸』은 출간되었지만 'Peace' 'Happiness' 'Prosperity'를 기업 이념으로 삼고 있는 회사에서 '악'이란 부정적인 단어를 제목에 단 기획을 통과시키는 것에는 엄청난 사내 절충이 필요했다고 한다. 이노베이션이란 이렇게 리스크를 떠안은 사람이 만들어낼 수 있는 것으로 감나무 밑에서 감이 떨어지길 기다리는 사람이 일으키는 것이 아니다.

역경을 넘어서서 발매된 『악의 딸: 황의 클로튀르』는 예상을 뛰어넘어 중판을 거듭했다. 곡 자체가 스토리성이 있었고, 더불어 수수께끼가 많이 담겨 있었기 때문에 "여기와 여기의 연결은 대체 어떻게 되어 있는 것일까?", "여기에서 이 캐릭터는 무슨 생각을 했던 것일까?"와 같은 부분을 팬은 알고 싶어 했다. 그리고 P 본인이 소설이란 형태로 하나의 답변을 썼으니 그것을 읽고 싶어 하는 것은 당연한 귀결이었을 것이다.

보컬로이드 소설은 『악의 딸』 이후 일관되게 대부분 10대 여성에게 지지를 받았다. 니코니코동화에서 순위 상위권에 오르는 보컬로이드 곡(재생 수 등 인기 중심으로 본 메인스트림 속 보컬로이드 악곡)은, 미쿠가 대파를 흔들고 있던 초창기를 제외하면 거의 대부분 중·고등학교 여학생이 중심 사용자였기 때문이다. 앞서도 언급했듯 코발트문고를 필두로 한 소위 소녀소설, 여성 대상 라이트노벨 레이블 대다수는 독자 평균 연령이 낮아도 20대, 높으면 40대다. 그러므로 10대 대상, 그것도 로 틴$^{low\ teen}$과 미들 틴$^{middle\ teen}$이 구매하는 소설 장르가 '발견'된 것은 출판 업계 내부에서 볼 때도 의미 있는 현상이었다.

그 뒤로도 PHP연구소는 네코로민@수인P猫口眠@囚人P의 『수인囚人』, 『종이비행기紙飛行機』, 히토시즈쿠P의 『비밀秘蜜』, 그리고 전국적인 졸업식 노래 운동으로 발전한 halyosy 『벚꽃의 비桜ノ雨』 등을 소설화한다. 이렇게 해서 보컬로이드 소설의 형식이 확립된 것이다.

P 본인이 직접 쓰는 일도 있고 아니면 프로 소설가가 노벨라이

즈를 맡는 경우도 있다. 보컬로이드 악곡의 유행은 2000년대 후반
에는 미쿠나 카가미네 린과 렌 등 보컬로이드를 일종의 스타 시스
템처럼 사용하여 2차 창작으로 만들었던 곡이 주류였다. 따라서
우선 이 시기의 인기곡이 소설화되었던 것이다.

즉, 초기의 보컬로이드 소설은 ① 미쿠나 린·렌 등을 '캐릭터
로서 좋아하는' 보컬로이드 팬과, ② 각각의 P가 만들어낸 악곡의
팬, 이렇게 양쪽으로부터 지지를 받았다고 할 수 있다.


**'보컬로이드 소설'이 아닌 무언가의 탄생 – 보컬로이드 캐릭터에서 작가로**

이런 흐름을 가속화하고, 어떤 의미에선 변화시킨 작품이 KCG문
고에서 간행된 진(자연의적P)의 『아지랑이 데이즈』였다. 2009년경
부터 보컬로이드 악곡 분야에선 캐릭터로 보컬로이드를 전면에 내
세우지 않고 어디까지나 가수·악기로 사용할 뿐인, P 오리지널 캐
릭터가 등장하는 스토리풍의 MV(뮤직비디오)도 늘어났다(다만 대
표적으로 「비바해피ᵇⁱᵛᵃʰᵃᵖᵖʸ」 등과 같은 Mitchie M 작품처럼 미쿠의 귀여
움을 내세운 유형의 작품이 없어진 것은 아니다. 동일한 '보컬로이드'로
묶이지만 그 내용에서는 서로 다른 시도가 병행되었다고 보는 편이 정확
할 것이다). 내용도 2007년이나 2008년에 자주 보이던 근미래 SF
판타지가 아니라 현대를 무대로 하는 작품도 있었다.

이 시기의 팬, 즉 보컬로이드 3세대는 2015년 시점에 고등학생

**188**

이나 대학생인 경우가 많다. 상당히 BPM이 빠르고 고음으로 부르는 소위 '고속 보커록VOCAROCK[9]'이 주류가 된 2010년대 초 이 장르에 빠진 사람들이다. 3세대가 좋아하는 보컬로이드는 기타guitar록을 부르는 데에 잘 어울리는 GUMI와 IA였다.

악곡 유행의 변화에 따라 진じん이 본인의 오리지널 캐릭터를 써서 만들어낸 루프물 '아지랑이 프로젝트'의 일환인 소설이 2012년 5월에 앨범으로 발매되어 오리콘[10] 주간 차트 1위를 차지했다. 2011년 9월에 투고된 「아지랑이 데이즈」 이후 수수께끼가 숨겨진 '아지랑이 프로젝트'에 열렬한 팬이 붙었다는 점, 같은 시기에 발매된 첫 번째 앨범 〈메카쿠시티 데이즈メカクシティデイズ〉가 마찬가지로 오리콘 6위에 오른 점, 그리고 가격이 저렴한 문고판으로 발매되어 폭발적인 판매고를 기록했다는 점 등이 겹쳐 큰 주목을 받았다.

반복하지만, 진의 작품에는 그가 사용한 하츠네 미쿠나 IA 등의 보컬로이드가 캐릭터로 등장하진 않는다. 진은 미쿠나 IA를 악기로서 썼을 뿐 '아지랑이 프로젝트'에는 진이 만든 오리지널 캐릭터밖에 나오지 않는다. 즉 이 시점에서 반드시 '보컬로이드 소설=보컬로이드가 등장하는 소설'인 것은 아니게 되었고, '보컬로이드를 사용한 곡을 원작으로 삼은 소설=보컬로이드 소설'이 된 것이다. '아지랑이 프로젝트' 이후 「종언의 서표」 프로젝트나 Last Note.의 「미카구라 학원 조곡」 등 P 오리지널 캐릭터(또는 노벨라이즈 작가가 만들어낸 오리지널 캐릭터)가 나올 뿐 작중에 보컬로이드가 전혀 나오지 않는 소설도 차례차례 베스트셀러가 되었다.

'소녀소설'(여성 대상의 라이트노벨)의 일각을 담당해온 가도카와 빈즈문고 역시, 라이트노벨 독자 연령이 오른 상황에서『아지랑이 데이즈』는 압도적으로 10대 전반~15, 16세의 젊은 층이 구매했다는 점을 감안하여 보컬로이드 소설에 참여할 것을 결정했다. 장정을 10대 전반 여성 대상으로 만들고, 야마코ヤマコ가 그린 소녀만화 느낌의 일러스트를 표지에 넣은『스키키라이スキキライ』, 『고백 예행 연습告白予行練習』[11](HoneyWorks 원안, 후지타니 도코[藤谷燈子] 저), 야마다 유스케의 작품과도 같은 데스 게임물『뇌장작렬 걸脳漿炸裂ガール』(레루리리れるりり 원안, 요시다 에리카吉田恵里香 저) 등이 스매시 히트를 기록했고, 이 두 작품은 영상화도 결정되었다. 이 작품들은 전부 니코니코동화에서 흐르는 탄막(덧글)[12]을 참고해 곡의 어느 부분에서 팬이 반응하고 있는지를 주의하면서 곡의 분위기와 소설로 만들었을 때의 스토리 전개를 연동시키고자 했다고 한다. 2014년 2월에 출간된 소설『고백 예행 연습』은 HoneyWorks의 CD앨범〈훨씬 전부터 좋아했어요〉 발매와 타이밍을 맞추는 등 제작·판매 방식의 노하우도 축적되기 시작했다. 이런 소설들은 '보컬로이드 캐릭터로 인기에 기댄 2차 창작 움직임'이 아니고 'P와 P가 만들어낸 캐릭터가 주역인, 새로운 음악×이야기의 형태'였다.

보컬로이드 소설과 좁은 의미의 라이트노벨은 대상 독자층의 방향성이 서로 다르고 이야기의 경향도 달랐다. '좁은 의미의 라

이트노벨'은 배틀물이나 러브코미디를 주류로 삼아왔다. 기본적으로는 밝고 즐겁고, 친구끼리 화제로 삼기 좋고, 그렇지만 눈물이 나는 전개도 있는 내용이 인기였다. 라이트노벨의 러브코미디는 '모에萌え 돼지'[13](남성 오타쿠)들이 '꿀꿀거리는'(성적으로 소비하는) 것이 가능한지가 중요했다. 보컬로이드 소설은 다르다. 꿀꿀거릴 만한 전개도, 살색이 많이 보이는 여자 캐릭터의 일러스트도 들어 있지 않다. 여성 독자 대상이니 당연한 이야기다.

인기 있는 보컬로이드 곡, 보컬로이드 소설의 경향을 양분한 것은 '귀여운' 것과 '자극이 심한' 것으로, 양쪽 모두 남성을 대상으로 한 '좁은 의미의 라이트노벨' 혹은 '소설가가 되자'의 유행과는 거리가 멀었다. 전자에는『미카구라 학원 조곡』이나『린쨩 나우! リンちゃんなう!』등이 있다. 예를 들어 진의 라이브에서 가장 많이 나오는 환성은 "귀여워!"로 거의 여자들의 문화였다(2007년경 초기 미쿠 붐과는 관객층이 다르다). 2014년경에 보컬로이드 순위에서 상위를 차지한 곡은 여성 대상의 귀여운 내용, 연애물, 부드러운 것, 행복한 내용이 많아졌다.

후자의 '자극이 심한' 비극이나 비련도 보컬로이드계에선 안정적으로 인기가 있다. 조지 오웰의『1984』처럼 관리 사회를 그려낸 우타타P うたたP와 도리이 히쓰지鳥居羊의『여기는, 행복안심위원회입니다.こちら、幸福安心委員会です。』나『왕 게임』을 방불케하는 학원을 무대로 한 수수께끼 풀이 서바이벌 호러『종언의 서표』등이다. 대부분의 인기 P는 범프 오브 치킨BUMP OF CHICKEN이나 라디오헤드Radio head[14], 넘버 걸ナンバーガール, 아시안 쿵푸 제너레이션ASIAN KUNG-FU GENERATION, 백혼THE BACK HORN, 세카이노 오와리SEKAI NO OWARI, 시이나 링고椎名林檎 등[15] 〈로킹온rockin'on〉이나 〈스누저snoozer〉[16] 계열의 문화계 록文化系ロック[17]에서 영향을 받았다. 따라서 내향적이고 울적한 가사가 많으며 상실감과 소외감, 초조감을 그려낸 작품이 지지를 받았다(2014년 이후에는 줄어든 편이다). 전업 작사가라면 자율규제가 많은 TV나 라디오에서 틀 때를 감안해서 어느 정도 완곡한 표현으로 돌려 말할 내용이라도 P들은 직접적으로, 극단적으로 표현한다. 감성적인 10대들이 거기에 '꽂힌' 것이다. 인간의 부정적인 감정이나 고뇌를 과거 문학이나 록이 받아냈다고 한다면, 일시적이나마 보컬로이드 곡이 대신 받아냈다고 보면 되겠다.

2000년대 초반에 '모에萌え'란 단어가 유행했는데 그것은 남학생들의 "꿀꿀거리다"와 여학생들의 "귀여워!"의 애매한 야합이었다. 2010년대 초반에 여학생들의 "귀여워"는 보컬로이드로, 남학생들의 "꿀꿀"은 좁은 의미의 라이트노벨이 충족시켜주는 쪽으로 정립되었다. 그리고 그 이후 보컬로이드 P나 '우타이테歌い手'[18], '에시繪師'[19]의 압도적인 젊음과 비교할 때, 라이트노벨이란 장르는 한 세대 전의 감각으로 만들고 있는, 낡아빠진 패턴의 엔터테인먼트로 보이기 시작했다.

## 아지랑이 프로젝트 붐 이후-작가에서 보컬로이드 캐릭터로 다시 되돌아간다?

그렇다면 아지랑이 프로젝트(가게프로) 등장 이후엔 어떻게 되었을까. 1세대 유형의 곡, 2세대 유형의 곡, 3세대 유형의 곡이 각각 병행되어 만들어지고 있다고 보면 될 것이다. '포스트 가게프로(아지랑이 프로젝트) 시대'(2013년 이후)에는 supercell이나 가게프로처럼 알기 쉬운 아이콘은 존재하지 않는다. 보컬로이드 4세대에는 2000년대에 태어난 초등학생 또는 중학생이 많다. 다른 이들보다 한 발짝 앞서는 인기를 얻고 있는 것은 HoneyWorks 정도다. 가게프로스러운 중2병 고속高速 보컬로이드 록의 기세는 떨어졌다. 고참 P에게도 새로운 P에게도 고정 팬이 있다. 반면 리스너가 듣는 곡은 분산되어 보컬로이드 팬이라면 누구나 알 만한 유명 곡이 마구 튀어나오던 시대는 끝났다. 이전만큼 신곡 재생 수나 니코니코동화에서의 '마이리스'[20] 수(좋아요 수)도 늘지 않는다. 그렇지만 순위 상위권 곡의 경향을 굳이 들어보자면, 중고등학교 여학생 대상의 귀여운 곡이나 애달픈 곡이 늘어났다.

그리고 이때쯤부터 보컬로이드란 장르 자체가 게임 실황이나 니코니코동화에서 공식적으로 방영하기 시작한 애니메이션 등에 밀려서 순위 상단에 오르는 일이 줄어들었다. 또한 유망한 P는 메이저에 데뷔하거나 애니메이션 노래, 아이돌, 게임 뮤직 등에 악곡을 제공하는 쪽으로 옮겨가는 등 니코니코동화에 악곡을 투고하는 빈도 자체가 줄어들었다는 점도, 보컬로이드 문화가 침체된 원인 중 하나다(유튜브와 음악 앱 등 니코니코동화 이외의 곳에서도 음악을 들을 수 있게 되면서 확산된 것뿐이라는 의견도 있지만, 적어도 니코니코동화에서는 '붐'이 끝났고, '장르'로서 정체된 것만큼은 확실하다).

　보컬로이드 소설 역시 내기만 하면 팔리던 시대는 금방 끝났다. 본래 악의P나 진과 같은 '뮤지션이면서, 캐릭터나 스토리를 만들 수 있는' 사람은 드물다. 설령 작곡자 이외에 별도로 스토리를 만들 수 있는 사람을 준비해서 팀을 구성한다 해도, 애당초 스토리성이 있는 악곡을 만들고 소설과 연동해 기획을 짜내는 일 자체가 어렵다. 따라서 대부분의 'P 오리지널 캐릭터'는 미쿠를 필두로 하는 '보컬로이드 캐릭터'보다 사람들의 흥미를 불러일으키지 못했다. '인기 있는 곡을 소설로 만들기만 하면 팔린다'고 착각했기 때문에 수준 미달의 작품까지 마구 만들어졌다는 점도 부인할 수 없다. 지금은 기본적으론 신곡보다도, 재생 수가 높았던 옛날 곡을 소설화시키는 쪽이 더 팔린다. 또 보컬로이드를 캐릭터로 직접 등장시키는 소설이, 오리지널 캐릭터 소설보다 더 팔리고 있다(일부 예외는 존재한다). 보컬로이드 소설도 '붐'은 끝났고, 초·중·고등학교 여학생 대상의 '소설 장르'로 정착해버린 것이다.

## 영상화하기 어려운 장르는 성장하기 어렵다

그런 와중에 2015년 4월부터 TV애니메이션 〈미카구라 학원 조곡〉
이 방영되기 시작했고, 7월에는 실사영화 〈뇌장작렬 걸〉이 개봉되
었다. 이런 영상화 작품이 상업적으로 대성공했다면 장르로서 다
시 한번 탄력을 받았을 거라고 생각한다. 하지만 사실상 고정 팬을
위한 작품이었고, 다시금 '붐'을 불러일으킬 만한 폭발력은 없었
다. 물론 하나의 작품이나 작가에게 그런 짐을 지운다는 것 자체가
언어도단이지만, 굳이 쓰자면 그렇다는 말이다(나는 이 두 작품 모
두 좋아하기 때문에, 이런 말을 쓰는 것은 마음이 아프다).

매년 발표되는 문예서나 라이트노벨 베스트셀러의 라인업을
보라. 대부분 영상화 작품이거나, 과거에 영상화되어 베스트셀러
가 된 작가의 신작, 둘 중 하나다. 영상 작품이 성공하지 못하면 일
본에서는 베스트셀러가 되기 어렵다. 반대로 어떤 베스트셀러 작
품, 작가라도 영상화에 실패하면 인기는 시들게 된다. 영상화되는
것, 그리고 그 영상화 작품이 성공하는 것은 말 그대로 명맥을 좌
우한다.

보컬로이드 작품은 영상화되어 인기에 불을 붙이고, 장르 자체
에 주목을 모아서 다시금 다음 작품을 또 영상화하는, 일본 출판계
에서는 필수라고도 할 수 있을 법칙을 제대로 유지하지 못했다. 최
초의 불꽃을 제대로 쏘아 올리는 데에 몇 번 실패한 끝에 결국 흐
름을 타지 못하게 된 것이다. 이는 『로그 호라이즌』, 『마법과 고교

의 열등생』을 시작으로 하여 애니메이션화에 성공한 작품이 연이어 등장한 '소설가가 되자' 계열 작품과는 대조적인 부분이다.

## 인터넷발 콘텐츠가 종이책이 되고 다*미디어 전개가 이루어질 경우의 비용 구조

종이책 소설로 시작해 만화나 애니메이션 등으로 전개될 때 돈의 흐름과 규모는 어떻게 되는 것일까. 이 부분을 확인한 다음 인터넷발 콘텐츠가 영상화되기까지 과정과 비용 구조를 살펴보겠다.

출판사의 시각에서 보면 우선 종이책 만화 잡지나 소설 잡지 등의 정기간행물이 있는 경우와 없는 경우가 있다. 없는 경우란 잡지 없이 그냥 처음부터 새로 쓴 단행본과 문고판만으로 전개하는 경우를 뜻한다. 이 두 가지는 비용 구조가 크게 다르다.

잡지를 보유하지 않고 단행본을 간행할 수만 있다면 사업을 개시하는 데 필요한 초기 투자나 사업을 계속 운영해나가기 위한 운전자금도 적은 금액으로 유지할 수 있다. 예를 들어 문고판 한 권이라면 망해서 적자가 되더라도 100~200만 엔(약 1~2천만 원)도 채 안 된다. 하지만 만화나 소설의 잡지라면 한 권당 최소 한 자리 수 다른 금액의 적자가 발생한다.

투자 자금의 회수 타이밍은 어떨까? 잡지에서 작품을 몇 개월 연재하여 단행본으로 만들고[21], 그 매출액으로 회수하는 모델보다 처음부터 새로 쓴 책, 혹은 인터넷에서 발견해 단행본을 만드는 편이 빨리 매출을 얻을 수 있다. 게다가 잡지는 페이지 수를 반드시 메워야 한다. 어느 정도 볼륨이 필요하고, 그만큼 비용이 나간다. 새로 쓴 책이나 인터넷발 서적화 작품이라면 한 달에 몇 권을 간행할 것인가 하는 권수 조정까지 자사의 인적·경제적 자원에 맞출 수가 있다. 경영 면에서 위험 조절이 쉬워진다는 뜻이다.

대부분의 출판사는 직접 웹소설 투고 플랫폼을 만들어놓진 않았다. 즉 거대한 소설 미디어의 운영 비용을 지불할 필요 없이, 이미 인기가 있는 작품을 (원고료를 지불하지 않고 인세만 지불하면서) 빼내올 수 있다. 이러니 종이책 잡지를 운영하는 일이 바보같이 느껴질 수밖에 없다.

이야기를 돌리면, 소설책을 출간하는 것보다 애니메이션이나 영화를 만드는 쪽이 거액의 예산이 필요하다. 소설은 한 권에 수백만 엔(약 수천만 원)이면 가능하다. TV애니메이션은 한 분기 분량으로 2억 엔(약 20억 원) 정도는 필요하다. 따라서 필연적으로 영상 쪽이 쏠 수 있는 탄알 수가 적다. 빗나갔을 때 발생하는 적자도 거대하다. 그렇다면 소설로 이미 히트하고 있는 작품을 영상화하는 편이 애니메이션이나 영화에서 완전 오리지널 작품을 기획하는 것보다 위험성이 적고 수치도 예상하기 쉽다.

인터넷발 콘텐츠의 서적화란 '종이책 소설→영상화'라는 흐름에 한 단계 너 보험을 드는 것이다. '책으로 인기를 끈 작품이 영상화되는 것'에서 '인터넷에서 인기를 끈 작품이 책으로 만들어지고, 책으로 인기를 끈 작품이 영상화'되는 것으로 변했다. 웹소설 서적화는 이런 '인터넷 → 종이책 → 영상화'를 통해서 히트작을 내는 데에 성공했다. 보컬로이드 소설은 〈블랙★록슈터〉, 〈아지랑이 프로젝트〉, 〈미카구라 학원 조곡〉, 〈뇌장작렬 걸〉 등 전부 다 영상화 작품으로 히트하지 못했다. 좋은 작품을 만들기 위해서는 예산이 필요하다. 오늘날 영상화(특히 애니메이션화)에는 파칭코·파치슬로[22] 제작사와 모바일 게임 제작사의 출자가 필요하다. 하지만 보컬로이드는 저연령층을 대상으로 한 콘텐츠다. 따라서 그런 분야와 상성이 좋지는 않고, 자금을 모으기 어려웠을 수도 있다. 어쨌든 보컬로이드 관련 영상화는 저예산으로 안전하게 만들어 고정 팬층이 볼 수 있도록 하자는 풍조다.

## 「천본앵」 영상화라는 필승 카드를 사용하지 않는 크립톤

실은 기폭제가 될 수 있는 필승 카드가 없는 것은 아니다. 「천본앵千本桜」[23]과 「악의悪ノ」 시리즈 같은 하츠네 미쿠를 비롯한 보컬로이드 캐릭터 2차 창작물은, 악곡과 소설의 인기가 높은 상황임에도 영상화되지 못하고 있다. 이것은 하츠네 미쿠 등의 권리를 갖고 있는 크립톤의 의향이라고 추측된다. 보컬로이드를 캐릭터로 사용해 2차 창작으로서 소설로 만드는 것까지는 'OK'이지만, 애니메

이션이나 영화로 만드는 것은 'NG'라고 생각하는 것이 아닐까 추정한다.[24]

그럴 만도 한 것이, 애니메이션이나 영화를 만들 경우 미쿠나 린·렌의 2차 창작인 캐릭터의 목소리는 어떻게 할 것인가? 보컬로이드의 목소리 소재를 제공한 성우나 가수에게 의뢰할 것이냐는 문제가 존재한다. 또한 본래는 어디까지나 보컬로이드의 캐릭터를 사용한 '2차 창작' 작품일 뿐인데, 그 작품이 전국에 방송되면 마치 그게 이 보컬로이드 캐릭터의 '공식 견해'인 것처럼 오해하는 사람도 적지 않을 것이다. 또한 '영상화함으로써 소설이나 DVD, 관련 상품의 매출을 늘린다'는 비즈니스모델 자체가, 출판사나 영상업계에는 익숙한 모델이지만 음악업계에서는 친근한 발상이 아니다. 특정 보컬로이드 소설이 잘 팔리든 안 팔리든, 영상이 되든 말든, 음악 문화나 음악 비즈니스에 얼마나 관계가 있는가? 우리 쪽 장기적 판매 모델이나 브랜드에 어떤 의미를 갖는가? 이런 생각을 보컬로이드 제작사에서 갖더라도 이상한 일은 아니다.

게다가 영상화란 것은 히트하든 망하든 어차피 인기의 '최정점'을 만들어버린다. 방송이나 개봉이 끝난 이후에는 '영상화되었던 때가 최고 전성기였지……' 하는 느낌이 든다. 인기에 극단적인 조석간만의 차를 만들지 않으려고 하는 것일지도 모른다.

보컬로이드 자체를 자사의 IP(지적 재산), 자사에서 만들어낸 캐릭터, 악기로 소중히 팔고 싶어 하는 보컬로이드 제작사 측과 보컬로이드를 사용한 곡이긴 하지만 자신의 세계관을 표현한 작품으로서 팔고 싶어 하는 뮤지션 측(거기에 소설을 단숨에 팔아 신장하고 싶어 하는 출판사 측)의 입장은 똑같지 않다. 따라서 '보컬로이드 캐릭터의 2차 창작 악곡을 원작으로 삼은 애니메이션이나 영화'는 현 시점에선 어려운 듯하다. 보컬로이드 장르에 다시 한번 인기의 불을 붙이는 데에는 그 방법밖에 없긴 하지만 말이다.

## 초등학생 대상 보컬로이드 소설로 독자 노선을 가는 포플러사

하지만 '붐을 타고 대히트를 노리는' 것이 아니라 '정착화'한 보컬로이드 문화에 초점을 맞추고 있는 출판사도 있다. 바로 포플러사[25]다. 이 회사는 2013년 12월에 발매된 『벚꽃 전선 이상 없음桜前線異常ナシ』 이후 포플러포켓문고로 하츠네 미쿠와 카가미네 린·렌 등 크립톤퓨처미디어의 보컬로이드를 사용한 악곡 원작의 보컬로이드 소설을 전개하며 평균 2~3만 부라는 견실한 히트를 만들어냈다(아동서 장르의 신규 시리즈로는 충분히 성공이라고 할 만한 부수다). 작품마다 다르긴 하지만, 주된 독자층은 초등학교 고학년 여학생이다.

이 시리즈가 시작된 계기는 담당 편집자가 자회사인 자이브ジャイブ[26]에 소속되어 있던 시절, 하츠네 미쿠 붐 초기(2007년 말)부터 미쿠의 캐릭터 디자인을 맡았던 작가 KEI의 코믹스 『하츠네 믹스

初音みっくす』등을 담당했던 것에서 시작된다. 만화의 앙케트 답장은 당초엔 남성이 많았지만, 2011년경 이후로 초·중학교 여학생에게 만 답장이 오게 되었다. 게다가 2012년 봄에 하츠네 미쿠를 사용한 졸업 노래 「벚꽃의 비桜ノ雨」가 PHP연구소에서 소설화된 후, 중학교 사서가 중개업체에 그 책을 다수 주문한다는 사실을 알게 되면서 포플러샤도 아동소설에 뛰어들기로 결정했다.

소설화 의뢰를 할 악곡을 선택하는 기준은 초·중학생이 좋아하면서 동시에 성적이거나 과격한 내용을 포함하지 않는 것이라고 한다. 초등학생은 스마트폰이나 태블릿보다 Wii(위) 게임기나 TV 화면으로 유튜브를 보기도 하고[27] 보컬로이드가 나오는 음악 게임 〈Project DIVA〉에서 곡을 듣거나 하기 때문에, 니코니코동화에서의 재생 수나 악곡의 투고 시기에 구애받지 않는다. 단기적인 유행보다도 '스탠더드가 되어가는 악곡'을 선택해서 소설화한다(보컬로이드 문화에는 이미 '클래식', '유행을 타지 않는 고정 넘버'가 존재한다). 어째서 스탠더드가 성립하는가. 한 가지는 〈DIVA〉와 같은 게임에서 사용되는 곡에 친숙해지기 때문이다. 또 한 가지로는 보컬로이드에 흥미를 갖고 신규로 들어온 초·중학생은 니코니코동화를 볼 때 재생 수가 많은 순서로 동영상을 나열하고, 투고한 시기를 무시한 채 누적 조회 수로 인기가 있는 곡부터 듣기 때문이다(아카이브archive가 너무 충실한 탓에 신곡이 불리해지는 현상이 일어나고 있다).

타사의 보컬로이드 소설 중에는 크립톤 이외의 제작사가 만든 보컬로이드(GUMI 등)나 작곡자 오리지널 캐릭터가 등장하는 경우도 있지만, 포플러샤의 보컬로이드 소설에는 미쿠와 린·렌 등 크립톤의 보컬로이드밖에 나오지 않는다. 이것은 초등학교 여학생은 우선 하츠네 미쿠부터, 그것도 "귀여워!" 하면서 겉모습을 통해 진입하기 때문이다. 보컬로이드 악곡을 들으면서 '태그'나 'P'와 같은 정보에 대해 신경 쓰는 것은 인터넷 리터러시와 지식욕이 발달한 중고등학생 이상의 방식이다. 포플러샤는 '초등학생의 보컬로이드 듣는 법·즐기는 법'에 접근하여 타깃을 좁혀가면서 『옷 갈아입히기 하츠네 미쿠』, 『하츠네 미쿠 스티커북』 등 소설 이외의 라인업도 전개하면서 호평을 얻고 있다. 인터넷 콘텐츠를 서적화할 때 '소설가가 되자' 계열과 같이 한 방에 커다란 히트를 노리는 것만이 아니라, 포플러샤처럼 확실하게 존재하는 고객층을 대상으로 소·중규모로 팔리는 작품을 출간하는 것도 한 가지 전략인 것이다.

## 이야기×음악의 '의미가 있는 미디어믹스' 문화로서 보컬로이드 소설

미리 확인해두겠지만 보컬로이드 문화는 매우 다양한 측면이 있고, 내가 지금까지 설명한 내용은 어디까지나 하나의 관점에 불과하다. 미쿠나 린·렌이 부르는 라이브 이벤트로 인기를 끌고 있는

〈매지컬 미라이<sup>マジカルミライ</sup>〉는 일본 무도관[28]에서 개최되었고, 또한 음악 문화로 바라볼 때 관객 동원 수나 재생 수, 부수 등과 같은 숫자로만 환원시킬 수가 없는 또 다른 풍부함이 매일같이 육성되고 있다는 점도 강조해두어야 할 것이다. 내 시점은 어디까지나 '소설 측면에서 바라본 보컬로이드 문화'라는 특수한 경우다.

너무 장사에 관한 이야기로 기울었으니 이번엔 문화적인 이야기도 해보겠다. 보컬로이드 소설은 P가 투고한 MV(뮤직비디오)를 반복해서 본 다음 읽지 않으면 충분히 즐길 수 없도록 만들었다. 소설 작품 속 악곡에서 가져온 요소나 악곡의 수수께끼를 푸는 힌트가 숨어 있기 때문이다. 곡을 듣지 않고 소설을 읽었을 땐 "이건 뭐지?"라고 생각할 수밖에 없는 내용도 많고, 오히려 그 편이 팬에겐 반응이 좋다. 거꾸로 말하자면 이것은 MV를 통해서 소설 체험의 풍부함을, 소설을 통해서 MV 감상 체험의 풍부함을 더한다고 하는, 상호보완적인 새로운 엔터테인먼트 기법인 것이다. 머릿속에서는 언어나 스토리를 다룰 때 활성화되는 영역과 음악을 들을 때 활성화되는 영역이 구분되어 있다고 한다. 즉 이야기를 음악에 담는다면 양쪽 모두 자극되어 시간당 밀도를 높일 수 있는 것이다.

TV드라마 〈글리<sup>Glee</sup>〉[29]나 영화 〈레미제라블〉[30], 〈겨울왕국〉처럼 노래와 이야기가 불가분의 관계로 엮인 엔터테인먼트가 유행하는 것은 세계적인 추세다. 일본에서도 애니메이션 〈마크로스 F(프론티어)〉나 〈노래의☆프린스님<sup>うたの☆プリンスさまっ</sup>〉, 〈러브 라이브!<sup>ラブラ</sup>

イブ')를 예로 든다면 알기 쉬울 것이다. 보컬로이드 P와 동시대·동세대의 이야기 음악이라고 하면, 예를 들어 록 장르에선 세카이노오와리나 아마자라시[amazarashi] 등이 있다. 손에 든 스마트폰이나 태블릿을 통해 유튜브와 훌루[Hulu][31], 니코니코동화에 항상 접속 가능한 시대에 이야기 음악이 힘을 갖게 되는 것은 필연적이다.

보컬로이드 악곡의 이야기화나 보컬로이드 소설의 출간도 이런 커다란 흐름 속에서 바라보아야 할 필요가 있고, 10대 여성 대상의 국지적인 인기라고 가벼이 여겨서는 안 된다. 보컬로이드 소설은 '이야기×음악'이란 조류 속에서도 본래, 독자적인 가능성을 갖고 있던 존재였다. 리스너는 스토리성이 높은 곡을 들으며 이런저런 상상을 하고, 실제로 소설을 읽으며 놀라움을 느끼고 발견하며, 곡을 듣는 법이나 해석이 바뀌기도 한다. 그냥 곡, 그냥 소설보다도 농밀한 시간을 제공한다. 이런 독자적인 엔터테인먼트 체험을 추구하는 장르는 이밖에 달리 크게 눈에 띄지 않는다.

보컬로이드 소설은 MV와 소설을 연동시킨 '의미가 있는 미디어믹스[32] 체험'이란 방법론을 개척한 것이다. 보컬로이드 소설 및 그 영상화는 그저 단순히 인터넷의 CGM(컨슈머 제네레이티드 미디어)에서 소설이 나와 히트해서 영상화했다고 끝낼 문제가 아니다. 새로운 문화적 엔터테인먼트 체험으로 좀 더 긴 시선에서 시행착오를(실패를 두려워말고 도전을) 반복했으면 한다. 그 과정에서 상업적, 문화적으로 새로운 어떤 것이 탄생할 수 있을 것이다.

# 스타츠출판의 산딸기와
# 베리즈 카페

스타츠출판이라고 하면 최근에는 OZmall[33] 사업에 관한 인상이 강하겠지만, yoshi나 『연공』을 대표작으로 하는 2000년대의 '휴대전화 소설' 붐을 이끈 회사다. 이 회사는 현재도 초등학교 5학년부터 중학교 1학년까지 여학생에게 특히 지지를 받고 있는 휴대전화 소설 사이트 '산딸기'와 성인 여성 대상 소설 투고·열람 사이트 '베리즈 카페'를 운영하면서 인기 작품을 자사에서 출판하고 있다. 중학생도 후반기가 되면 수험 공부로 바빠지고, 고등학생이 되면 현실 연애 때문에 바빠진다는 것이 산딸기의 볼륨 존이 초등학교 고학년부터 중학교 1학년까지인 이유다(그림10).

휴대전화 소설 장르는 2008년경부터 풍조가 바뀌어, 이 사이트에서도 『연공』 같은 눈물 나는 작품보다 가벼운 학원 연애물이 인기를 끌었다. 하지만 회사의 서적 편집부에선 책으론 안 팔릴 거라

## [그림10] 산딸기 메인 화면

사이트 주소: http://no-ichigo.jp/

는 생각을 갖고 있어 한동안 서적화에 소극적이었다고 한다. 하지만 시험 삼아 가벼운 연애물을 내보았더니 히트한 것이다. 그 이후 '항상 새로운 것을'이란 입장을 취하여 사이트의 운영팀, 서적 편집부, 판매부에서 '변화의 씨앗'을 항상 공유하면서, 계속해서 뒤바뀌는 독자에 대응하고 있다.

당초에는 산딸기 하나뿐이었으나 거기에서 베리즈 카페를 파생시켜 별도 사이트로 만든 이유는, 여성 직장인과 주부층의 투고가 늘면서 조회 수 순위 상위에 불륜이나 사내 연애물이 올랐기 때문이다. 베리즈 카페의 사용자는 20대가 40%, 30대가 30%,

40대가 20% 정도다. 또 다른 분류로는 회사원 35%, 주부 22%, 학생 20%, 무직·프리터[34] 17%. 휴대전화 소설은 지방에 사는 작가가 많았는데 베리즈 카페에는 도시에 거주하는 작가가 많다고 한다. 독자도 작가도 휴대전화 소설과는 또 다른, 새롭게 진입한 사람이 중심이다. OZmall에서 베리즈 카페에 접속할 수 있도록 하기도 하고, OZmall의 홍보 메일로 베리즈 카페 작품을 소개하는 등 자사의 다른 사업에서도 고객을 유도하고 있다.

이 회사의 매출액은 종이책이 주축이지만 광고나 전자책도 매년 성장하고 있다. 사회 현상까지 되었던 휴대전화 소설 전성기와 비교한다면 부수는 떨어졌지만, '초5에서 중1 여성이 읽고 싶은 소설'로는 지속적으로 판매되고 있다. 보컬로이드와 마찬가지로 '붐'에서 '장르'로 정착된 셈이다. 산딸기와 베리즈 카페를 방문하는 독자는 사이트에서 1인당 평균 200페이지를 읽는다고 한다. 수요에 합치되는 스토리라면 인터넷과 종이, 둘 다 읽는 사람도 있다 ('젊은이들의 활자 이탈'[35] 따위는 허튼 소리다).

산딸기문고의 신간은 2013년 당시 서점에서 평균 3.2회 회전됐다고 한다. '완전히 망하는 작품은 적지만, 초속형'(발매일에만 잠깐 잘 팔리고 롱셀러가 되지는 않는다)으로 보였으나 실제로는 회전율이 좋고 중판율도 높다. 또한 사용자 앙케트에서 80%가 "사이트에 게재된 소설의 서적판을 구매한 적이 있다"고 답했고, 게다가 같이 본 책 역시 산딸기로 뭉쳐 있다. 그래서 서점에 '매대 세트'를 보내봤더니 매출이 상승하여, 매대가 만들어지면 잘 팔린다는 인식이 생겼다.

출판사인 스타츠출판이 스스로 산딸기라는 사이트를 보유했기 때문에 사이트와 종이책에서 일관된 브랜드 가치를 제공할 수 있었고, 그로 인해 충성도 높은 사용자가 생겨난 것이다. 이 회사에선 순위만이 아니라 편집자가 이거다 싶은 작품은 사이트에서 '특집'이란 형태로 추천하는 정책도 실시하고 있다. 책은 잘 팔리지만 조회 수가 늘어나지 않을 땐 사이트에서 눈에 띄도록 배치하는 형태로, 인터넷과 종이책의 수치를 살펴보면서 사이트와 서적의 융합을 꾀하고 있다. 그것이 이 회사의 강점이다.

사실 E★에브리스타의 여성 대상 연애소설을 서적화하고 있는 모 레이블은, 스타츠의 베리즈문고와 거의 비슷한 타깃층을 대상으로 출판하고 있음에도 불구하고 성적이 좋지 못하다. 그것은 아마도, 사이트를 방문하는 사용자상※이나 그 수요에 대해 피부에 닿는 감각으로 이해하지는 못하고 있다는 점, 인터넷과 종이책의 연동이 제대로 되지 못하고 있다는 점, 그리고 인터넷에서 종이책으로 만드는 과정에서 어떤 것이 키포인트인지를 잡아내지 못하고 있기 때문일 것이다.

또한 마찬가지로 휴대전화 소설로 이름을 떨쳤던 '마법의 i랜드 魔法のiらんど'가 가도카와에 인수된 이후 존재감이 없어진 것을 생각해보면 스타츠의 견실함, 시대의 변화에 적응하는 힘이 얼마나 강

한지를 더 잘 이해할 수 있을 것이다. '마법의 i랜드'가 쇠퇴한 원인이라면 스마트폰 대응이 늦어졌던 점, 가도카와에 흡수되면서 운영과 서적화의 연동에 대한 밸런스가 무너져버린 점, 가도카와가 아닌 다른 출판사에서 책이 나올 때는 '마법'이란 레이블 이름을 붙이지 못하게 되어 책을 보고 사이트로 들어가는 유입 경로가 끊어진 점 등이 손꼽히고 있다('소설가가 되자'와 E★에브리스타는 서적화될 때 적극적으로 이름을 내놓았기 때문에 더더욱 책을 진입로로 하여 인지도를 높일 수 있었다).

## E★에브리스타와 산딸기가 연동하여 히트작으로 성장시킨 『신체 찾기』

산딸기에는 한 가지 더 재미있는 토픽이 있다. 휴대전화 소설이라고 하면 곧 연애물이라는 이미지가 강하지만, 사실 호러도 인기가 높다. 밤중에 고등학교에서 갈기갈기 갈라진 같은 반 소녀의 몸을 찾는 주인공과 친구들. 몸을 전부 찾아내지 못하면 똑같은 하루가 계속 반복되고, 수수께끼의 존재 '붉은 사람'에게 계속해서 죽임을 당하게 된다. 이런 줄거리인 웰저드<sup>ウェルザード</sup>의 『신체 찾기<sup>カラダ探し</sup>』는 소설 투고 플랫폼 E★에브리스타에 연재되었고 그 다음으로 스타츠출판이 운영하는 사이트 산딸기에 연재된 다음, 스타츠출판의 휴대전화 소설 문고인 블랙레이블 창간 제1탄으로 2013년 8월에 서적판 간행이 시작되었다. 사용자층이 서로 다른 두 가지

플랫폼이 공동 프로모션을 전개해 양쪽 모두에서 인기를 끈 타이틀로 희귀한 사례이고, 매우 흥미로운 존재다.

『신체 찾기』는 젊은 독자를 의식하여 평이한 표현을 신경 써서 썼고, 행갈이를 자주 하여 스크롤 길이로 긴장감을 고조시키는 등 시각에 호소하는(디스플레이를 의식한) 연출을 하면서 무서움만이 아니라 연애 관계나 배신, 우정, 안타까움 등을 그려내어 감동의 인간 드라마를 자아내었다.『왕 게임』이 유행하면서부터 알기 쉽고 자극적인 호러에 굶주린 사용자들이 모여든 점도 있어서『신체 찾기』는 E★에브리스타에 연재가 시작되자마자 인기를 끌었고, 매달 열리는 'E★에브리스타상'이란 투고 이벤트에서 우수상을 수상했다. 거기에 눈을 돌렸던 것이 로 틴$^{low\ teen}$ 대상 연애소설과는 별도 라인업을 설립하고자 하던 스타츠출판이었다(『신체 찾기』초대 담당 편집자는『연공』의 담당자이기도 하다). 그 이후 양쪽 사이트에 둘 다 게재하기로 하고 출판 프로모션을 전개했다. 그 결과 양쪽 사용자 모두에게 지지를 얻었다.

다만 E★에브리스타에서는 작품이 '연재 중'이지 않으면 좀처럼 읽히지 않는 것에 반하여 산딸기에선 '완결'되지 않으면 거의 읽히지 않는(완결 후에 조회 수가 폭발적으로 늘어나는)다든지, 산딸기는 메인 사용자가 초·중학교 여학생이기 때문에 작품의 연애 부분에서도 엄청난 반응이 나온다는 식의 차이점이 있었다. 서적화를 하면서 10대 여성이 읽을 것을 감안하여 그로테스크한 묘사를 강렬하게 내보이는 것은 자제하기로 하고, 그 외의 엔터테인먼트성을 의식하여 수정·편집이 되면서 텍스스안타[36]가 되었다. 또이 작품은 슈에이샤에서 운영하는 만화 앱 '소년 점프 플러스'에서 만화화되어 종이책 단행본도 발매되는 등 미디어 전개도 호조를 보이고 있다.

E★에브리스타, 산딸기, 서적, 인터넷 만화, 만화 단행본 각각의 독자층은 조금씩 다르다. 반대로 말하자면 일반적으로 제각각 다른 필드로 작품 유통과 고객이 나뉘어 있는 상태라고 할 수 있을 것이다.

참고로 토노 마마레樽乃ままれ를 취재했을 때도 『마왕용사』를 연재했던 2ch(니찬네루)와 『로그 호라이즌』을 연재하고 있는 '소설가가 되자'는 독자 반응이 완전히 다르고, 또한 종이책 서적판부터 읽기 시작한 사람, 애니메이션을 통해서 유입된 사람도 제각각 감상이나 행동이 완전히 다르다는 말을 했다. 『신체 찾기』처럼 앞으로 서로 다른 플랫폼, 서로 다른 미디어가 같이 횡단하여 협업함으로써 다양한 사용자에게 작품을 전달하고 히트하는 기간을 늘리는 방법이 계속 만들어질지도 모른다.

# 『닌자 슬레이어』 : 트위터 소설 최대이자 거의 유일한 성공작

브래들리 본드ブラッドレー・ボンド와 필립 N. 모제즈フィリップ・ニンジャ・モーゼス의 『닌자 슬레이어ニンジャスレイヤー』는 2010년부터 트위터에서 연재를 시작해 2012년부터 번역판 서적을 간행한 소설이다(그림11). 2015년 봄부터 니코니코동화에서 애니메이션을 방영, 2016년에는 지상파에서도 방송되었다.

소설을 읽은 적이 없더라도, 애니메이션판을 본 적이 없더라도, 트위터에서 '스고이급スゴイ級 해커', '기리스테 고멘キリステゴーメン', '아바!アバーッ!', '소카이 신디케이트ソウカイ・シンジケート' 등 이물감異物感 넘치는 텍스트가 리트윗RT되는 것을 본 적이 있지 않은가?(어떤 사람은 무심코 따라했을지도 모른다.)

『닌자 슬레이어』는 오리엔탈리즘으로 가득 찬 잘못된 근미래 일본을 과장시킨 '네오사이타마'를 무대로 삼은 사이버펑크 SF 액

**[그림11] 닌자 슬레이어 물리 서적 공식 사이트 메인 화면**

사이트 주소 : http://ninjaslayer.jp

선물이다. 나쁜 짓을 하는 닌자를 차례차례 죽이는 '닌자 슬레이어'를 중심으로, 소카이야 소속의 아프로 헤어[37] '수어사이드', 종이접기를 빛의 미사일로 바꾸는 여고생 닌자 '야모토 고키' 등 독특한 캐릭터가 아군과 적군으로 나뉘어 싸운다. 트위터 소설은 여러 명의 작가가 시도했으나 『닌자 슬레이어』만큼 인기를 얻은 작품은 아마도 일본에선 존재하지 않을 것이다. 어째서 『닌자 슬레이어』는 트위터 소설 중 예외적인 히트작이 된 것일까? 어째서 열광적인 '헤즈'(『닌자 슬레이어』의 팬은 '닌자 헤즈'라 불린다)를 낳게 된 것일까? 그에 관해 생각해보겠다.

## 140자로도 전해지는 양식미

트위터에서 소설을 연재한다는 것은 이야기를 서두부터가 아니라 도중의 단편적인 조각부터, 아니 단편적인 조각으로 읽을 수밖에 없는 형식을 선택했다는 의미다.[38] 즉, 아무런 이끌림 없는 평범한 문장으로는 RT도 '좋아요'도 없이 그냥 무시된다는 말이다. 독자가 "이건 어디서부터 읽어야 되는 거지?"라고 궁금해하면서 찾아보기가 어려운 형태를 취하고 있다는 뜻이다.

『닌자 슬레이어』는 공식 계정을 통해 투고되는 모든 트윗에 '꼼꼼한 닌자 브리핑', '수리켄(수리검)' 등과 같은 독자적 용어가 들어 있다. 처음 본 사람은 "이게 뭐지?"란 생각을 하고, 헤즈들에게는 흉내를 내고 싶어지게 만드는 중독성이 있다. 말하자면 한 번 본 사람을 완벽하게 붙들어 맨다는 말이다. 설정, 문체, 어감 모든 부분에서『닌자 슬레이어』란 것을 한 방에 알아챌 수 있다.


## 뒷내용과 배경을 알고 싶어지는 장치와 친절함

『닌자 슬레이어』는 1화에서 느닷없이 '이전 화의 줄거리'부터 시작하고, 그 다음부터는 시계열<sup>時系列</sup>을 무시한 옴니버스 형식으로 전개된다. 사람들은 그냥 일반적인 황당무계한 코미디인 줄 알고 이 작품을 보기 시작한다. 하지만 주인공은 실은 악의 손에 처자식이 살해당한 상태이고, 복수심으로 "닌자를 죽여야겠다"고 생각하게 된 것이다. 이처럼 주요 인물에겐 각각 수수께끼의 과거가 있다. 시계열 순서대로 배열되어 있지 않은 연작 단편을 읽으면서 조금씩 그들이 가진 의외의 측면을 알게 된다는 형태다. 그냥 "나무 샴!"이나 "아이에에에!" 등의 독자적 문구에 반응하는 사람들이 라이트 팬이라고 한다면, 그 이상으로 흥미를 갖고 '헤즈'가 되고 나면 흠뻑 빠져들 만한 수수께끼와 열정적인 전개가 준비되어 있는 것이다.

트위터 소설의 어려운 점 중 하나로 '흘러가버린다'는 특징이 있는데, 『닌자 슬레이어』는 투게터<sup>togetter</sup>[39] 등을 구사해서 '정리(마토메)'[40]를 충실하게 해놓고 있다. 또한 애초부터 시계열 순서대로 되어 있지 않은 연작 단편이니까, 어디서부터 읽어도 문제가 없다 (맨 첫 번째 것부터 순서대로 읽으려고 검색해서 찾아내는 일이 상당히 귀찮다). 트위터가 어떤 특징을 갖고 있는 SNS인지를 잘 연구하고서 전개하고 있는 것이다.

## 왕도 히어로 액션

『닌자 슬레이어』는 겉보기엔 희한한 마이너물이지만 그 안쪽은 왕도 히어로물이다. 주인공 닌자 슬레이어는 살해당한 처자식의 복수를 위해 악을 무찌른다. 그리고 악의 조직은 '소카이야<sup>ソウカイヤ</sup>'[41]로, 그 이름부터가 악惡하다는 것이 명확하다. 이 알기 쉬운 권

선징악 구도도 사용자 인터페이스[<sup>내</sup>]상 내용에 깊숙이 들어가기 어려운 트위터 소설의 난점을 해소하는 역할을 하고 있는 것으로 보인다.

게다가 닌자 슬레이어는 살육하고 싶은 욕망을 가진 수수께끼의 닌자 소울 '나라쿠 닌자'가 회사원인 '후지키도 겐지'에게 빙의해 탄생한 존재라서, 나라쿠의 힘이 너무 강해지면 스스로 어둠으로 빠져버릴 수 있는 위험을 갖는다. 바로 이런 '내면에 악을 내포하고 있으면서도 악과 싸우는 양의兩意적 히어로', '힘을 어떻게 쓰느냐에 따라 정의가 될 수도 악이 될 수도 있는 존재'는 이시노모리 쇼타로[42]와 나가이 고永井豪[43]를 필두로 하여 연면히 이어져 내려온 일본 히어로의 계보를 잇고 있다(근래에 와서도, 예를 들어 '헤이세이 라이더'[44]에서는 힘의 대가로 이성을 빼앗겨 악으로 전락할 뻔하지만 간신히 멈춰낸다는 식의 전개는 매우 전형적이다).

배틀(전투) 장면에서도 고유명사의 네이밍이 '크로스 카타나' 등 웃기는 이름이 붙어 있지만 보스급의 강적과 펼치는 전투는 액션 소설로 충분히 잘 짜여 있고 열정적인 전개가 펼쳐지기도 한다. 순간적으로 웃고 넘기는 유통기한이 짧은 마이너물처럼 보이면서도 실은 오랫동안 즐길 수 있는 '진짜배기'라는 것이다.

## 헤즈의 기대에 어긋나지 않는 출판사 엔터브레인의 공적

이런 특징 때문에 트위터에서 인기를 모은 『닌자 슬레이어』가 이만큼이나 커다란 콘텐츠로 성장할 수 있었던 것은 서적판 출판사인 엔터브레인의 문예국 하비hobby 편집부의 힘이 크다. 이 편집부에서는 트위터 연재소설 『닌자 슬레이어』를 비롯하여 2ch(니찬네루)에 게재된 후 애니메이션화까지 된 『마왕 용사』, '소설가가 되자'에 연재된 『로그 호라이즌』과 『오버로드』 등 인기 웹소설의 서적화를 진행하면서 이 모두를 종이책 히트작으로 만들었다. 다만 레이블을 통일해서 판매 전략을 짠 것은 아니고 각 작품의 팬층은 따로따로 존재한다.

『오버로드』의 중심 독자 연령층은 30대 후반에서 40대라서 감상을 인터넷에 쓰지 않는 사람이 많다. 『닌자 슬레이어』의 팬은 20대에서 30대로 트위터에서 자주 발언하는 사람들이다. 『마왕 용사』는 애니메이션화 이후 10대 독자도 늘었지만 원래는 더 연령층이 높은 남성 독자에게 지지받고 있었다. 팬층이 서로 다르기 때문에 장정, 종이, 폰트까지 각 작품마다 별도로 신경을 써서 개별 작품의 팬에게 소장하고 싶다는 느낌을 줄 수 있는 책 만들기를 지향하고 있다.

인터넷에서 무료로 읽을 수 있는 작품을 독자가 '돈을 내고서라도 갖고 싶다'고 생각할 수 있는 책으로 만들기 위해, 편집자는 작품을 열심히 읽고 팬과 직접 소통하며 그들의 생각을 파악한다. 이후 그 방식이 유효한지 작품 우선적인 사고방식으로 판단한다. 만화나 드라마 CD, 애니메이션 등으로 미디어 전개를 할 때도 마찬가지로, 메인 독자층이 납득하지 않을 것 같은 미디어 전개에 대해서는 'NO'라고 답한다. 판단 기준은 오직 '팬들이 좋아할까? 깜짝 놀랄까?'라는 것. 이 두 가지를 지켜주는 한 편집부와 저자 사이에 뜻이 맞지 않는 일은 발생하지 않는다고 말한다.

판매 전략에서도 그 자세는 일관적이다. 오타쿠 전문점(도라노아나나 COMIC ZIN[45])이나 온라인 서점에 근무하는, 원래부터 작품을 좋아하던 직원을 찾아가서, 예를 들어 『닌자 슬레이어』라면 작중에 등장하는 수리켄처럼 독자에게 "뭘 좀 잘 알고서 만들었구나" 싶은 느낌을 줄 수 있는 점포용 특전을 제작하는 등 매장의 열기를 뜨겁게 만들었다. 우선 메인층부터 공략해서 거기서 좋은 평판을 얻는다. 그렇게 함으로써 그 주변에 있는 사람까지도 관심을 갖게 만들어 자연스럽게 부수도 증가한다는 것이 이 편집부에 근무하던 구보 유이치로久保雄一郎의 말이었다.

더불어 이 편집부에선 저자의 인터넷 활동에 통제를 가하지 않는다. 알파폴리스 등과는 달리 서적화한 후에도 인터넷에 올라와 있는 작품을 삭제하도록 하지 않는다. 이것은 인터넷에는 인터넷의, 종이에는 종이의 장점이 있기에 별도의 것이란 생각에 기반을 둔 방식이다. 인터넷과 종이의 차이점을 이해하고, 서로의 장점을 최대화하기 위한 방법을 개별 작품마다 모색한다. 인터넷 활동에 능숙한 저자에게 인터넷상의 활동은 맡겨놓고, 서적화 작업이나 종이책을 통해 여타 미디어로 전개해가는 분야는 출판사 측에서 노하우를 구사하는 분업을 통해 『닌자 슬레이어』는 성장했던 것이다.

※보다 상세하고 구체적인 테크닉에 관해서는 『닌자 슬레이어』일본어판 공식 팬사이트 '네오 사이타마 전뇌 IRC 공간'에 투고되어 있는 「당신이 트위터에서 작품을 연재하는 데에 중요하다고 생각되는 것들: 허무의 암흑에 도전하려면」(http://ninjaheads. hatenablog.jp/entry/2016/01/04)을 참조하라.

# pixiv소설과
# 후카마치 나카

'SS(쇼트 스토리)'라고 불리는, TV애니메이션에 등장하는 캐릭터 등을 사용하여 쓴 2차 창작 단편소설이 있다. '웹소설'이란 단어를 들었을 때 가장 먼저 이것을 연상하는 사람도 적지 않다. 대부분은 수천 글자 정도로 각 캐릭터 사이의 성애性愛나 개그성 대화 같은 것을 쓴 내용이다. 상업출판으로 단편소설이나 쇼트 쇼트(short-short; 초단편소설)의 수요는 적다. 하지만 스마트폰이나 휴대전화, PC에서 잠깐 틈이 날 때 무료로 가볍게 읽고 쓸 수 있는 마이크로콘텐츠로서 SS는 막대한 수요가 있다. 쓰는 사람도 읽는 사람도 밑바탕이 되는 캐릭터를 이미 공유하고 있기 때문에, 설명이 없어도 마음껏 좋아하는 세계 속에 빠질 수 있다는 점이 인기의 요인이다. 저작권과 분량 문제 때문에 출판사가 진입하기는 어렵겠지만, 인터넷상의 SS 투고·열람 플랫폼에는 인기가 몰리고 있다. 예를 들어 남성 대

상이라면 Arcadia나 2ch(니찬네루)의 VIP판[46], 여성 대상이라면 '엠페!ェムペ!'나 포레스트フォレスト, 나노ナノ 등이 있다.

애니메이션과 만화를 좋아하는 층을 대상으로 일러스트를 투고·열람하는 SNS로 인상이 강한 pixiv 역시도 이 장르의 메이저 사이트 중 하나다. 2010년 7월에 오픈된 텍스트 부문이 순조롭게 성장하여 pixiv 전체 접속의 15%~20%에 가까운 월간 6억 PV(순 방문자 수는 650만) 이상에 도달했다. 하루에 4천 편 가까운 작품이 투고되고 있다.

pixiv 텍스트의 사용자는 남녀 비율이 3 대 7 정도, 연령은 10대가 25%, 20대가 60% 가까이(대학생이 가장 많다), 30대 이상이 15%를 차지한다. 수많은 만화를 인터넷에 게재하고 있는 pixiv코믹 내에 만화만이 아니라 KADOKAWA의 BL소설 레이블 fleur(플뢰르) 블루라인 및 TL소설 fleur루주라인도 들어 있고, 그밖에 라이트 노벨과 일반 문예의 상업 작품을 '미리보기'할 수 있다. 다만 이런 '공식 작품 게재'보다 사용자가 직접 투고하는 작품이 더 인기가 높다.

pixiv는 일러스트든 소설이든 똑같은 감각으로 열람할 수 있도록 인터페이스를 짜놓았기 때문에(예를 들어 작품명이나 캐릭터 명으로 따라갈 수 있는 태그 기능 등) 히트하는 애니메이션 작품의 2차 창작은 소설도 검색하기 쉽다. 결과적으로 SS를 증가시키고 서비스 성장을 견인한 것이다. 특히 여성 대상의 소위 BL 2차 창작 분야에서 pixiv는 압도적인 존재감을 보인다. 남성 대상으로도 라이트노벨이나 아이돌 애니메이션의 에로틱 2차 창작은 인기가 높다. 다른 소설 투고 사이트에선 2차 창작을 금지하고 있거나 좋아하는 커플링[47]으로 검색하는 것이 어려운데, pixiv는 그다지 엄격한 규약을 갖고 있지도 않고 사용하기 편하다는 점이 특징이다.

그런 움직임을 받아들여서 소위 '공식 2차 창작 소설' 콘테스트도 열곤 한다. 예를 들어 2014년 여름에는 KADOKAWA '아지랑이 프로젝트 소설 콘테스트'가 열렸고 그 중 우수 작품은 KCG문고에서 『아지랑이 데이즈 노벨 앤솔로지』로 출간되었다. 또한 Last Note.의 『미카구라 학원 조곡』 애니메이션화에 맞춰서 '미카구라에 오리지널 캐릭터를 등장시키자! 부문' 등을 개최했다.

그뿐만 아니라 2차 창작이 아닌 오리지널 소설의 콘테스트(신인상)도 존재한다. 가장 규모가 큰 것은 avex pictures, GREE, Sammy, pixiv, KADOKAWA 등 5사의 공동 개최인 '미라이 쇼세쓰(미래 소설) 대상'이다. 이 상은 2014년에 시작된 콘테스트인데, 대상 수상 작품은 애니메이션화 및 영상화되고 우수상 작품은 서적화된다. 부문은 두 가지로서 하나는 테마 부문이다. 이것은 모집 기간에 따라 구분되어 있는 '일확천금', '고양이' 등의 주제에 맞춰 소설을 써서 참가 태그를 달고 투고하는 것이다. 또 한 가지는 '미라이 쇼세쓰 부문'이다. 이쪽은 장르를 불문하고 서적화에 적합한 작품인지 아닌지만을 따진다. 제1기에는 4천 6백 건 이상, 제2기

에는 6천 건 이상 투고되었고 우수작을 수상한 이케베 구로<sup>池部九郎</sup>
『LOST ~바람의 노래가 들린다~<sup>LOST ~風のうたがきこえる~</sup>』(패미통문고),
유즈리하<sup>ゆずりは</sup>『Be mine!』(KCG문고), 유즈리하『아이자와 미쓰키
는 오늘도 한결같은 사랑을 한다<sup>相沢美月は今日も一途に恋をする</sup>』(비즈로그문
고 앨리스)가 서적화되었다. 앞으로도 계속 간행할 예정이다. 다만
아직까지 눈에 띄는 히트작은 나오지 않았다.

　콘테스트에 응모하는 작품 이외에도 오리지널 소설이 있다. 주
요 오리지널 소설 작품은 픽시브 백과사전 내에 'pixiv 사용자 원
작 오리지널 소설 묶음'에 리스트가 만들어져 있다. 그리고 북마
크가 많이 된 작품은 '오리지널 소설 ○○users 달성' 태그(100, 300,
500, 1000, 1500이 있다)를 보면 확인할 수 있다. pixiv의 오리지널
소설에 대해 알고 싶은 사람은 그곳을 통해 따라가다 보면 진입하
기 쉬울 것이다.

　지금 현재 가장 북마크가 많이 되어 있는 작품은, 니혼대학에
서 역전<sup>驛傳</sup>경주<sup>48</sup> 선수로 이름을 알린 사토 유스케<sup>佐藤祐輔</sup> 선수가
쓴 「동거인은 시체입니다<sup>同居人は屍です。</sup>」이다. 2014년 하코네 역전
대회에서 니혼TV의 중계 아나운서가 "가시와바라가 사망한 이
후……"라고 발언한 것에 대해 가시와바라 류지<sup>柏原竜二</sup> 선수가 "TV
중계에서는 죽은 것처럼 되어버린 사람의 계정은 여기입니다"라
고 트위터에서 반응했고, 추가로 「동거인은 시체입니다」란 제목
의 라이트노벨이라도 써볼까 하는 글을 올리는 바람에 가시와바

라 선수의 실제 동거인이던 사토 선수가 서두 부분을 집필해서 투고한 경위의 작품이다. 장편소설조차 아닌 단순한 개그성 단발 기획이 톱이고, 500~1,000users를 획득하는 소설 자체도 그리 많지 않다. pixiv소설 내에서 오리지널 분야는 아직 발전 도상에 있는 것이다.

'소설가가 되자'의 이세계 환생물이나 E★에브리스타의 데스 게임물과 연애소설처럼, 유명 작품을 통해 파생된 '필승 패턴'이 이미 결정되어 있고, 어느 정도는 그 포맷에 따르면서 자신만의 변화를 추가하는 쪽으로 만들지 않으면 순위 상위에 올라갈 수 없는 경향은, pixiv 오리지널에선 아직 그렇게까지 눈에 띠지 않는다(애당초 2차 창작에 밀려서 오리지널의 '킬러 콘텐츠' 자체가 없는 셈이다). 콘테스트를 통해 인기 오리지널 작품이 탄생하고, 영상화가 잘 진행된다면 "여성 대상 2차 창작이 강하다"는 것 말고 pixiv 소설의 다른 색깔도 대외적으로 만들어지지 않을까 생각한다.


## 후카마치 나카-트위터 · pixiv에 투고한 일러스트에서 소설로

pixiv와 관련된 인터넷 콘텐츠의 소설화라는 의미로는, pixiv 자체에서 진행하고 있는 시도보다도 더 흥미로운 사례가 있다. 트위터 계정의 팔로워 수가 45만 명을 넘는, 10대와 20대를 중심으로 인기가 있는 일러스트레이터 후카마치 나카深町なか가 인터넷에서 전개한 시리즈를 소설가 후지타니 도코藤谷燈子가 소설로 만든『우리들의 기적: 따끈따끈 로그ぼくらのきせき ほのぼのログ』다. 후카마치 나카의 '따끈따끈 로그'란 트위터에 투고된 다음 pixiv에 정리되어 업로드한 일러스트 시리즈다. 일러스트의 모양은 정사각형으로, 서로 기댄 남녀의 별것 아닌 대화, 어린아이를 데리고 있는 젊은 부부의 모습 등을 뽑아내어 사각형 화면에 일상의 행복을 가득 담은 작품이다. 매우 선이 적고 마치 에구치 히사시江口寿史[49]와도 같은 풍정이 있다.

『따끈따끈 로그』는 인터넷의 일러스트로 시작되어 종이책 화집, 소설책, LINE 스탬프, 기타 상품으로 전개되었다. 일러스트를 소설로 만들어 서적화하는 경우는 매우 드문데, 어떻게 이런 일이 가능했던 것일까. 우선 먼저 이치진샤一迅社에서 후카마치의 화집 『따끈따끈 로그 ~소중한 너에게~ほのぼのログ ~大切なきみへ~』가 2014년 봄에 출간되어 10만 부 이상 판매되는 롱셀러가 되었다는 점이다. 필자는 〈pixiv Febri〉라는 잡지에서 후카마치의 팬에게 "어떤 점을 좋아하나요?"라는 앙케트를 조사했다. 그들은 제목과 똑같이 '따끈따끈'하다는 점, '귀엽다'는 점, '두근두근한다', '동경하는 상황이 그려져 있다', '다정한 느낌의 색상'(후카마치의 일러스트는 채도가 낮은 안정적인 색깔로 통일되어 있다)을 들었다. 팬은『따끈따끈 로그』를 보고서 거리감도 가까운데 솔직해지지 못하는 두 연인의 일상적인 대화에 '두근두근'거린다. 그리고 그 모습에 "나도 이러

면 좋을 텐데", "저렇게 되고 싶어!"라고 동경한다. 그런 모습이 쭉 파묻혀 있고 싶은 '다정한 느낌의 색상'으로 그려져 무심코 망상에 빠져버린다는 식이다. 그것을 눈여겨본 가도카와 빈즈문고 편집부(실제 책은 빈즈문고가 아니라 4·6판 단행본으로 출간되었지만)에서 말을 걸면서 서적화 작업이 시작되었다. 이 편집부에서는 보컬로이드 소설도 낸 적이 있어서 다른 미디어를 소설화하는 작업에 관한 노하우가 있었다(후지타니는 HoneyWorks 원작의 보컬로이드 소설도 쓴 적이 있다).

『따끈따끈 로그』는 부드러운 터치로 남녀나 어린아이가 있는 가정을 등장시키면서 "아, 이게 행복이었구나"라고 깨닫게 해주는 일상의 흔한 한 장면을 그려낸 것이었지만, 빈즈문고의 편집자는 일러스트에 그려져 있는 인물의 이야기를 더 알고 싶었다고 말한다. 판형은 화집과 높이를 맞출 수 있고, 그림을 비교적 크게 보여줄 수 있는 4·6판. 4·6판이라면 인터넷에서 나온 여타 소설의 매대든 일반 문예의 매대든 어느 쪽에라도 놓일 수 있을 것이란 판단도 있었다. 구매층은 여성 70%, 남성 30%이다(필자도 사인회에 갔었지만, 남성 팬이 의외로 많다는 점에 놀랐다). 등장인물이 고등학생, 대학생, 사회인 등으로 나뉘어 있어서 학생만이 아니라 사회인 팬도 많다. 연애를 다룬 일러스트지만 소녀만화나 연애소설만큼 자극이 강하지는 않아 팬층의 수요 역시 다르다.

후카마치의 존재를 알게 된 계기도 대부분 "친구가 트위터에서

리트윗한 걸 보고", "LINE에서 스탬프를 보고"였다. SNS를 일상적으로 접하는 젊은이에게 도달하는, 한 눈에 두근거리는 느낌의 '한 장짜리 그림'이 가진 힘이 바로 후카마치의 매력인 것이다.

앞서 『닌자 슬레이어』에 대해 "시계열 순서대로 읽히지 않는다", "140글자 이내에서 읽는 이의 마음을 붙잡아내지 못하면 무시당한다"는 트위터 인터페이스의 특성을 의식한 작품으로 만들었다는 점을 지적했는데, 후카마치의 트위터나 pixiv에 투고하는 일러스트도 마찬가지다. 예를 들어 화집에도 수록되어 있는, 어린이가 "엄마 너무 싫어!"라고 말하면서도 어머니의 손은 꼭 붙잡고 있는 일러스트가 있다. 이 한 장짜리 그림에는 말과 감정과 행동의 모순된 모습이 그려져 있다. 또한 연인이 대화하면서 시선을 피하고 있다든지 뒤를 돌아보고 있다든지 상대방 가슴에 얼굴을 묻고 있다든지 하는 모습이다. 즉 의도적으로 보이지 않는 부분을 만들어서 보는 이에게 상상할 수 있는 여지를 남겨놓고 있다.

게다가 이 '뒷모습'을 이용함으로써 한 장의 그림에 그려져 있는 대사 장면 속에서 보이지 않는 표정을 바꾸고 있기도 하다. 예를 들어 "내일 시간 있어?", "왜!? 데이트!!?", "아, 아니. 사다줬으면 하는 게 있어서……"라는 남녀의 대화를 그린 일러스트가 있다 (『후카마치 나카 화집: 따끈따끈 로그 ~소중한 너에게~』 참조). 이 그림에서는 여자친구에게 "왜!? 데이트!!?"라는 말을 하고 있는 남자친구의 뒷모습이 보이고 얼굴은 보이지 않는데, 굳이 등 뒤를 보여

줌으로써 한 장짜리 그림 안에서 시간의 흐름까지도 표현해낸 것이다. 한 장의 그림이라는 '순간'을 잘라낸 듯이 보이는 부분을 그리면서 시간축이나 감정의 기복을 동반하고 있는 작품으로 완성시켜놓았다.

덧붙여 말하자면, 트위터나 LINE에서 친구에게 보내더라도 싫어하지 않을 만한 느낌으로 철저히 만들었기 때문에 더욱 더 확산력이 있다. 이 자세는 그녀 본인이 깊숙히 관련되어 제작, 판매하고 있는 스케줄 표와 탁상 캘린더, 토트백, 마우스패드, T셔츠, 메모장, 미니 화집 등의 상품에 대해서도 철저히 지켜지고 있다. 이런 소위 '캐릭터 굿즈' 비슷한 것들은 실제로 몸에 입거나 들고 있는 모습을 남들에게 보일 때 저항감이 느껴질 수 있다. 그녀는 그렇게 되지 않도록 굿즈에서는 인물 일러스트보다도 작은 어린아이나 동물을 중심으로 그려 일상적으로 쓸 수 있게 신경 쓰고 있다.

소설판에서도 이러한 '말하지 않고도 전해지는', '독자를 고르지 않는'다는 태도가 일관되어 있다. 소설은 5장까지로 구성되어 있는데 각각 서로 다른 젊은 남녀의 연애 모습을 그린 단편집이다. 후카마치는 캐릭터에 관한 상세한 설정이나 대략적인 스토리라인을 확실하게 갖고 있어서(각 커플마다 '좋아하는 것, 싫어하는 것 일람표'가 있는 등 A4 용지 2장 정도 분량의 설정을 편집자에게 넘겨주었다고 한다) 그것을 바탕으로 소설판의 저자, 편집부와 상세하게 조정했다고 한다.

만화가 아니라 오리지널 일러스트를 만든 일러스트레이터가
캐릭터의 설정은 물론 그 둘이 만났을 때부터 일러스트에 그려져
있는 상황에 이르기까지의 과정을 스토리로 상상하고 있었다는
점이 『따끈따끈 로그』 소설화 작품이 성공할 수 있었던 커다란 요
인이다. 그냥 전부 소설가한테 맡긴 것이 아니라 일러스트레이터
본인이 전면적으로 관여했다는 점. 그래서 화집을 본 일러스트 팬
이 빙긋 웃으면서 "아아, 그 일러스트는 이런 배경이 있었던 거구
나" 하고 생각할 수 있는 장치까지 만들어두었다는 점에서 독자
가 만족할 만한 완성도로 이어진 것이다. 또한 노벨라이즈 담당인
후지타니가 심리 묘사 등을 너무 많이 쓴 부분, 지나치게 무겁게
만든 부분은 후카마치 쪽에서 세밀하게 정보량을 조정했다고 한
다. 바로 이런 '말하지 않고 전달한다', '너무 많이 말하지 않는다',
'등으로 말한다'는 수법은 아다치 미쓰루ぁだ5充나 무라카미 하루
키와도 상통하는 측면이 있다.[50] 침묵과 부재不在, '그리지 않음'으
로 독자의 상상을 부풀게 하고 작품을 풍부하게 감상할 수 있도
록 하는 기법을 그녀도 사용하고 있다는 말이다. '트위터에 올리
는 한 장짜리 그림'이란 제한 조건이 달려 있는 표현 방식으로 시
작하여, 그 제약 속에서 "한 장짜리 그림에 얼마나 많이 감정을 뒤
흔드는 요소를 담을 수 있을까", "리트윗하고 싶어지는 일러스트
란 어떤 것일까?"를 철저히 고민했기 때문에 비로소 그녀는 이러
한 기술을, 그리고 광범위한 인기를 획득할 수 있었던 것이다.

‘사토리 세대’[51], ‘마일드 양키’[52]론으로 알려진 마케터 하라다
요헤이原田曜平는 여대생이 SNS에 ‘명백하게 연상의 남자와 드라이
브 데이트하고 있는 차 안에서 찍은 사진이면서, 그런 말은 한 마
디도 쓰지 않고 남자의 얼굴도 비치지 않은’ 사진을 업로드하는
식의 표현을 ‘간접 자랑’이라고 불렀는데, 한 장의 일러스트 안에
앞뒤 스토리나 상황을 상상하도록 만드는 후카마치의 작품 역시
젊은 세대에게서 자주 보이는 테크닉의 발로일지도 모른다. 어쨌
거나 후카마치 나카는 인터넷에서 나옴직한 ‘알기 쉬운’ 감정 표
현의 강점과 일본인스러운 ‘그윽함’이 공존하는, 현대적 감성을
가진 작가다.

# 코미코북스를 통해 생각해보는
# O2O와 '편집자가 관여하지 않는다'는
# 방식의 공죄

누계 1,000만 다운로드를 돌파한 만화 앱이자 플랫폼인 코미코(운영 기업: NHN comico)가 소설 기능을 장착한 것은 2015년 4월이었다(그림12).

코미코는 인기 작품 『ReLIFE』, 『모모쿠리<sup>ももくり</sup>』 등을 서적화했고 『수퍼 쇼트 코믹스<sup>スーパーショートコミックス</sup>』 등의 작품은 영상화한다는 발표도 나와 있다. 코미코는 만화든 소설이든 아무나 투고할 수 있는 '도전(챌린지) 작품'과 거기에서 인기를 얻은 '베스트 도전 작품'이 있고, 또 그 '베스트 도전 작품'에서 채용하거나 직접 작가를 스카우트하여 연재하는 '공식 작품'이란 세 가지 부문으로 구성되어 있다. 공식 작가에게는 매월 원고료가 지급된다. 운영하는 기업은 한국의 IT·게임회사인 '네이버'의 자회사 'NHN comico'다. 코미코의 '풀컬러+세로 스크롤' 스타일은 한국의 웹만화 '웹툰'에

## [그림12] '코미코노벨' 메인 화면

사이트 주소 : http://novel.comico.jp/

서 유래한 것이다.

저스트시스템<sup>JustSystems</sup>의 조사에 따르면 코미코는 사용자 남녀비가 약 4 대 6. 같은 만화 앱인 '망가박스'나 '점프 플러스'가 6:4~7:3인 것과 비교할 때 대조적으로 10대~20대 여성이 많다. 만화 부문의 순위 상위 작품에는 아련하고 부드러운 색감의 러브코미디나 귀엽고 하이텐션인 개그(「미이라 기르는 법<sup>ミイラの飼い方</sup>」 등), 분위기가 느껴지는 「도련님과 메이드<sup>坊ちゃんとメイド</sup>」, 여자 사이의 이지메를 그린 「상처투성이의 악마<sup>傷だらけの悪魔</sup>」가 있다. 또한 「ReLIFE」와 「와온<sup>和おん!</sup>」 등은 웹소설에서도 공통적으로 유행하는 환생물이다. 젊은 독자가 관심을 가질 만한 진로나 취직 문제로 고민하는 주인공을 그린 작품(「ReLIFE」, 『야간학교의 뒷선생夜間学校の裏先生』 등)도 눈에 띈다. 엽기적 폭력 표현이나 에로틱을 중시한 작품에 인기가 몰리고 있는 망가박스와는 대조적이다. 소설 부문에서도 연애물, 학원물 등 가벼운 느낌의 장르가 선호되고 있다.

공통적으로 젊은 여성 사용자가 많은 pixiv 및 pixiv코믹과의 차이는 어떠할까. 코미코에서 공식 작품은 1화 30컷 이상, 소설에서도 공식 작품은 주간 연재에 1화당 2,500~4,000자 정도로 분량을 제한하기 때문에, pixiv와 달리 4컷만화 등 간격이 짧은 만화나 소설은 없다. 내용면에서도, pixiv에서는 중2병 여자의 마음을 건드리는 다크하고도 잔혹한(카니발리즘을 그렸다든지 하는) 작품이나 남자밖에 나오지 않는 작품을 인기작 중에서 볼 수 있지만, 코미코에선 거의 눈에 띄지 않는다. 똑같이 여자에게 인기를 얻고 있어도 pixiv 쪽이 약간 더 짙은 맛이다.

코미코는 2016년 1월 현재까지는 과금이나 광고 기능이 없다. 비즈니스 모델은 앱에 있는 만화나 소설 그 자체로 돈을 벌겠다는 발상이 아니다. 도전 작품, 베스트 도전 작품, 공식 작품을 통해 잔뜩 씨앗을 뿌리고, IP로서 커다랗게 자라날 것 같은 인기 작품을 상품과 애니메이션, 영상, 게임 등 여타 미디어로 전개시켜 수익을 올리겠다는 것이다. 즉 '서적화'도 그 중 하나의 선택지에 지나지 않는다(다만, 아직은 유료 전자책으로 만들겠다는 생각은 갖고 있지 않다고 한다). 코미코에선 "만화나 소설이라는 표현 매체여야 한다는 필연성은 추구하고 있지 않다", "미디어믹스하기 쉬운 유력한 원작을 원한다"는 것뿐이라고도 말한다.

2015년 11월 코미코 노벨 첫 서적화 작품으로 사쿠라기 레가櫻木れが의 『남친 군과 여친 양彼氏くんと彼女ちゃん』이 후타바문고에서 출간되었다. 이것은 후타바샤와 코미코가 제휴하여 2015년 10월에 창간시킨 만화와 소설 레이블 코미코북스에 속한 책이다. 코미코노벨은 앱에서는 가로쓰기, 세로 스크롤이다. 서술 부분은 일반적인 소설과 동일하지만 대사 부분을 캐릭터 얼굴과 말풍선을 써서 표시하는 독특한 형식을 채용했다.[53] 다른 많은 소설 투고 사이트와 마찬가지로 '줄 간격'이나 폰트를 바꿀 수도 있고, 인물의 아이콘 및 배경 색깔도 작가가 바꿀 수 있기 때문에 공을 들여서 연출하는 작가도 있다. 이처럼 코미코의 만화와 비슷한 인터페이스를 채용하고, 코미코 인기 만화의 스핀오프spin-off 작품을 노벨라이즈하는 등 소설을 읽는 데에 익숙하지 않은 젊은 층을 끌어들이고 있다. 현재 인기가 높은 작품 『그 보이스, 유료입니까?そのボイス、有料ですか?』는 '음성 첨부 노벨'이라는 더욱 더 독자적인 전개에 이르렀다. 하지만 서적판에서는 세로쓰기로 바꾸고 아이콘 표시를 없앤 후, 대신 정경 묘사와 심리 묘사를 가필·수정하여 '일반 문예'로 판매했다. 이것은 '소설가가 되자', E★에브리스타 등 가로쓰기 웹소설이 서적화될 때와 동일한 패턴이다. 인터넷상의 모습 그대

로 종이로 만들면 너무 텅 비어 보이지만 그렇다고 가로쓰기를 그대로 둔 채 가필하기만 하면 독자들이 읽기 어려워하기 때문에 세로쓰기로 바꿔 수정한 것이다.

코미코북스의 정책 중에서 주목하고 싶은 것은 소위 'O2O online to offline', 즉 인터넷에서 오프라인 서점으로 고객의 이동, 앱과 소매점의 연동이라는 측면이다. 제휴 업체인 후타바샤는 코미코북스를 시작하면서 서점을 대상으로 '응원점'(노벨을 포함한 코미코 전체에 대한 응원점)을 모집했다. 홋카이도에서 오키나와까지 일본 전국에서 약 450점포가 모집되었다. 응원점에는 홍보 재료 세트(POP, 포스터, 판매 매대, 배포용 샘플 소책자, 매대용 플레이트 등)를 보내준다. 또한 상품 전개를 하면서 후타바샤 외의 타 출판사에서 간행된 코미코의 서적도 같은 '코미코 매대'에 넣어서 전개하도록 요청한다. 코미코 자체도 코미코북스 설립을 기점으로 영업사원을 채용하여 서점과 함께 어떤 일을 진행할 수 있을지 고민 중이라고 한다.

가장 강력한 홍보 방법이라면 앱 안에서 사용자에게 "지금 가까이에 있는 응원점은 여기입니다"라는 고지를 적극적으로 한다는 점을 들 수 있다. 자주 읽거나 마음에 든다는 표시를 해놓은 작품의 서적이 간행되면 그 발매일에 "지금 가까이에 있는 이 서점에 입하될 예정입니다"라고 스마트폰에서 앱 알림이 뜬다. 이것만으로도 고객의 행동은 상당히 촉발될 것이다. 사실 '소설가가 되

235

자' 서적화 작품에서는 ('소설가가 되자'가 아직 모바일 대응 앱을 만들지 않고 있어서) 이런 수법을 사용할 수 없다. 기껏 해봐야 사이트나 모바일에서 배너 광고를 내는 정도다. 하지만 코미코북스의 사례는 앱을 통해 작품을 만들어내고, 팬을 늘리고, 출판사 편집자가 책에 걸맞은 형태를 만들고, 앱과 출판사의 영업자와 서점이 연계해서 고객을 보내고, 책의 구매로 이어가는, 아주 당연한 일이기도 하지만 아직까지 효율화되지 못했던 부분을 실행한 것이다. 코미코북스 자체는 아직 시작일 뿐이지만 각각의 노하우를 살려서 프로모션과 판매 수법을 진행하면 다음 번 히트가 탄생할 날도 머지않을 것이다.


## 『보류장 녀석들』 염상 문제-'편집자가 작품에 관여하지 않는다'는 점과 윤리 규정

판매 면에서는 이와 같이 유효한 시도가 있는 반면, 코미코에는 '공식 작품'의 운용 및 인터넷에서 종이책으로 서적화할 때 문제가 발생한 경우도 있다. 살인귀를 미화한 작품이라 하여 『보류장 녀석들保留荘の奴ら』을 둘러싸고 인터넷에서 크게 염상炎上[54]이 일어난 사건이다.

이 만화는 '천국도 아니고 지옥도 아닌 유국留國행이 결정된 기억상실에 걸린 주인공 '야마다 톰(임시)'와, 유국에 있는 보류장 주민의 일상생활을 그린 와자지껄 공동 생활 코미디'(픽시브 백과사전의 설명)인데, 작품의 무대가 되는 유국留國이란 곳이 전생에서 살인 등 중범죄를 저지른 자들이 모이는 곳이라는 설정이다. 각 캐릭터는 실제 인물을 모델로 하고 있고, 작가는 모델을 찾아보라고 공언했는데 심지어 히틀러도 등장한다. 게다가 ED(성적 불능자)를 차별하는 발언이 개그로 그려지기도 했다.

이 작품의 문제점이 이처럼 큰 사건이 된 3가지 이유가 있다. 우선 첫 번째로, 앱에서만 읽혔더라면 거의 10대~20대만 읽고 있었기 때문에 대부분의 어른은 이 작품의 존재 자체를 알 수 없었다. 알게 되었더라도 "싫으면 읽지 마(자식한테 읽히지 마)"라는 말을 듣고 끝났을 것이다. 하지만 이 책이 KADOKAWA에서 서적화되고, 초·중학교 여학생들이 사달라고 졸라서 책을 샀다가 부모가 나중에 직접 읽어보니 범죄자와 차별을 긍정하는 내용의 만화라는 것을 알게 되어 깜짝 놀랐다는 것이다. 서점에서 판매될 때에 아무런 배려나 주의 문구가 없었기 때문에(적절히 조닝zoning이 되어 있지 않은 채 판매되었기 때문에) 엄청난 항의가 몰려들었다.

두 번째로, KADOKAWA의 편집자가 서적화를 할 때에 아무런 수정도 가하지 않았기 때문이다. 최종 교정을 완료하면서 10대 초반의 로 틴low teen층도 읽을 거라는 점을 의식하지 않은 채, 문제가 될 수 있다고 생각하지 않은 출판사 측에도 책임이 있다.

세 번째로 코미코에는 '공식 작품'에 관해 작품의 진행이나 작가의 매니지먼트를 담당하는 '편집자' 역할의 직원이 있었음에도, "작품 내용에 관해서는 저자에게 맡긴다"는 공식 견해를 내고 기본적 입장을 취한 채 이 문제를 계속 방치했기 때문이다. 코미코가 '소설가가 되자'와 다른 부분은 어디인가. '소설가가 되자'는 완전히 소위 'CGM Consumer Generated Media '55 으로서 쓰는 사람이 쓰고 싶은 대로 쓴다. 원고료를 지불하는 존재가 없다. 하지만 코미코는 '공식 작가' 시스템을 채택하여 저자에게 매월 '정액+조회 수' 등에 연동된 인센티브를 지급한다. 즉 출판사가 작가에게 원고료를 지불하는 것과 유사한 시스템을 갖추고 있다. 기성 출판사라면 통상적으로 게재지에서 문제가 발생할 경우 회사가 책임을 지고, 편집자에겐 징계를 내린다. 하지만 코미코는 만화 잡지의 편집자만큼은 작품 내용에 관여를 하지 않고 있었다. 따라서 윤리적으로 문제가 있다는 지적을 받은 표현 내용에 대해서 규정이 정해져 있지 않거나, 염상이 일어나더라도 그냥 일축한다는 방침이었던 것이 아닐까. 하지만 소란은 멈추지 않았고, 2015년 1월 단행본이 발매되고 약 반년 후인 8월에 비로소 '연재 종료'에 이르렀다.

여기에서 얻을 수 있는 시사점은 무엇일까. 우선 저연령층 대상(10대 대상)의 인터넷 콘텐츠를 서적화할 때 출판사는 윤리 규정에 관하여 좀 더 민감해질 필요가 있다. 또한 플랫폼으로서도 타 미디어로 전개할 때는 작품의 인기에만 안심하지 말고 책이라면 책의 세계가 갖는 관례, 규정을 살펴보아야 한다. 물론 소년만화 잡지나

라이트노벨 레이블에서 자체적으로 설정해놓은 윤리 규정이나 성 표현, 폭력 표현에 관한 규제는 경우에 따라 '지나친' 때도 있다. 작품을 만드는 데 갑갑한 측면이 없다고는 할 수 없다. 반면 인터넷 콘텐츠에는 그런 자체 규제가 없다. 명백하게 법적으로 위법한 내용 이외에는 간단하게 삭제되지 않는다. 그런 자유로움이 CGM의 매력이기도 하다. 그렇지만 일단 앱에서 서적으로 미디어가 바뀌면, 그 작품을 받아들이는 사람은 '서적'에 대해 요구하는 윤리 규정을 똑같이 요구한다.

이 책에서는 인터넷 콘텐츠의 서적화란 그냥 데이터를 복사해서 붙여넣기(copy & paste)하면 되는 것이 아니라는 주장을 계속 반복했다. 미디어에 따라 허용되는 표현의 수위, 그리고 윤리나 차별 표현을 둘러싼 자체 규제에 대해서는 특히 더 주의를 기울여야 한다.

# ARG소설은 일본에
# 뿌리를 내릴 수 있을까?

우주에서 날아온 수수께끼의 지적 생명체가 지구 인류의 고대 민
족 후예인 소년·소녀 12명을 소환해서 전한다. "세계 어딘가에 숨
겨져 있는 세 가지 열쇠를 순서대로 발견해낸 민족만을 남겨두고,
지구인을 전멸시키겠다." 『헝거 게임』으로 대표되는 미국의 영 어
덜트 소설[56]에서 인기 있는 데스 게임·디스토피아 SF의 흐름을 잇
는 제임스 프레이, 닐스 존슨 셸튼의 『엔드게임: 더 콜링ENDGAME: THE
CALLING』은 단순한 소설이 아니다. SNS인 'Google+'의 특설 페이지
에 등록하면 독자가 직접 플레이어가 되어 50만 달러 상금이 걸린
전 세계 동시 인터넷 연동 수수께끼 풀이 게임에 도전할 수가 있
다. 『엔드게임』은 대규모이고, 미디어 횡단적인 전개가 특징이다.
서적 안에 실린 도판이나 숫자에 수수께끼가 담겨 있고, 그 힌트는
서적에 실린 URL을 클릭하여 표시되는 지도와 동영상 등에 감춰

져 있다. 또한 트위터에는 각 캐릭터의 이름으로 계정이 있어서 그 안에서 서브 스토리가 수시로 갱신되기도 하고, 본편의 전일담(프리퀼)을 다룬 ARG(대체 현실 게임; Alternate Reality Game)[57], 위치정보 게임 〈인그레스〉[58]의 스태프가 제작한 모바일 게임, 2016년 개봉 예정인 영화[59]와도 연동된다.

'ARG'란 현실세계를 이용해 플레이하는 참가형 게임이다. 참가자 자신이 주인공이 되어 수수께끼를 풀거나 실제 장소에 찾아가고, 다른 참가자와 협력하여 스토리를 진행한다는 것이 특징이다. 『엔드게임』은 소설을 써서 ARG를 하는 'ARG소설'인 셈이다.

일본에서 이 작품을 번역 출판한 것은 갓켄퍼블리싱 출판사의 애니메이션 잡지 〈메가미매거진〉 편집부다. 소설 번역은 가네하라 미즈히토金原瑞人와 이노우에 사토井上里가 맡았지만, 인터넷에 차례차례 영어로 업로드되는 동영상이나 텍스트 등 추가 콘텐츠 번역은 영어에 능숙한 담당 편집자 본인이 트위터를 통해 요청받아서 수시로 하곤 했다. 앞서 언급했듯이 지금까지의 출판에서는 한 번 팔고 나면 끝인 '패키지형' 콘텐츠가 주류였으나, 인터넷 서비스나 모바일 게임 분야에서는 사용자의 반응을 보아가면서 추가 콘텐츠를 순차적으로 투입하는 '운용형' 콘텐츠가 주류다. 『엔드게임』도 본질적으로는 후자인 것이다.

인터넷을 바탕으로 둔 'ARG소설'은 『엔드게임』 외에도 일본에서 몇 가지 시도가 있었다. 예를 들어 TRPG[60] 등으로 알려져 있는 그룹SNE[61]에서 2014년 여름과 겨울에 진행했던 '3D소설 bell'이 그렇다. 이에 관해서는 「'3D소설 bell'에 있어서의 ARG적 스토리텔링의 가능성」(http://game.watch.impress.co.jp/docs/news/20150826_718033.html)이란 기사에 잘 정리되어 있으니 꼭 읽어보길 바란다.[62] 간단히 말하자면 사용자의 선택에 따라서 연재 중인 소설의 결말이 바뀐다거나, 사용자가 니코니코동화나 실제 존재하는 장소에 가야만 다음 전개가 이루어진다는 식으로 현실과 연동해 소설을 체험시키는 프로젝트다(이 프로젝트는 창작자 측에서 출판사에 기획을 제안한 것이었지만, 현실적으로 출판사 측은 오랫동안 같이 일한 사이니까 어쩔 수 없이 참가한 정도였다. 따라서 출판사 입장에선 가능한 한 소규모로 진행했다).

그리고 아지랑이 프로젝트의 독자 참가 기획으로 '아지랑이 데이즈 ARG『메카쿠시단: 워처즈』'가 2014년에 열렸고 나중에 그 기록도 서적화되었다.

해외에서는 2000년대부터, 일본에서도 2010년대 이후로 영화 등의 프로모션을 목적으로 ARG를 채용하는 일은 늘어나고 있다(「사례 소개: 영화 〈다크나이트〉 ARG『Why So Serious?』」 [http://arg.igda.jp/2012/07/argwhy-so-serious.html] 등을 참조할 것).

하지만 프로모션 도구가 아닌 독자적인 콘텐츠로서는 아직 일본에선 일반적이지 않다. 우선 『엔드게임』이든 『bell』이든 『메카쿠시단: 워처즈』이든 서적이 많이 팔리지 않았다. 아직 수익을 올리기 어려운 상황이다. 『엔드게임』의 경우, 공식 정보가 전부 영어로 발신되었으니 일본 독자로서 인터넷에서 게임에 참가하려 해도 접근이 어려웠던 점도 있었지만, 『bell』과 『메카쿠시단』은 일본어로 ARG를 즐기던 사람들(인터넷에서 참가했던 고객)이 그럭저럭 있었다. 하지만 종이책으로 순차적인 스토리로 재편집된 후에는 구매자가 적었다. "인터넷 콘텐츠를 종이책이라는 별도 미디어로 옮겨서 패키지할 땐 어떻게 바꾸는지가 중요하다"는 관점에서 말하자면, 일본에서 ARG소설 비즈니스는 아직 그에 대한 '정답'이 발견되지 않은 상태다. 그러나 ARG소설파, 인터넷과 현실을 연동하는 시도 그 자체는 충분히 재미있고 가능성도 크다. 체험 자체에 과금을 하는 등 수익화 방법만 개발될 수 있다면 일본에서도 충분히 자리 잡을 것이라고 본다.

# 웹소설 선진국
# 한국

제뉴인じぇにゅいん의 『나는 린』은 소설 투고 사이트 '소설가가 되자'
에 연재된 후, 일본인이 일본어로 쓴 작품인데도 일본어판 서적에
앞서 한국어판이 출간되었다. 그 출판을 진행한 것은 주식회사 이
미지프레임의 박관형 편집장이다. 한국은 웹만화(온라인 만화)와
웹소설에서 일본보다 앞서 있다. 이번 장에서는 일본과 비교해보
면서 한국 웹소설의 현재 상황을 살펴보겠다.

　우선 한국의 출판 상황을 보자면, 1990년대 이후 시장 규모는
일본과 마찬가지로 축소되고 있다. 그렇지만 한국에서는 1990년
대부터 지금까지 물가가 10년마다 40% 가까이 상승했기 때문에
(일본처럼 물가 상승이 장기간에 걸쳐 거의 멈춰 있는 디플레이션 국가
는 적다), 금액 면에서 그렇게까지 줄어든 것은 아니다. 서점 수는
약 1,500점 정도인데, 이쪽도 일본과 마찬가지로 매년 줄어들고

있다. 다만 한국에서는 인터넷 서점이 2000년 전후부터 번성하기 시작했다. 아마존 재팬은 2000년 11월 오픈했는데, 아마존이 한국 시장을 염두에 두고 있지 않는 동안 한국에서는 국내 인터넷 서점이 융성했고, 그 결과 아직도 아마존은 진출하지 못하고 있다.

만화 시장은 '오락용 만화의 종이책 출판'(약 700억 원 규모), 그 두 배 정도로 추정하는 '학습만화와 실용만화' 시장, 최근에는 현저히 축소되고 있는 '대여만화 시장', 반대로 크게 성장하고 있는 '웹툰'(풀 컬러+세로 스크롤 형태로서 기본적으로는 무료로 읽을 수 있는 웹코믹 스타일. 일본에서는 코미코 등에서 볼 수 있다) 및 '온라인 만화의 유료 연재 시장'(700억~1,000억 원으로 추정) 등이 있다. 이 중에 웹툰 시장은 주로 '광고 매출'로 계상되기 때문에 일반적인 '한국만화 시장'의 통계에 들어 있지 않은 경우가 많다. 즉 '종이책 혹은 유료 전자책'으로 '판매'되는 부분만이 '한국만화 시장'으로 카운트된다는 뜻이다.

일본에서는 소위 '순문학'의 수요가 줄고 라이트노벨과 그 주변 장르는 비교적 번성하고 있는데, 한국도 문학의 시장 규모는 줄고 라이트노벨을 비롯한 장르문학 시장은 최근 10년간 상당히 커졌다. 소설 분야의 베스트셀러 중에서 20~30% 가까이 라이트노벨이 점유하게 되었다고도 한다(『스즈미야 하루히의 우울』이나 『소드 아트 온라인』은 한국에서도 대히트했다). 그렇지만 한국의 신문·방송 기자나 문예평론가는 라이트노벨이 어떤 것이고 일마만큼 읽히고 있는지 잘 모르는 듯하다.

서브컬처 분야의 소설('장르 소설') 시장 전체에서 가장 큰 규모의 시장은 여성 독자 대상인 로맨스 소설이다. 역사를 거슬러 올라가 보면 일본에서 라이트노벨, 그 전에는 주브나일 장르가 차지하고 있던 위치에 해당하는 것은 한국에선 1990년대까지는 무협소설, 그리고 1990년대 말 이후로는 판타지였다. 또 로맨스 소설은 그 당시에도 충분한 존재감을 갖고 있었다.

또한 일본의 전자책 시장은 '종이책으로 출판된 책의 전자판(전자책으로 전환)'을 중심으로 형성된 것에 비해, 한국에서는 종이책으로 출판된 적 없는 웹소설 자체를 유료화하거나 처음부터 전자책으로 출판되는 시장 규모도 훨씬 크다고 한다. 한국에서는 이 책에서 소개한 것과 같은 '웹소설을 종이책으로 서적화해서 히트'한 사례가 2000년대 이후로는 그리 많지 않다. 웹소설은 종이책으로 출판할 필요도 없이 온라인 연재 자체의 매출(유료 연재 등)로도 성공할 수 있기 때문이다. 한국의 대표적인 소설 투고 사이트 두 곳은 일본의 '소설가가 되자'보다 긴 역사를 갖고 있고,[63] 유료 연재로 매출을 올리고 있다. 한국 웹소설의 인기 장르는 남성 대상으로는 판타지, 여성 대상으로는 로맨스와 BL이다. 일본에서는 '소설가가 되자' 등이 지금 막 '유행 중'인 상태지만 한국 웹소설에는 이미 15년의 역사가 있기에 웹소설 자체가 아주 참신한 느낌은 아니다. 오히려 그 사이트들은 '역사가 깊은 사이트'가 되어가고 있다

(일본도 머지않아 그렇게 될 것이다). 굳이 말하자면 한국에서는, 일본에서 들어온 라이트노벨이 더 '새롭게 발생한 붐'인 것이다. '소설가가 되자'에 자주 보이는 이세계물이나 게임적인 내용은 한국에선 이미 2000년대 초반부터 유행했기 때문에 새로운 유행은 아니라는 식으로 생각된다고도 한다.

박관형 편집장을 취재했을 때 나는 '소설가가 되자'의 경향에 관해 어떻게 생각하는지를 물었다. 어디까지나 개인적 견해라는 점을 강조하면서, 그는 '소설가가 되자'의 순위나 포인트 등은 현재 시점의 유행이 어떤 내용인지를 파악하기에는 좋지만 그 작품의 재미나 완성도와 꼭 일치하는 것은 아니라고 말했다. 일본에서 유행하지 않는 비非메이저 작품 중에도 수준이 높고 출판할 만한 작품이 많다고 본다는 것이다. 이미지프레임에서는 그 부분에 눈을 돌려 일본과 한국에서 드문 '청춘 야구물' 라이트노벨『나는 린』을 (일본어판이 나와 있지 않음에도 불구하고) 한국에서 번역 출판하기로 결정했다.

이런 사례가 시사하는 점은 무엇일까. 우선 일본에서 현재 일반적인 패키지형(한 권씩 판매하는) 전자책과는 다른, 유료 웹소설 연재도 결제 기능이나 플랫폼의 디자인에 따라서 얼마든지 넓혀갈 수 있다는 점이다. 이미 일본에서도 '소설가가 되자'에서 무료로 읽을 수 있는 작품이 종이책으로 서적화되고, 그게 다시 유료 전자책으로 만들어져서 (기묘한 상황처럼 느껴지겠지만) 일부 작품은

사실 이미 나름의 매출을 올리고 있다. 또 E★에브리스타에서는 특정 작가의 신작을 읽고 싶다면 돈을 지불하라는 방식이 있고, 드완고ドワンゴ가 운영하는 블로그 서비스 '블로매거ブロマガ'에도 유료 과금 기능이 있다(그 서비스를 통해 소설을 쓰고 있는 작가도 있다). 이 것이 예를 들어 분게이슌주에서 소설잡지 〈별책 문예춘추〉를 종이 판은 중지하고 전자책만으로 이행한 경우와 차별화되는 점은, 무료로 읽을 수 있는 부분을 상당히 남겨둔 상태에서 유료 판매 및 과금한다는 것이다(일본의 기성 출판사는 소설을 '기본 무료' 모델로 서비스하는 것에 대한 저항감이 높다). 만화 분야에서는 『애니우드 대로』의 기 다카시記伊孝처럼 KDPKindle Direct Publishing로만 작품을 내고 '종이로 팔지 않아도 충분히 돈을 버는' 작가가 등장하고 있다. 소설에서도 시장 규모가 큰 라이트노벨 계열이라면 곧 그런 모습이 가능할지도 모른다.

또한 『나는 린』은 『사쿠라코 씨의 발 밑에는 시체가 묻혀 있다』와 비슷한 경우라고 할 수 있다. 두 작품 모두 게재된 플랫폼에서는 인기가 그렇게 높지 않았지만 다른 장소로 옮겼더니 '상품 가치가 있다'고 인정받았다는 점에서 그렇다. 『나는 린』과 같이 '다른 나라에서 판매한다'는 선택지도 있는 것이다. 물론, '사주는 쪽'에서 작품을 발견하는 것이지 글 쓴 사람이나 팔려는 사람이 억지로 강매를 하려고 하면 성공할 확률은 희박해질 것이다.

박관형은 일본과 한국의 소설 및 서브컬처를 비교할 때 한국인은 표현 활동으로 사회나 정치를 그리려는 발상에서 좀처럼 벗어나지 못하지만, 일본의 오타쿠 콘텐츠는 쾌락만을 추구하는 작품이 많다는 점에 매력이 있다는 뜻의 발언도 했다. 일본의 애니메이션이나 웹소설은 욕망 충족적이란 사실을 부정적으로 언급하는 경우가 많은데, 그것을 오히려 다른 장르나 국가와는 차별화된 하나의 개성으로서 긍정적으로 평가할 수도 있는 것이다. 『반지의 제왕』 등의 판타지를 통해서 다른 세계(별세계)로 도피하는 것이 과거 '카운터 컬처'였던 적도 있었다. 그것이야말로 유용성이나 의미만 추구되는 현실 사회를 가장 격렬하게 부정하는 행위라고, 아라마타 히로시荒俣宏는 『별세계통신別世界通信』에서 썼다. 박관형과 아라마타 히로시의 주장을 같이 놓고 생각해본다면, 일본의 웹소설에 '그려져 있지 않은' 부분에 주의를 기울이면 일본의 대중이 가장 부정하고 비판하는, 혹은 시선을 피하고 싶은 현실이나 사회, 정치가 보인다고도 할 수 있지 않을까.

예를 들어 2010년대를 통틀어 일본에서는 지진이나 쓰나미, 원자력 발전이나 데모 등을 무시하지 못하고 다룰 수밖에 없었던 순문학 작품이 적지 않았다(물론 거기에서 만들어진 걸작은 드물었다). 하지만 그와는 대조적으로 웹소설에서는 거의 언급되는 일이 없었다. 그나마 희미하게나마 재해의 그림자가 느껴졌던 작품은 『로그 호라이즌』 정도였다. 이는 북미에서 KDP로 만들어졌던 앤디 위어Andy Weir의 『마션The Martian』이나 휴 하위Hugh Howey의 '사일로Silo

3부작' 등의 관점과도 다르다. 『마션』은 화성에 홀로 남겨진 과학
자가 절체절명의 상황에서 살아남아 마침내 탈출하고자 하는 이
야기이고, 사일로 3부작은 지상이 오염되는 바람에 지하 144층에
이르는 거대 공간 속에서 자원도 부족한 상태로 살아갈 수밖에 없
는 사람들이 마찬가지로 탈출하고자 한다는 이야기다. 이런 가혹
함과 살아가기 어렵다는 배경 설정은 리먼 쇼크 이후 사회에 대한
비판으로, 월가 점거 운동을 만들어낸 그 분위기를 읽어내는 것은
어렵지 않다(하위 작품에서 계층은 곧 계급이고, 상위 계층에서 살아가
는 인간은 상대적으로 쾌적한 상태다. 그리고 그 계급 사회에 대한 혁명
을 그리고 있다. 주인공도, 저자도, 독자도, "하층민이다"라는 감각을 공
유하고 있는 것이다). 극한 상태에서 탈출이라는 측면은 E★에브리
스타의 데스 게임물도 마찬가지인데, 일본에서 히트하고 있는 데
스 게임 웹소설은 사람들에게 죽음을 초래하는 '룰(규칙)'은 그리
고 있지만, 사일로 3부작처럼 세계관을 자세하게 구축하여 사회를
그려내려는 태도는 갖고 있지 않다. 복잡한 사회 배경이 겹쳐져서
우리를 벼랑 끝으로 내모는 것이 아니라, '게임'이 그렇게 하고 있
다. 그 인식을 저자도 독자도 선호한다고 할 수 있다.

'소설가가 되자' 계열에서든 데스 게임물에서든, 해외의 인기
KDP 작품에 자연스럽게 스며들어 있는 '현실 사회에 대한 우의<sup>寓</sup>
<sup>意</sup>'가 내포된 자세한 세계 설정을 사상<sup>捨象</sup>해버리고 있다(물론 해외
에도 사회성이 거의 느껴지지 않는 『그레이의 50가지 그림자<sup>Fifty Shades Of</sup>

<sup>Grey</sup>』 등의 전형적인 로맨스나 소프트 포르노 작품도 존재한다). 이것은 일본 웹소설에 대한 비판은 아니다. 어떤 일본인은 세속의 소란스러움에서 벗어나 자신이 살고 있는 현실을 잊게 해주는 시간을 절실히 원하고 있다는 점을 확인하고 싶을 뿐이다. 그 때문에 현실에서 벌어진 시끄럽고 무거운 사건은 상상 속 세계에서 멀리 떨어지고 있다. 선진국 중 가장 긴 시간을 노동하면서 자존감은 낮다는 일본의 청년이나 중년이, 몸도 마음도 완전히 지쳐버린 상태에서 맛볼 수 있는 한 순간의 오락 시간에 대체 어떤 것을 원할까. 거기에 주목하지 않으면 일본에서 왜 이 책에서 소개한 것과 같은 유형의 웹소설이 활황을 보이고 있는지를 이해할 수 없다.

어쨌거나 '현 시점 일본 인터넷 콘텐츠 비즈니스의 상황', '소비자의 상황', '오락소설의 모습'이 전 세계 어느 시대에도 완전히 변함없는 것이라는 착각은 버리는 편이 좋다. 한국을 비롯한 타국의 웹소설을 살펴보면 그런 사실을 깨달을 수 있다.

※주식회사 이미지프레임 박관형 편집장 인터뷰의 중개, 번역 및 한국 출판 상황에 관한 정보 제공은 출판에이전트와 번역자·필자로 활동 중인 코믹팝 엔터테인먼트 대표 선정우의 협력이 있었다. 감사의 말을 표하고 싶다.

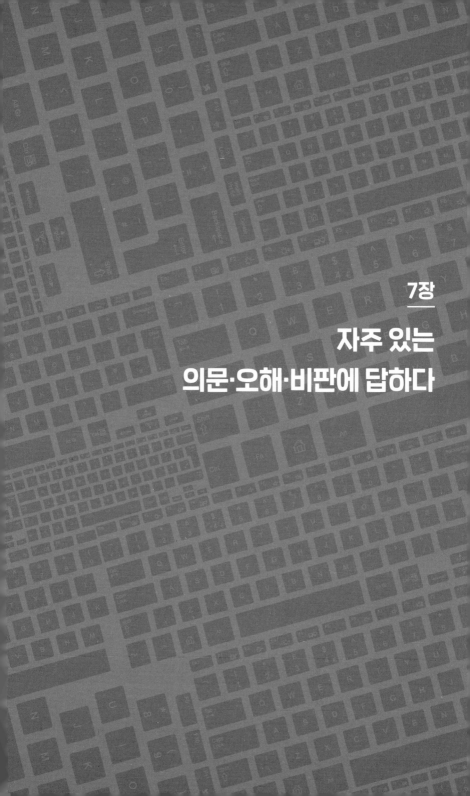

7장

# 자주 있는
# 의문·오해·비판에 답하다

# 기성 출판사가 소설 투고 플랫폼을 만들지 못하거나 잘 운용하지 못하는 이유는 무엇일까

마지막으로, 웹소설에 관해 자주 들을 수 있는 의문이나 오해, 비판에 답하고자 한다. 우선 "소설 투고 플랫폼이 그렇게나 매력적인 미디어라면, 출판사에서 직접 개발·운용하면 되는 것 아닌가?"라는 의문이다. 출판사는 개발·운용하지 않고, 제대로 할 수도 없다. 어째서일까. 여기에서 그 이유를 해설해보겠다.

## 1. 의사 결정이나 상품 제공에 관한 사고방식 차이

첫 번째로 조직 문화적인 문제점이다. 출판사는 지금까지 '틀림이 없는 완벽한 상태로 만들어서 책이나 잡지를 세상에 내놓는다'는 관점에서 상품을 만들었다. 책은 한번 인쇄하고 나면 중판을 하지 않는 한 수정할 기회가 없다. 따라서 세상에 내놓기 전에 오탈자나 사실 오인 등의 실수를 '제로(0)'로 만들지 않으면 안 된다는 사고 방식이 정착되어 있다. '실수=악'이고 졸속으로 만들기보다는 정확성을 중시한다. 이런 문화·사상으로 인해 필연적으로 의사 결정은 느려질 수밖에 없다. 반면 인터넷 세계의 사고방식은 "틀렸다면 고치면 된다", "실패한 경험은 다음 기회에 살릴 수가 있다. 오히려 PDCA[1]를 거치지 않고 단번에 잘될 거라고 생각하는 쪽이 이상하다", "의사결정을 빠르게 하지 않으면 뒤처진다"는 것이다. 완전히 정반대다.

최근에는 없어졌으리라 싶긴 하지만, 필자가 그 옛날 근무했던 출판사에선 편집부원이 쓰는 블로그 기사 등 인터넷으로 보내는 모든 정보를 하나하나 편집장이 사전 체크하는 부서가 있었다. 문장 교정이나 내용 검열 등을 고지식하게 하나하나 하고 있다간 속도가 느려지고 쓰려는 의지도 떨어진다. 인터넷에선 일종의 경박함, 가벼움, 독자와 거리를 가까이 하는 것이 필요한데 "이거 다 하나하나 저 할아버지한테 체크 받아야 해?" 하다 보면 (그리고 내용에도 간섭하면) 재미있는 내용을 쓸 수가 없다. "문제가 생기지 않는 편이 좋다. 설령 그 때문에 기회손실이 발생되더라도"라는 출판사식 스타일로는 "서비스를 제공하는 데는 많건 적건 문제가 발생할 수밖에 없다. 그걸 어떻게 매니지먼트하고 개선할 수 있을까가 중요하다"라는 마음으로 임하지 않으면 인터넷 세계에 뛰어들기 어려울 수밖에 없다.

## 2. 엔지니어를 채용할 수 없는, 인사 제도상의 문제

인터넷 서비스를 진심으로 개발·운용하기 위해서는 엔지니어나 웹디자이너를 직접 채용해서 편집자와 책상을 같이 두거나 최소한 같은 층에서 업무를 보아야 할 필요가 있다(외주로는 커뮤니케이션 비용이 늘어날 수밖에 없기 때문에 속도가 떨어지고, 직접 채용하는 경합 서비스 제공자와 경쟁할 수 없다). 그러나 이것이 대부분의 일본 출판사에서는 어려운 문제다. 인사 제도상 문제가 있기 때문이다.

우선 근래에 우수한 엔지니어가 고갈되어 있기 때문에 출판사 직원에게 지불하는 급여 정도로는 채용 자체가 어렵다(연봉 1천만 엔[약 1억 원] 정도를 지불하지 않으면 채용할 수 없는 경우가 흔하다). 두 번째로 출판사 대부분이 엔지니어를 정사원으로 채용해본 경험이 없다. 따라서 엔지니어의 경력 경로career path나 급여 체계가 인사 제도상 존재하지 않는다. 편집자나 영업자의 경력 경로나 급여 설계를 약간 조정하는 것으로 해결되지 않는다는 말이다. 어떤 대우, 어떤 중장기적 비전을 제시하면 엔지니어가 찾아올 것인지 사내에 알고 있는 사람이 없다. 설령 비싼 급여를 지급할 수 있다 하더라도, 엔지니어 측에서 볼 때 불안한 요소는 넘친다. 예전에 업력이 오래된 어느 출판사에서 구인 서비스 Wantedly로 엔지니어를 모집하는 것을 보았는데, 나는 그 출판사 편집자에게 "Wantedly가 뭔지 아세요?"라는 질문을 받고 경악한 적이 있었다(아마도 Wantedly 측의 영업을 받고서 한번 해본 것이리라). Wantedly

조차 모르는, 인터넷 서비스의 트렌드나 조류를 전혀 모르는 사람이 우글거리는 그 안에 뛰어 들어가서 성과를 내기란 매우 어려운 일이라고 생각된다. 스타트업 업계(벤처 비즈니스 업계)에서는 "프로그래밍을 통해서 대략적으로 어떤 일이 가능하고 어떤 일이 불가능한지 알고 있는 사람이 경영진 안에 없으면, 앱이나 인터넷 서비스 개발은 힘들기도 하거니와 엔지니어 채용, 엔지니어와 커뮤니케이션도 어렵다"고 말한다. 아날로그 세계에서 쭉 지내온 출판사 측에서 엔지니어에게 요구하는 주문이 얼마나 황당할지, 상상이 되고도 남는다.

엔지니어가 필요한 출판사와, 출판사가 가진 IP나 콘텐츠 개발력이 필요한 IT 기업, 게임 회사가 조인트 벤처 기업을 만들어 운용하거나 서로 직원을 파견하는 형태를 취한다면 엔지니어의 (가상적) 채용이 가능할지도 모르겠다.

## 3. 신규 사업 개발을 해본 적이 없다는 약점이 가지는 문제

엔지니어를 채용하느니 마느니 하기 이전에, 인터넷 서비스를 비즈니스로 성립시킬 수 있는 능력이 있는지에 대한 문제도 있다. 출판사 임직원은 책이나 잡지를 만들어서 파는 일에는 능숙하다. 기성 비즈니스 모델을 통해서 누구를 대상으로 어떤 책이나 잡지를 만들어 어떻게 팔지에 관해 이리저리 조정하는 일에 관해서는 머리가 잘 돌아간다. 하지만 그 이외에 다른 비즈니스 모델을 만들어 돌리는 데에는 익숙하지 않다. '책이나 잡지를 만드는 일' 이외의 신규 사업을 시작해본 경험이 있는 사람이 사내에 한 명도 없는 경우도 있다. 그래서야 인터넷 서비스를 기축으로 삼는 콘텐츠 비즈니스를 설계·운용할 수는 없는 일이다. 'Go'를 할지 'Stop'을 할지 판단을 내려야 할 입장에 서 있는 사람들이 인터넷 서비스의 장단점을 모를뿐만 아니라 사업에 대한 평가 기준 자체를 갖고 있지 않다는 말이니까.

내가 출판사에 근무하던 시절 MBA를 취득하러 갔던 경험에서도 단언할 수 있지만, 출판사 임직원들은 향후 수 년 단위의 예측 P/L을 산정해낼 수 있기만 해도 상당히 뛰어난 수준이고, 경리 직원을 제외하면 대부분의 직원이 재무제표를 보는 법, 사용하는 법조차 알지 못한다. 설령 의지를 갖고 있더라도 예측 P/L조차 만들 줄 모른다. 아니, 주먹구구식이더라도 어떻게든 매출과 비용 예측을 엑셀$^{Excel}$로 만들었다고 가정해보자. 하지만 그걸 신규 사업의 'Go/No Go'를 판단하는 회의에 내보면 어떻게 될까. "실패하면 어떻게 할 거냐"라는 말만 계속 듣게 되어 진척이 안 된다는 말이다(앞서 언급했듯이 일본의 출판사는 뭐가 어떻게 되더라도 '실패를 꺼린다', '실수가 없도록, 사전에 완벽하게'라는 풍토 때문이다). 반대로 말하면 '실패하면 어떻게 될지'가 사내에 제대로 결정되어 있지 않다. 더 확실하게 말한다면 '실패'의 정의조차 되어 있지 않다. 사

내에서 "실패란 어떠한 상태를 가리키는가" 하는 콘센서스<sup>consensus</sup>
를 만드는 것조차 불가능하다. "'실패'라 함은 이런 상태를 가리킨
다", "실패했을 경우에 사업 책임자의 평가는 이렇게 되고, 따라서
대우는 이렇게 된다"는 결정이 되어 있지 않으니 아무 것도 움직
일 수 없다. 결정이 되어 있다면 그걸 감안한 다음에 시작할 것인
가 말 것인가 의사 결정만 하면 된다. 하지만 실제로는 그 앞 단계
에서 애매한 논의만 반복하고 흐지부지되어 "아무 것도 하지 않는
다"를 선택하게 되는 것이다.

이상과 같은 세 가지가 대부분의 일본 기성 출판사가 인터넷 소
설 투고 플랫폼을 만들지 못하는 이유다.

1. 의사 결정이나 상품 제공에 관한 사고방식의 차이

2. 엔지니어를 채용할 수 없는, 인사 제도상의 문제

3. 신규 사업 개발을 해본 적이 없다는 약점이 갖는 문제

이 이유들이 해소된다면 개발·운용할 수 있게 되겠지만, 나로
서는 근본적으로 어렵다고 생각한다. 또한 개발은 한다고 하더라
도, 그걸 성공시킬 수 있을지 어떨지는 또 다른 커다란 문제다.

# 어느 신문기자와의 대화: 웹소설에 사각은 없는가?

2014년쯤에 어느 신문사 문화부 기자에게 웹소설에 대한 취재를 받은 적이 있다. 그 기자와 그의 상사는 웹소설에 대한 전형적인 오해와 비판을 갖고 있었다. 여기에서 그때의 대화를 재현하면서 (일부는 지금까지 써왔던 내용과도 중복된다) 웹소설에 관한 흔한 의문점에 대해 Q&A로 삼고자 한다.

Q. 나는 문학부 전공자인데, 무라카미 하루키나 무라카미 류村上龍[2] 등 요즘 일본문학을 읽는 사람은 있거든요. 그렇지만 라이트노벨이나 인터넷 소설을 읽는 사람은 주변에서 전혀 본 적이 없습니다. 정말로 그렇게 많이 읽히고 있는 건가요?

A. '소설가가 되자'나 E★에브리스타 사이트상에 수치가 나와 있다. 그리고 서점이나 중개업체의 문예서 순위를 보더라도

웹소설을 서적화한 작품이 베스트셀러에 들어 있다. 개인 감각으로 판단하기 전에 현실을 보기 바란다. 과거에 당신 주변에 그런 사람이 없었다고 하더라도 숫자, 팩트를 무시하고 경시할 수는 없지 않은가.

Q. 인터넷 소설은 기본적으로 젊은 사람들이 읽는 거겠죠?

A. 각 사이트별로 다르지만, 기본적으로 10대에서 50대 정도까지 읽고 있다. 꼭 젊은 층만의 문화라고는 할 수 없다.

Q. 인터넷 소설은 역시 일부 오타쿠가 보는 것이겠죠?

A. 각 사이트 별로 다르지만, 반드시 소위 '오타쿠'층만이 읽는 것은 아니다. 물론 '소설가가 되자'에 게임풍의 소설이 많지만, 현재 일본인 남성의 취미는 소설보다 게임이 더 대중적인 상황이다. '취미는 독서', '소설을 좋아하는 사람'이 오히려 더 '소수파'이고, 게임을 좋아하는 사람을 '일부'로 취급하는 것은 잘못된 생각이다.

이미 스마트폰을 만지는 시간이 종이 잡지나 책을 접하는 시간보다 긴 사람이 많은 요즘 시대에, 인터넷으로 글자를 읽는 (소설을 읽는) 것을 '특수한 경우'라고 보는 것에는 무리가 있다.

Q. 특정한 유형의, 수준이 떨어지는 황당한 작품만이 유행하

기 때문에 작품의 다양성이 없는 것 아닌가 싶은데, 어떤가요?

A. 유행이 존재한다는 것, 유행을 탄 작품이 두드러지고 그렇지 못한 작품이 묻히기 쉬운 것은 웹소설에 국한된 것이 아니라 어느 장르의 엔터테인먼트에서도 일어나는 현상이다. 그것을 가지고 웹소설을 단죄하고자 한다면, 기성의 종이책 소설도 똑같은 비판을 해야만 할 것이다.

애당초 '특정한 경향을 가진 작품만 히트한다'는 것은 독자의 수요가 다양하지 못하기 때문이지 저자의 공급 문제라고는 할 수 없다. 몇몇 소설 투고 사이트를 순위와 무관하게 전체적으로 넓게 읽어보면 금방 알 수 있는 사실이다. 실로 다양한 유형의 작품이 투고되고 있다. 공급 측에서 보자면 다양성은 존재한다. 다만 '히트한다', '히트하지 못한다' 사이에 편향이 발생하는 것은 독자 수요에 차이가 존재하는 이상 어쩔 수가 없다. 이것은 사이트의 구조나 거기 모이는 사람의 문제가 아니다. 인간이 픽션에서 바라는 수요나 레벨 자체가 편향되어 있는 것이다. 그것을 바꾸고 싶다면 인간의 뇌를 개조할 수밖에 없다.

또한 웹소설 사이트에는 태그 검색이 존재하고 웹소설 감상 사이트도 여러 개 있기 때문에, 순위 상위권 이외의 작품도 독자는 각자 취향에 맞는 작가를 찾아서 이미 읽고 있다고 본다.

Q. 지금의 '소설가가 되자'의 유행도 과거 휴대전화 소설처럼 일시적인 현상으로 끝나는 것 아닐까요?

A. 특정 사이트의 유행이 얼마나 오래 갈 것인지에는 갖가지 요인이 얽혀 있기 때문에 뭐라 단언할 수는 없다(실제로 보컬로이드 소설은 몇 년 만에 하향세가 되어버렸다). 설령 아무리 침체된다고 하더라도 '인터넷 → 종이 → 영상화'란 사이클이 제대로 돌아가는 한 지금의 종이책 문예지·소설잡지와 비교하면 규모 면에서나 기세 면에서나 훨씬 더 나은 상황으로 이어질 것으로 본다. 그리고 일시적 유행으로 끝난다고 해서 그게 무슨 문제인가. 오래 이어지거나 살아남는 것만이 훌륭한 문화라고 누가 정했는가?

Q. 인터넷 소설이 종이책보다 히트한다거나 잘 팔린다는 식의 이야기 말고, 소설의 문화적인 가치를 좀 더 생각하는 편이 좋지 않을까요? 잘 팔리지는 않지만 문학적인 가치가 높은 '좋은 책'도 있지 않겠습니까?

A. 만약 종이책 세계에 있는 작가나 기자가 출판 비즈니스의 상업적 부분을 부정하고 문화적인 가치만을 따르고자 한다면, 지금 당장 본인의 책이나 잡지에 가격을 붙여서 판매하는 일을 중단하고 웹소설 플랫폼에 올려서 무료로 읽도록 하기 바란다. "팔리지 않아도 좋다", "많은 사람들이 읽어주지 않더라

도 내 작품의 가치를 믿는다"는 작가는 인터넷에도 수없이 많다. 이미 무료로 작품을 공개해놓고 있는 시점에서, 종이책에 가격을 붙여서 팔고 있는 주제에 "상업적인 것은 좋지 않다! 문화가 소중하다!"라는 식으로 말하는 사람보다 훨씬 더 순수하게 문화라는 것을 믿고 있는 것 아니겠는가. 어째서 공짜로 널리 읽히도록 하지 않는가? 어째서 인터넷 작품은 종이책에 실린 작품보다 가치가 없다는 식의 발언을 할 수 있는가?

Q. 인터넷에서 새로운 문학이 탄생할 거라고 생각하나요?

A. 일본에서 '순문학'이라고 인정받는 것은 〈신초新潮〉, 〈군상群像〉, 〈문학계文學界〉, 〈스바루すばる〉, 〈문예文藝〉 등3 일부 문예지에 실린 작품 및 그 잡지의 부서에서 출간하는 서적에 거의 국한되어 있다. 따라서 인터넷 출신 작가가 그 잡지에 글을 실어야만 제도적·업계적으로 '문학'으로 인정받는다. 혹은 그런 문예지 부서에서 소설 사이트를 만들어 거기에 게재된 작품을 아쿠타가와芥川상 등 기성 문학상의 심사 대상으로 규정한다면, 인정받을 수 있을 것이다. 그렇지 못하면 인정받지 못한다.

내용면에서 어떻다 하는 것이 아니고, 게재 잡지나 담당 부서로 '문학'인지 아닌지가 출판 업계에서는 결정된다는 것이다. 그런 의미에서는 적어도 당분간 '인터넷에서 새로운 문학은 제도적으로 생각할 때 탄생할 수 없다'고 본다.

이런 식으로, "요즘 웹소설이 유행한다고 하는데 일부 사람, 특정한 경향을 가진 작품만 유행할 뿐 다양성이 없다. 괘씸하다"라는 구도를 만들었던 기자 및 그 상사의 의도를 하나하나 깨뜨려버렸더니, 기사는 결국 나오지 않았다.

나는 2012년에 어느 소설 잡지에서 "라이트노벨에 대해 경종을 울려주기 바란다"는 의뢰를 받고 "2004년부터 성장을 거듭하며 시장 규모가 성장해온 라이트노벨에 경종을 울릴 바에는, 다른 문예 부문에 대해 경종을 울려야 하지 않겠는가. 라이트노벨에 경종을 울릴 수 있는 것은 더 기세가 좋은 웹소설 뿐이다"라는 취지로, 소설 신인상 무용론과 종이 잡지 종말론, 인터넷의 순위와 포인트 시스템이 훨씬 낫다 등 이 책에서 다룬 것과 같은 내용의 원고를 집필했다가 게재 거부를 당한 적도 있었다. "앞으로 자네 미래를 생각할 때 싣지 않는 편이 좋겠다"는 이해하기 힘든 이유였다.

기존 가치관을 지키고 기존 권위를 통해 신흥세력을 부정하고 싶은 마음을 이해하지 못할 바는 아니다. 다만 거기에서 사고를 멈추고 현실을 부인해도 웹소설과 그 서적화 작품의 기세는 바뀌지 않는다.

## 끝으로

# '효율성의 중시'와
# '중장기적인 시야의 양립'

이 책에서는 종이 미디어의 추락과 인터넷 미디어의 융성이 겹쳐 진행되고 있는 '웹소설 서적화'의 파도에 관해 논했다. "종이책인 가 전자책인가"라는 논의에서 튀어나온 '기본 무료인 인터넷 플랫 폼'이 어떤 존재인지, 그리고 거기에서 만들어진 콘텐츠에는 어떠 한 특징이 있고 출판사는 어떻게 받아들일 수 있을지 하는, 보다 본 질적이며 중요한 문제를 다루었다. '소설가가 되자'나 E★에브리 스타 등 개별 플랫폼의 애호자, 특정 장르의 팬이 볼 땐 표층적이 고 '뜨뜻미지근한' 소개와 분석이라고 느껴졌을 것이다. 좀 더 하나 하나를 깊숙이 다루어줬으면 좋겠다고 생각했을지도 모르겠다. 그 점에 관한 비판은 감수하려고 한다. 다만 이 책에서는 '인터넷과 종 이의 관계(디지털과 아날로그, 데이터와 실물)'라는 사례를 폭넓게 바 라보면서 커다란 설계도를 그려보는 데에 주안점을 두었다.

출판사는 0에서 1을 만들어내는 R&D 기능을 효율적인 인터넷 플랫폼에 위탁하고 거기에서 만들어진 재능 및 작품을 서적화하면서 1에서 10 정도까지 키워내는 부분에 주로 관여한다. 그리고 그 중 일부 작품은 영상화되어 50이나 100의 상품력을 가진 콘텐츠로 성장한다. 혹은 영상화될 만큼 히트하지는 못하지만 고정 팬층에게 지지를 받는 장르가 인터넷과 종이를 연동시켜 여러 가지로 탄생하고, 계속 이어지게 될 것이다.

종이책과 잡지는, 전체적으로 틀림없이 지금 이상으로 안 팔릴 것이다. 북미의 동향으로 예상하건대 전자책은 종이책의 30% 정도까지 성장한 후 안정될 것이다. 가처분 소득이나 가처분 시간은 인터넷 콘텐츠나 라이브, 체험형 엔터테인먼트가 차지하게 된다. 정신론이나 근성론, "문화는 소중한 것이다", "문학은 훌륭하다"라고 아무리 외쳐봤자 바뀌지 않는다.

그렇지만, 종이책이 소멸하는 일도 없을 것이다. 글자를 바탕으로 하는 작품이나 상품은 없어지지 않는다. 몇 번이고 지적했듯이, 출판사는 인터넷과 잘 조정하기만 하면 그냥 다짜고짜 종이책을 만들어서 팔던 시절에 비하여 불발탄을 덜 쏠 수 있게 된다(망하는 책을 덜 낼 수 있게 된다). 비효율적인 종이 잡지, 팔리지 않는 종이책 제작, 별로 의미도 없는 구시대의 신인상에 고집하지 말고, 인터넷과 결합하는 형태로 이행하기만 하면 된다. 효율성이나 상업주의를 꼭 부정하고 싶다면, 종이로 내지 말고 인터넷에 전부 다

올려서 무료로 공개하든지, 출판사 돈으로 책을 만드는 것이 아니라 자기 돈을 써서 만들어야 할 것이다.

바로 눈앞의 효율성만을 중시하는 것이 아니라 중장기적으로 출판 문화에 대해 생각해야 한다는 의견에 나도 물론 찬성한다. 출판 산업만의 이야기는 아니지만, 일본인은 가장 시장이 큰 층(볼륨존)이 어디인지 알게 되면 거기로 쇄도하는 어리석은 경향이 있다. 예를 들어 TV프로그램에서 시청률이 보장되는 것이 지금은 중·노년층이니까, 중·노년층 대상의 프로그램이 늘고 젊은 층 대상의 프로그램은 줄었다. 그래놓고서 젊은이들이 TV를 떠난다고 말한다. 당연한 결과 아닌가.

소설도 일본에서 소설을 가장 많이 읽는 것은 30~40대 여성이란 사실을 알고 그 층을 대상으로 하는 '라이트 문예' 레이블이 난립한다. 혹은 '소설가가 되자'에서 인기 있는 작품을 서적화하면 잘 팔린다는 것을 알게 되면 또 거기로 쇄도하여, 본래 10대 남자를 대상으로 하던 기존 라이트노벨 문고 레이블까지도 '소설가가 되자' 작품 서적화에 뛰어들어 독자 평균 연령을 높여버린다(본래의 타깃층이던 독자가 떨어져 나간다). 경제학에서 말하는 '합성의 오류fallacy of composition'로, 한 사람 한 사람은 타당한 일을 한다고 생각하지만 전체적으로 보면 어리석은 결과를 초래하는 전형적인 사례다.

이 책을 주의 깊게 읽어온 독자라면 눈치챘을지도 모르겠다. 웹

소설 서적화 작품을 열심히 사지 '않고 있는' 층이 있다. 하나는 고령자층인데 이쪽은 어쩔 수가 없다. 또 하나는 2010년대 초기까지는 '좁은 의미의 라이트노벨'이 붙잡고 있었던, 로 틴$^{low teen}$에서 미들 틴$^{middle teen}$까지의 남성이다. 이 층을 대상으로 하는 소설은 지금 공동화될 위기에 처해 있다. 같은 10대 중에도 여자를 대상으로 하는 소설은 보컬로이드 소설이나 점프 만화의 노벨라이즈 등을 통해 매우 충실하다(노벨스 순위를 보면 모리 히로시森博嗣[1]나 다나카 요시키田中芳樹[2], 니시무라 교타로西村京太郎[3] 등 베테랑을 제외하면 『쿠로코의 농구黑子のバスケ』[4], 『하이큐!!ハイキュー!!』[5]와 같은 점프 만화 노벨라이즈 작품으로 가득 차 있다). 최근 몇 년 사이에 새롭게 개척되었다는 느낌이 든다.

하지만 어느 출판사에서도 10대 남자 대상의 소설 시장에 다시금 주목하면서 적극적으로 진지하게 접근하는 모습은 보이지 않는다(대부분의 라이트노벨 레이블에선 중고등학생에게 앙케트나 인터뷰를 하는 등의 기본적인 시장조사조차 하지 않고 있다). 소년들은 연장자 대상의 소설을 어쩔 수 없이 읽고 있는 것 아닐까? 그 결과로 떨어져 나가고 있는 것 아닐까? 그런 생각이 계속 든다.

초·중·고교생 대상의 소설, 그것도 여자보다 독서를 즐기는 비율이 낮은 남자 대상의 소설은 확실히 돈을 갖고 있는 30대 이상을 대상으로 한 소설보다는 안 팔릴 것이다. 하지만 이 연령대를 가벼이 여기고 개척하지 않으면, 10년 후, 20년 후, 30년 후의 소

설, 서적 시장은 더욱 비참해질 것이다. 1990년대에 『슬레이어즈! スレイヤーズ!』[6]와 아카호리 사토루あかほりさとる[7] 작품과 같은 라이트노벨이 붐을 일으켰기에 지금 '소설가가 되자'의 이세계 판타지를 즐겨 읽는 30, 40대 남성이 층을 이루어 두텁게 존재하는 것이다. 지금 전혀 소설을 읽지 않는 중고생이 20년 후에 소설을 읽을 리가 없다. 지금 50대 전후인 소위 '오타쿠 1세대'의 어른은 『우주전함 야마토宇宙戦艦ヤマト』[8] 신작이 나오면 즐겁게 찾아보고 있고, 지금 40대 전후인 '오타쿠 2세대'의 어른은 야스히코 요시카즈安彦良和[9]가 그린 『기동전사 건담 THE ORIGIN機動戦士ガンダムTHE ORIGIN』[10]의 애니메이션화에 환희한다. 어른이 되면 자연스럽게 순문학을 읽게 되거나, 서브컬처에서 멀어지는 것이 아니라는 말이다. 세살 버릇 여든까지 가는 것이다. 인간은 유소년기나 사춘기에 열중했던 것들을 평생 소비한다. 그렇기 때문에 10대 대상 소설에 힘을 기울이는 일은 중장기적으로 출판 비즈니스를 운영하고 문화를 영위함에 있어 매우 중요하다.

10대 남자를 대상으로 하는 '인터넷 → 종이' 엔터테인먼트 소설, 인터넷 테크놀로지의 힘과 출판사의 힘을 합친 소설은 아직 어디에서도 성공하지 못하고 있다. 아니, 그 이전에 그쪽을 목표로 삼고 있는 곳 자체가 적다. 포맷의 신선함이 떨어져 있고, 로 틴low teen층부터는 '우리 것'이 아니라 '낡은 것'으로 여겨지고 있다는 느낌도 드는 '라이트노벨'과는 또 다른 형태의, 10대 남성을 대상으로 한 엔터테인먼트 소설을 모색하는 기업 및 출판사의 등장, 서점과 중개업체가 함께 시행하는 시책을 나는 기대한다. 지금 현재의 볼륨 존만 바라보면서 근시안적인 효율만을 중시하거나 혹은 자기들이 싫어하는 서브컬처 계열 소설을 경시하고 부정하는 것, 그로 인해 예를 들어 '10대 남성 대상'의 시장을 위한 시책이 빠지고 중장기적으로 보면 스스로 목을 조르는, 그런 결과는 피해야 한다.

그렇지만 출판업계가 자력만으로는 도저히 어떻게 할 수 없을 것 같다는 점은 책 서두에서 이미 밝혔다. 그렇다면 TV나 인터넷의 힘을 더 빌려서라도 부흥시켜야 할 것이다. 그리고 동시에, 모순되는 말 같지만 종이책 소설을 양분으로 삼지 않고 동경하지도 않는 새로운 세대가 나타나, 그들이 만들어내는 풍경을 보고 싶기도 하다. 그때문에라도 종이책 바깥에서 만들어지는 문예를 조금 더 주시해보고 싶다.

# 저자 후기

나에겐 종이책이나 잡지에 대한 페티시즘이 없다. 이미 집에 물리적으로 책을 놓을 공간이 없다는 점도 있지만, 종이책이냐 전자책이냐 둘 중에 하나를 고르라면 전자책을 산다. "종이책이 더 읽기 쉽다", "편리하다"라고 말하는 사람은 많다. 하지만 읽기 쉽다는 것은 습관의 문제일 뿐이고 전자책이 더 고기능화되면 그 편의성이 종이책을 뛰어넘게 될 것이다. 세세한 문제점은 테크놀로지가 해결한다. 나에겐 애초에 물건에 대한 집착이 없다. 무언가가 끝나가는 것에 대해 센티멘털해지는 일도 그다지 없다. 좋아하는 소설 장르가 없는 것은 아니지만 "순문학이 웹소설보다 더 우월하다"라는 생각은 전혀 갖고 있지 않다. 어떤 장르일지라도 재미있는 것은 재미있고, 재미없는 것은 재미없다. '재미를 느끼는 방법'을 이해할 만한 리터러시가 있어야만 이해할 수 있는 것들도 많겠지만 말이다.

나는 대학 졸업 후 쭉 출판업계에 종사해왔다. 출판사에서 근무하는 종이 잡지 편집자였던 적도, 소설책 편집자였던 적도 있다. 지금도 인터넷보다 종이 쪽 일이 더 많다. 그런 사람이 어째서 웹소설에 흥미를 갖게 되었는가. 원래는 라이트노벨에 흥미가 있었다. 내가 이전에 쓴 책은 라이트노벨에 관한 내용이었다. 라이트노벨의 동향을 쫓다 보니 베스트셀러에 웹소설 서적화 작품이 눈에 띄기 시작한 것을 깨달았다. 그리고 작품을 읽어보고 취재하는 와중에, 기존에 '10대 대상'이란 말을 듣고 있던 라이트노벨과는 다른 층을 대상으로 시장이 형성되어 있고 종이책 신인상이나 편집회의와는 다른 방법론으로 스타가 만들어지고 있다는 사실, 하락세인 종이 잡지를 대체하는 존재가 될 수 있겠다는 사실 등을 알게 되면서 "흥미롭다"고 생각했다. 내가 느꼈던 '흥미로움'이 지금이 글을 읽고 있는 당신에게도 전달되었다면 기쁜 일이다.

이 책은 출판업계지 〈신문화新文化〉에 연재 중인 「충격 인터넷 소설의 지금」을 비롯하여 내가 최근 수년간 써온 원고를 재구성한 후 새로 쓴 내용을 추가해서 만들었다. 취재에 협력해주신 관계자들께 다시금 사의를 표명하고 싶다. 〈신문화〉의 연재는 지난 번 저서를 읽은 편집자가 나에게 연락을 해오면서 시작되었는데, 이 책은 지난 번 저서의 속편이라는 성격도 있다. 〈신문화〉 편집부의 아와라 마치코 씨, 도미타 다기루 씨께 감사드린다. 보컬로이드나 프리게임의 취재를 할 수 있었던 것에 관해서는 지난 번 저서 출간 후에 sezu 씨(「린쨩 나우!」 작사가·소설가) 및 이치진샤 〈Febri〉 편집부의 후지와라 료타로 씨를 만났던 것, 다이쇼대학의 오시마 가즈오 교수님의 강의에 게스트로 초대받아 학생들과 대화한 것이 계기가 되었다. 세 분께도 감사를 표하고 싶다. 이 책의 편집 담당자 야마모토 미쓰루 씨와의 만남은 2003년부터다. 내가 상업지 지면에 처음 문예평론을 썼을 때 담당자가 야마모토 씨였다. 아무리 감사해도 끝이 없을 것이다.

　마지막으로, 나를 지탱해준 아내와 아들, 두 마리의 고양이에게 진심으로 감사의 말을 전한다.

2016년 1월 26일

이이다 이치시

## 옮긴이 후기
## 웹소설이란 존재

이 책은 기본적으로 일본의 '웹소설'에 대해 설명하고 있다. '웹소설'이라 하면 '웹(인터넷)으로 발표된 소설'이란 의미로, 장르의 명칭이 아니라 '매체'를 통한 분류이다. 즉 그냥 단어 그대로 풀이하면, 인터넷에 실린 소설은 무라카미 하루키가 썼든 오에 겐자부로가 썼든 라이트노벨 작가가 썼든, 모두 다 '웹소설'일 수 있다. 물론 이 책은 그런 식의 축자적 의미가 아니라 '인터넷을 통해 발표된, 종래에는 라이트노벨이나 그와 가깝게 분류될 만한 장르 소설'을 중심으로 해설했다. 여기에서 다시 추가 설명이 필요할 것 같다. '라이트노벨이나 그와 가깝게 분류될 만한 장르 소설'이라고 에둘러 정의한 이유는, '라이트노벨'이란 단어에도 명확한 정의가 존재하지 않기 때문이다. 대략적으로는 다음과 같이 설명할 수 있을 것이다.

'주로 10대 중고생이 많이 읽는 소설의 한 장르로, 만화·애니메이션풍의 일러스트를 사용하는 오락 소설을 가리킨다'(《파우스트 Vol.1》 2006년 봄호)고 할 수 있다. 그 특징은 ① 표지와 삽화에 '만화풍의 일러스트레이션'을 싣고 있고, ② 등장인물의 '캐릭터성'이 강하다고 일컬어지며, ③ 주로 일반 단행본보다 저렴한 문고판의 판형과 형태로 출간된다는 점을 들 수 있겠다. 라이트노벨이란 용어는 일본에서 생겼기 때문에 영어가 아니라 일종의 '일본식 영어 단어'인데, 사실 이런 특징을 가진 소설 작품은 일본 출판계에서도 과거 '주브나일juvenile'이라 불리고 있었고 서양에서도 소위 '영 어덜트 픽션'이 존재하고 있었기 때문에, 라이트노벨이란 장르 자체가 그리 특이한 것은 아니다. '판타지'나 'SF', 혹은 '미스터리'라는 용어는 그 장르에 해당하는 어떤 '특징'이 존재하는 작품을 가리킬 때에 사용된다. 하지만 라이트노벨은 '주브나일'이란 용어처럼 '독자층에 대한 지시성'은 어느 정도 있을지언정(그마저도 라이트노벨 독자층이 점점 다양화되면서 의미가 없어졌지만) '특정 장르 자체'를 가리키는 말이 아니다. 그래서 '이러이러한 내용의 작품이 라이트노벨이다'라는 표현은 쓰기 어렵고 그에 따라 더더욱 그 정의가 불명확한 측면이 있다. 단어 자체가 'light novel', 즉 '가벼운 소설'처럼 느껴진다는 이유에서 출판사나 작가 측에서 라이트노벨이라고 스스로 칭하지 않는 작품이나 레이블도 존재하는 등, 상당히 애매모호한 부분이 있다는 점을 오히려 하나의 특징이라고 말할 수도 있겠다.

선정우, 〈기획회의〉 446호 「일본 라이트노벨의 변화로 보는 소설의 미래」

용어 자체도 굳어지지 않아서, 평론가 오쓰카 에이지는 이를 '캐릭터 소설'이라고 불렀고 '라이트노벨'이란 단어 자체도 한때는 '라이트노벨스'라고 표기하는 경우가 있었다. 이때 '노벨스'라는 단어는 1959년 만들어진 레이블(갓파 노벨스) 이후 일본에서 대중 소설의 출판 형식을 가리키는 용어로 사용되고 있었다(287쪽 10번 참조). 본래 '로맨스romance'라 하면 귀족 문학을 가리키고 '노벨novel'이라 하면 서민 문학을 가리키는데, 19세기 이후 시민 계층이 대폭 증가하면서 대중 문학이 양적으로 크게 성장하여 오늘날 '소설novel'의 예술성이 획득된 것이니(참조: 강재인, 〈오마이뉴스〉 2018년 8월 5일 자 「왕이 살던 아파트가 장발장이 탄생한 곳이었다니」), 대중적으로 인기를 끄는 소설을 '노벨스'라는 이름의 브랜드에서 출간했던 것이 그리 이상한 일은 아닐 것이다. 한자어가 '소설小說' 인 것만 보더라도 알 수 있듯이, 소설이 본래 어떤 고상한 문화가 아니라 허구fiction이고 공상, 상상, 허상의 글이라 평가받던 것은 그리 오랜 일이 아니다. 소설이라든지 예술(기예)이 형이상학에 못지 않은 '훌륭한 것'으로 평가받은 것은 잘해봐야 중세 이후, 근대의 일이 아닌가. 근대에 접어들면서 책이 필사에서 인쇄(대량 생산)로,

왕과 귀족이 갖고 있던 권력이 부르주아와 시민으로 옮겨오는 과정에서 신학과 철학이 갖고 있던 권위가 문학으로 옮겨왔다는 것은 많은 이들이 지적한 바와 같다.

석판과 진흙판에서 목간과 파피루스로, 두루마리 필사본에서 금속 활자movable type를 이용한 대량 인쇄로 책 제작이 변화된 흐름 위에서 '웹소설'이란 매체의 등장을 살펴보아야 하겠다. 물리적인 종이책의 존재는, 지금 당장은커녕 가까운 시일 안에도 사라질 리 없겠지만, 그렇다고 전자책이나 웹소설과 같은 '편의성을 찾는 흐름' 역시 뒤바뀔 리 없다. 매체는 다시 또 다른 것으로 바뀔지 몰라도, 전자적인 매체를 사용해서 생산 비용을 극단적으로 낮추고 쉽사리 대중에게 유포할 수 있는 방향으로 계속 유지될 것이라는 이야기다.

## 기초 연구의 중요성

이 책은 그런 웹소설이 일본에서 어떻게 등장하고 변화했는지 살핀다. 본문에 나와 있듯 일본에서 웹소설은 아직 역사가 그리 길지 않다. 오히려 한국에서 역사가 더 길다고 할 수 있다. 그런데 정작 이 책과 같은 분석서는 일본에서 먼저 나왔다. 본문을 읽은 독자는 이미 알겠지만, 각종 데이터와 시장 분석, 작가와 편집자에 대한 인터뷰, 시작부터 지금까지 장르 문학 역사에 대한 조사와 정리, 새로운 분야인 웹소설에 대해 저자가 겪고 알아낸 많은 사실과 거기에서 추출해낸 주장과 추론들. 이런 책이야말로 한국 서브 컬처의 각 분야에서 반드시 필요하다. 한국의 웹소설에 대해서도, 또 한국의 만화, 애니메이션, 게임, 무협 소설, 판타지 소설, 추리 소설, 로맨스 소설 등등에 대해 반드시 나와야 할 종류의 책이라는 말이다. 한국의 서브 컬처나 미시사微視史, 혹은 근현대 문화에 대해 이 정도 책이 나오지 못한 분야가 그야말로 수두룩하다. 차라리 '서브 컬처가 아닌, 다른 분야의 미시사'라면 그래도 좀 나와 있다. 하지만 서브 컬처 분야에서는 아직도 많이 부족하다. 안타깝기 그지없는 일이다.

이런 부분에 관해 나는 오래 전부터 큰 아쉬움을 갖고 있었다. 서브 컬처의 많은 항목은 여전히 조사와 기초 연구가 턱없이 모자라다. 기초 연구를 밑바탕에 두면 현재의 상황에 대해 납득이 가는 분석을 할 수 있게 된다. 어떤 '새로운 관점'을 제시하려면 '지금까지 신scene에서 나왔던 이야기'에 대한 '공부'(조사와 연구)가 필요한데, 그 바탕이 갖춰져 있지 않으면 개개인이 그것들 하나하나 돌파하기는 불가능에 가깝다. 납득이 가는 현상 분석은 미래의 전망이나 업계의 방향성을 제시할 때에도 설득력을 갖출 수 있게 해주는데, 현재 한국의 상황에서는 그런 일이 매우 어렵다는 이야기다. 그런 '새로운 관점을 제시해줄 수 있는 정보성 글'은 소위 '글발 날리는 화려한 평론'이나 '뭔가 있어 보이는 신scene 비평'보다 훨씬 더 중요하다, 참으로 아쉬운 일이다.

내가 생각하는 그런 '정보성 글'의 좋은 사례가 될 수 있는 책이 바로 이 『웹소설의 충격』이었다. 저자 이이다 이치시는 MBA를 이수하여 경영학을 익힌 장르 문학(라이트노벨) 업계 출신의 비평가다. 나와는 2002년, 평론가 아즈마 히로키가 운영하던 유료 메일 매거진 〈파상 언론〉을 통해 만났다. 당시 나는 〈파상 언론〉에서 한국 오타쿠 문화에 대한 연재물을 기고하고 있었고, 이이다 이치시는 그런 나의 '담당 편집자'였던 것이다(정확히는, 기고하면서 몇 명의 담당자를 거쳤는데 그 중 한 명이다). 그런 그가 그 후 일본에서 출판사에 입사하여 본격적인 편집자가 되었고, 비평적 방법론에 부족함을 느껴 MBA를 이수했다는 것은 한동안 모르고 있었다. 첫번째 저서 『베스트셀러 라이트노벨의 구조』가 나왔다는 사실도 뒤늦게 알았을 정도다.

그런데 제목부터 눈길을 끌었던 이 책 『웹소설의 충격』을 보고 놀라지 않을 수 없었다. 일본에도 웹소설이란 분야가 (한국보다 뒤늦게) 유행하기 시작했음은 물론 알고 있었지만, 그 얼마 안 되는 사이에 정작 한국에서도 찾아볼 수 없는 수준의 분석서가 나왔던 것이다. 이는 일본 서브 컬처 분야에 대해 그만큼 기초 연구가 축적되어 있었기에 가능했던 일이라는 점을 생각해보면, 여전히 기초 연구조차 부족한 한국의 상황에 아쉬움을 감출 수가 없다.

한국에서 장르 문학은, 의외일 정도로 긴 역사와 작지 않은 시장 규모에 비해서는 너무나도 전문화되지 못한 분야라고 할 수 있다. 같은 '문학' 글자가 들어가는 일반 문학, 소위 순문학 분야와 비교해보더라도 그런 점이 느껴진다. 한국에서 장르 문학이 외국에 비해 상대적으로 척박하다고는 하나, 순문학의 몇몇 분야와 비교한다면 역시 시장 규모로나 경쟁적으로 참가하는 작가 지망생 수로나 절대 비중이 작지 않다. 하지만 순문학 분야에서는 매년 창작이나 업계(출판사)를 제외하고도 연구·조사와 평론이 이루어지고 협회가 구성되어 있으며 학과가 있으니 석·박사 학위 논문도 끊임없이 쏟아진다. 심지어 역사학이라든지 사회학 등 타 분야에서도 예를 들어 문학사[사] 연구나 문학과 사회에 관한 연구 등 관련 연구가 이루어진다. 그와 비교할 때 한국에서 장르 문학에 대해서는 연구도 조사도 비평도, 황폐한 허허벌판와 같다.

그나마 무협소설에 대해 『태극문이 있었다』(태극문20주년기념위원회, 새파란상상, 2014)가, 만화 분야에서 『한국현대만화사 1945~2010』(박인하·김낙호, 두보북스, 2012), 게임 분야에서 『한국 게임의 역사』(윤형섭·강지웅 외 4명, 북코리아, 2012) 등, 몇몇 책들이 각각의 분야에서 '정보성 글'의 진면목을 보여주었다. 북바이북에서 낸 『웹소설 작가를 위한 장르 가이드』 시리즈 10권 중의 일부 내용도 그런 역할을 했다. 이런 종류의 책은, 그 내용을 참고로 더 나아간 '다음 이야기'를 할 수 있게 해준다는 점에서 중요하다.

한국의 장르 문학, 한국의 웹소설이 어떤 상황에 처해 있고 앞으로 어떤 길로 나아가야 할지는, 바로 한국에서 한국 상황에 대해 이『웹소설의 충격』에 해당하는 책이 나올 때 분명하게 알 수 있을 것이다. 이 책을 읽은 독자 중에서 그런 시도를 하는 이가 나올 수 있다면, 역자로서 그보다 보람 있는 일은 없을 것 같다.

· 댄 시로커 · 피트 쿠멘, 『부장님, 그 감은 어긋났습니다! 'A/B 테스트' 최강의 웹마케
팅 툴로 회사의 의사 결정이 바뀐다(部長、その勘はズレてます！―「A/Bテスト」最強のウ
ェブマーケティングツールで会社の意思決定が変わる―)』, 신초샤(원제: 『A/B Testing:
The Most Powerful Way to Turn Clicks Into Customers』)

· 데이비드 A. 아커, 『카테고리 이노베이션』, 일본경제신문출판사(원제: 『Brand
Relevance: Making Competitors Irrelevant』, 한국어판 제목: 『브랜드 연관성』)

· 마크로밀 브랜드 데이터뱅크, 『세대×성별×브랜드로 일도양단! 제4판(世代×性別×ブ
ランドで切る! 第4版)』, 닛케이BP사

· 문영미, 『비즈니스에서 제일 중요한 것 소비자의 마음을 배우는 수업(ビジネスで一
番、大切なこと 消費者のこころを学ぶ授業)』, 다이아몬드사(원제: 『Different: Escaping
the Competitive Herd』, 한국어판 제목: 『디퍼런트』)

· 야스다 슌스케, 「'3D소설 bell'에 있어서의 ARG적 스토리텔링의 가능성」(http://
game.watch.impress.co.jp/docs/news/20150826_718033.html), GAME
Watch

· 에릭 리스, 『린 스타트업(リーン・スタートアップ)』, 닛케이BP사(한국어판 제목: 『린
스타트업』)

· Epics, 「사례 소개 영화 〈다크나이트〉 ARG 『Why So Serious?』」(http://arg.igda.
jp/2012/07/argwhy-so-serious.html), ARG정보국

· 이 라이트노벨이 대단해! 편집부, 『이 Web소설이 대단해!』, 다카라지마샤

· 이소베 료 편저, 『즐거운 음악과 언어(新しい音楽とことば)』, 스페이스샤워네트워크

· 이이다 이치시, 「충격 인터넷 소설의 지금」(http://www.shinbunka.co.jp/rensai/
netnovellog.htm), 신문화사

· 이이다 이치시, 『베스트셀러 라이트노벨의 구조(ベストセラー・ライトノベルのしくみ)』, 세이도샤

· 이이다 이치시, Yahoo! 뉴스 개인(https://news.yahoo.co.jp/byline/iidaichishi)

· 프랭크 로즈, 『빠져들게 만드는 기술: 누가 스토리를 조종하는가(のめりこませる技術─誰が物語を操るのか)』, 필름아트사(원제: 『The Art of Immersion: How the Digital Generation Is Remaking Hollywood, Madison Avenue, and the Way We Tell Stories』, 한국어판 제목: 『콘텐츠의 미래』)

· 하라다 요헤이·니혼TV ZIP! 취재반, 『간접 자랑하는 젊은이들(間接自慢する若者たち)』, 가도카와

· 한계연 엮음, 『비주얼 커뮤니케이션─동영상 시대의 문화 비평(ビジュアル・コミュニケーション─動画時代の文化批評)』, 난운도

· 한계연 엮음, 『포스트 휴머니티즈─이토 게이카쿠 이후의 SF(ポストヒューマニティーズ─伊藤計劃以後のSF)』, 난운도

· 후카마치 나카, 『후카마치 나카 화집: 따끈따끈 로그 ~소중한 너에게~(深町なか画集 ほのぼのログ ~大切なきみへ~)』, 이치진샤


· 〈독서 여론조사 2015년판(読書世論調査2015年版)〉, 마이니치신문사

· 〈레저 백서 2015(レジャー白書2015)〉, 일본생산성본부

· 〈만화의 현재지! - 생태계를 통해 생각해본 '새로운' 만화의 형태(マンガの現在地!─生態系から考える「新しい」マンガの形)〉, 필름아트사

· 〈본격 미스테리 월드 2015(本格ミステリー・ワールド2015)〉, 난운도

· 〈E★에브리스타 연감 2014년판(E★エブリスタ年鑑 2014年版)〉, 미쓰린샤

· 〈2015년판 출판지표연보(2015年版 出版指標年報)〉, 출판과학연구소

· 〈출판월보(出版月報)〉 2015년 3월호, 출판과학연구소

· 〈Febri〉 vol.19, 23, 26, 27, 29, 이치진샤

· 〈pixiv Febri〉, 이치진샤

# 옮긴이 주

**서문: 웹·테크놀로지는 구태의연한 업계에 무엇을 초래하는가?**

1 일본의 도서 유통 업체 이름. 출판사와 서점 사이에서 도서 유통을 중개해주는 기업 (도매상)이다. 일본의 도서 유통은 중개 업체를 반드시 통해야 전국 서점에 배본이 가능하다. 그리고 사실상 출판사와 서점 양쪽으로 금융 기능을 한다는 점에서도 독특한 위치를 차지하고 있다.

2 예술로서의 문학. '문학'과 동일한 의미이지만 일본어에서는 '언어 예술(언어를 매개로 하는 예술)의 총칭'이라 하여 '문학'보다 좀 더 광범위한 의미로 사용한다.

3 문고판 판형(보통은 A6판)인 염가 서적(영미권의 페이퍼백에 해당)을 가리키는 것이 일반적이다. 하지만 일본에서는 단순히 기존 단행본을 염가판으로 재출간한다는 의미만이 아니라 처음부터 문고판으로 출간되는 '오리지널 문고본'이 다수 간행되기도 해서, 그러한 특정 장르의 서적을 가리키는 명칭이기도 하다.

4 일본의 개그맨, 소설가. 2015년 〈문학계〉에서 발표한 『불꽃』으로 제153회 아쿠타가와상을 수상했다.

5 소설가 아쿠타가와 류노스케의 이름을 딴, 일본을 대표하는 문학상.

6 무료로 자작 소설을 인터넷에 공개할 수 있는 일본의 소설 투고 사이트.

7 지금은 사이트 명칭을 '에브리스타'로 변경. 일본의 IT기업 DeNA(주식회사 디엔에이)와 휴대폰 통신회사 NTT도코모가 공동 출자하여 2010년 설립한 기업 주식회사 에브리스타가 운영하는 투고형 소설, 만화 커뮤니티 사이트.

8 1945년에 국문학자 가도카와 겐요시가 설립한 일본의 출판사다. 1988년 가도카와

스니커문고 창간을 필두로 '라이트노벨'이란 장르를 창출하면서 1990년대 이후 커다란 성공을 거뒀다.

9  2000년 설립된 주식회사 알파폴리스는 출판사이자 소설과 만화 투고 사이트 '알파폴리스 전망부유도시(電網浮遊都市)'를 운영하고 있다.

10  일본 출판계에서 '노벨스'라 하면 단순히 소설을 뜻하는 영단어가 아니고, 신서판(약 173×105mm) 사이즈의 소설 및 소설 시리즈를 가리키는 출판 형식을 말한다.

11  일본의 소설가 가와하라 레키가 2001년부터 집필한 라이트노벨.

12  일본의 소설가 토노 마마레가 2010년부터 '소설가가 되자'에 발표한 소설. MMORPG의 플레이어가 본인의 캐릭터 모습 그대로 게임 내용과 똑같이 보이는 세계 속으로 들어간다는 내용의 게임형 판타지.

13  일본의 소설가 사토 쓰토무가 2008년부터 '소설가가 되자'에 발표한 소설. 마법을 가르치는 학교 '마법과(魔法科) 고교'를 무대로 한 학원 액션물.

14  일본의 소설가 마루야마 구가네가 2010년부터 Arcadia에 발표한 소설. 일종의 안티 히어로물로 주인공이 일종의 '마왕'에 해당하는 인물이라 잔학한 행위를 태연하게 한다.

15  일본의 소설가 야나이 다쿠미가 2006년부터 Arcadia에 발표한 소설. 일본에 열린 통로 '게이트'를 통해 이세계에서 쳐들어온 군대를 일본 자위대가 물리친 후, 이세계로 자위대를 파견하여 '정의'를 행한다는 내용. 자위대 미화는 물론 침략 정당화, 언론이나 시민 단체를 극도로 나쁘게 묘사한 내용 등이 문제로 지적되고 있다.

16  일본의 소설가 오모리 후지노가 Arcadia에 발표했던 소설을 2012년 제4회 'GA문고 대상'에 투고하여 대상을 수상하면서 2013년부터 단행본으로 출간했다. 던전에서 모험을 하는 주인공을 그린 판타지 소설.

17  일본 최대 규모의 소매점 프랜차이즈 'TSUTAYA(쓰타야)'를 운영하는 기업.

18  영국의 소설가 E. L. 제임스가 2011년 발표한 로맨스 소설. 본래는 스테파니 메이어의 소설『트와일라잇』시리즈의 '팬 픽션'으로서 투고 사이트에 발표되었는데, 오리지널 작품으로 수정해 2011년 단행본으로 나왔다.

19  미국의 소설가 휴 하위가 킨들 다이렉트 퍼블리싱으로 직접 만들어 발표한, '사일로 3부작' 중 1권. 디스토피아 SF 장르의 소설이다.

20  미국의 소설가 앤디 위어가 2009년 본인의 홈페이지에 발표한 소설. 독자 요청을 받아 2011년 킨들 다이렉트 퍼블리싱으로 출판했다. 발매하자마자 엄청난 인기를 끌었고 2015년에는 리들리 스콧 감독, 맷 데이먼 주연으로 영화화되었다.

## 한국어판 서문: 일본 웹소설 시장, 변혁의 출발선에 서다

1 챗 픽션 앱은 전자책을 텍스트 메신저 형태로 보여준다. 앱 본체는 무료이지만 게재된 스토리를 전부 읽는 것은 유료다.

## 1장: 종이 잡지의 쇠퇴가 문예 세계에 초래한 지각 변동

1 대중 소설과 비교하여 오락성보다 소위 '예술성'에 중점을 두는 소설을 통칭하는 일본문학의 용어.

2 "일본에선 순문학 단행본이 잘 팔리지 않는다"는 뉘앙스를 담은 것이다.

3 일본의 소설가. 하드보일드 추리 소설과 모험 소설로 유명하다. 대표작으로 고분샤 갓파노벨스에서 1990년부터 출간된 하드보일드 소설 『신주쿠 상어』 시리즈가 있다.

4 '取次'라는 일본어를 국내에서는 '총판'이라고 번역하는 경우도 있는데, 국내 출판계에서 말하는 '총판'과는 상당히 다르다.

5 '미하(ミーハー)'는 유행이나 화제에 금방 뛰어드는 사람을 가리키는 일본의 유행어.

6 이 책이 나온 후 약 3년 사이, 일본의 전자책 시장이 급성장해 이제는 더 이상 '종이책을 사지 않는 열렬한 독서가'란 존재가 드물지 않게 되었다. 오히려 독서를 많이 하는 마니아의 경우 전자책 구매를 선택하는 비중이 점점 더 늘고 있음을 지적하는 기사가 최근 일본 언론에서 자주 보인다.

7 소설 투고 사이트 '소설가가 되자'를 운영하는 기업.

8 불교 용어. 본래의 의미는 '아미타여래의 본원'이라고 하지만 비유로서 '타인에 의지하여 일을 성취하려는 것'을 뜻한다고 한다.

## 2장: [개론] 웹소설 투고 플랫폼과 그 서적화

1 일본의 출판사 미디어웍스(1992년 설립)가 IT계열 잡지를 많이 내던 출판사 아스키(1977년 설립)를 흡수 합병하여 2008년에 만든 출판사다. 전격문고를 통해 라이트노벨 분야의 강자로 자리잡았다.

2 지금은 KADOKAWA 브랜드로 통합된 구 아스키미디어웍스 출판사가 만든, 일본을 대표하는 라이트노벨 레이블. 1994년부터 신인상인 '전격소설대상'(초기에는 '전격게임소설대상')을 개최했고, 1997년 제4회 대상작 『부기팝은 웃지 않는다』(가도노 고헤이)의 등장 이후 일본 라이트노벨의 흐름 자체를 바꿀 만큼 큰 영향력을 발휘하게 되었다.

**3** 어떤 원전에서 그 캐릭터 등을 이용하여 2차로 창작하는 행위, 혹은 그 작품을 가리키는 용어. '창작'을 어디까지 신성시하느냐에 따라 의견이 갈릴 수 있는 용어이지만, 일본의 만화·애니메이션계에서는 달리 표현할 단어가 없다는 등의 이유로 널리 사용되는 편이다.

**4** 1916년 창업한 일본의 출판사. 2017년 CCC 그룹의 자회사가 되었다. 2012년 창간된 라이트노벨 브랜드 '히어로문고'를 보유하고 있다.

**5** 일본의 음악·영상 소프트 제작 및 판매 회사. 여러 애니메이션 작품을 제작했고 출판사로서 여러 작품을 출판하고 있다.

**6** 1948년에 설립된 일본의 출판사. 대중 잡지와 만화를 다수 출간하였으나, 2000년대에는 미나토 가나에 『고백』, 스미노 요루 『너의 췌장을 먹고 싶어』 등 소설 분야에서도 히트작을 내고 있다.

**7** 1984년에 설립된 일본의 출판사. 처음에는 컴퓨터 관련 서적이나 잡지를 냈으나 지금은 GC노벨즈 등 소설 분야나 만화 등도 출간하고 있다.

**8** 도쿄의 아키하바라 등 일본 전국에 여러 매장을 갖고 있는 만화·애니메이션 관련 프랜차이즈 소매점 기업. 원래 2차 창작(패러디)을 포함한 동인지 전문 소매점이었으나, 지금은 일반 만화 전문점의 이미지가 강하다.

**9** 일본의 만화·애니메이션 분야의 대표적인 대형 프랜차이즈 소매점 기업.

**10** 일본에서 지정 배본이라 하면 '서점에서 주문한 분량을 출판사가 책임지고 배본해주는 제도'를 가리킨다. 서적의 경우 많은 국가에서 '위탁 판매'가 일반적이다. 이는 서점에 놓여 있는 책은 판매 전까지는 출판사 소유물이고, 서점은 출판사의 '위탁'을 받아 판매를 대행할 뿐이라는 의미다. 따라서 책이 팔리지 않을 경우 서점은 자유롭게 출판사에 반품할 수 있다. 그래서 서점은 예상하는 판매 물량보다 여유 있게 주문을 하게 마련이다(어차피 팔리지 않아 재고로 남더라도 나중에 출판사로 전부 반품하면 되니까). 반대로 출판사는 각 서점이 전부 여유 있게 주문하면 남는 물량이 없어서 증쇄를 하는데, 나중에 서점 측에서 재고를 반품하면 책이 잘 팔렸는데도 불구하고 큰 손해를 보기도 한다. 이를 막기 위해 출판사는 서점의 주문 수량을 전부 보내지 않고 최대한 '실 판매부수'에 맞춰서 보내는 노력을 해야 한다. 서점이 주문하는 부수를 전부 다 보내주지 않는 것이 일반적이라는 이야기인데, 이것이 지나치면 베스트셀러의 경우 지방 중소규모 서점에 극히 적은 수만 배본되어 팔고 싶어도 팔 수 없다. '지정 배본'이라 하여 '출판사 측에서 서점 측의 주문량을 최대한 맞춰주는 제도'가 존재하는 이유는, 이처럼 '서점에서 주문하는 부수를 맞추지 않는 것이 일반적'이기 때문이다.

**11** 과거에는 TV프로그램을 VHS 비디오테이프에 녹화했지만, 이제 우리나라는 VOD로

출시된 동영상이나 IPTV에서 시청권을 구매하는 것이 일반적이다. 하지만 일본은 VHS에서 하드디스크 녹화, DVD 녹화 등으로 매체가 바뀌었을 뿐 여전히 '녹화'라는 시스템을 선호한다.

**12** 일본의 소설가 후세가 2013년부터 '소설가가 되자'에 발표한 소설. 2018년 현재 12권까지 나왔다. 한국어판 제목은 『전생했더니 슬라임이었던 건에 대하여』(소미미디어, 2015).

**13** 일본식 판타지 작품에서 자주 등장하는, 젤리처럼 반투명하고 뭉글뭉글한 느낌의 몬스터.

**14** 일본의 소설가 리후진나마고노테가 2012년부터 '소설가가 되자'에 발표한 소설. 2018년 현재 19권까지 나왔다(한국어판: 학산문화사, 2015).

**15** KADOKAWA 그룹의 관련 기업이었던 '미디어팩토리' 출판사가 2013년 론칭한 라이트노벨 레이블. '소설가가 되자' 연재작을 다수 출간하였다.

**16** 가도카와쇼텐에서 출간한 소녀 대상 라이트노벨 레이블.

**17** 일본의 소설가 유키 미쓰루가 2002년부터 출간한 소설. 2018년 현재 53권까지 나왔다(한국어판: 학산문화사, 2006).

**18** 일본의 소설가 유키노 사이가 2003년부터 출간한 소설. 2011년까지 본편 18권, 외전 4권이 나왔다(한국어판: 서울문화사, 2005).

**19** 일본의 소설가 다카바야시 도모가 2000년부터 출간한 소설(한국어판: 서울문화사, 2004).

**20** 일본의 소설가. 대표작 『화신유희전』, 『F』 등.

**21** 성우가 음성만으로 연기하는 극(드라마)을 CD에 수록한 것을 뜻한다.

**22** 남성 캐릭터 간의 연애를 그린 만화나 소설을 가리키는 용어. 일본에서 여성 대상의 만화와 대중 소설 분야에서 중요한 한 장르를 이루고 있다. 최근 '부남자(腐男子·후단시)'라고 불리는 'BL 장르의 남성 팬'도 조금씩 늘어나고 있다.

**23** 일본의 모바일 및 인터넷 기업. 프로야구 구단도 보유한 대형 업체다.

**24** 주식회사 NTT도코모가 서비스하는 휴대폰 서비스명. 일본 휴대폰 시장의 최대 기업이다.

**25** 일본 최대의 익명 게시판 사이트.

**26** 일본의 남성 휴대폰 소설가.

**27** 일본의 소설가 미카가 2005년부터 집필하고 2006년부터 출간한 소설. 상, 하권

과 외전이 있다. 일본을 대표하는 '휴대폰 소설'의 베스트셀러(한국어판: 조형복스, 2007).

**28** 보통 '피처폰'을 사용해서 열람하는 온라인 소설을 가리킨다.

**29** 애니메이션, 게임, 소설 등 만화 이외의 매체로 발표된 원작을 만화로 만드는 것을 가리키는 일본식 영어 표현.

**30** 일본의 소설가 카나자와 노부아키가 휴대폰 플랫폼인 '모바게타운'에 연재한 후, 2009년부터 후타바샤에서 출간된 소설(한국어판: AK커뮤니케이션즈, 2012).

**31** 다카미 고슌의 소설 『배틀 로얄』을 원작으로 한 영화. 한 반의 학생 전부가 '배틀 로얄' 형식으로 전투를 벌인다는 내용이다. 이 작품의 대히트로 일본에서 학생들이 서로 전투하는 내용의 서브 컬처가 늘어났다.

**32** 일본의 소설가 야마다 유스케가 2001년 자비 출판한 소설. 출간 반년 만에 판매량이 1만 부를 넘었고, 누계 100만 부를 돌파하는 화제작이 되었다. 2004년에 겐토샤에서 문고판(개정판) 출간.

**33** 일본에서는 모든 책이 기본적으로 우철·세로쓰기 형식이다. 일부 번역서나 잡지 중 좌철·가로쓰기를 택하는 경우가 있지만 예외적이다. 후타바샤 휴대폰 소설의 가로쓰기 선택이 특수한 사례이기에 이렇게 설명한 것이다.

**34** 일본에서는 편의점이 책(특히 만화)과 잡지의 중요 유통망 중 하나였다. 근래에는 편의점에서의 유통량이 줄어드는 추세(특히 단행본)인 듯하다.

**35** 일본의 소설가 오카다 신이치가 쓴 휴대폰 소설이다(한국어판: AK커뮤니케이션즈, 2014).

**36** 일본에서도 문단 소설(소위 '순문학')과 만화·라이트노벨·웹소설은 큰 격차가 존재한다. 한국에서는 일본을 '만화의 왕국'이라고 하고, 또 라이트노벨이나 장르문학(SF나 미스터리)이 크게 활성화되어 있는 모습을 보며 간혹 착각하는 경우(주로 만화나 장르문학 소설가, 혹은 지망생 등)가 있다. 하지만 일본 서적 전체 매출액 중 거의 30%를 만화가 차지함에도 불구하고 그만큼의 대우를 받는다고 보기는 어렵다는 것이 일반적이다.

**37** 일본의 소설가 오타 시오리의 미스터리 소설. 2013년부터 출간해서 2017년 12권까지 나왔다(한국어판: 디앤씨북스, 2015).

**38** 일본의 소설가 미카미 엔의 미스터리 소설. 2011년부터 출간해서 전7권으로 완결했다(한국어판: 디앤씨미디어, 2013).

**39** 일본의 소설가 오카자키 다쿠마의 미스터리 소설. 2012년부터 출간해서 2016년 5권까지 나왔다(한국어판: 소미미디어, 2013).

## 3장: 어째서 웹소설 플랫폼은 지지받고 있나?

1 일본의 소설가 토노 마마레가 2채널에 투고했던 소설을 2010년 서적화한 작품(한국어판: 대원씨아이, 2012).

2 주인공이 현실과 다른 이세계로 다시 태어나서 활약하는 모습을 그린 작품.

3 미국의 미래학자 레이 커즈와일이 『특이점이 온다』 등에서 주장한 '기술적 특이점'을 말한다. 기술이 발달하는 도중에 어느 시점이 되면 그때까지 천천히 발전하던 흐름이 폭발적인 발전으로 바뀌게 되는 순간이 있는데, 그것을 특이점이라 부른다. 인공지능의 미래를 표현할 때 주로 쓰인다.

4 일본의 동영상 사이트. 2006년 12월 오픈. 화면상 가로로 '흘러가는' 형태로 동영상에 직접 코멘트(댓글)를 달 수 있다는 특징을 갖고 있다.

5 일본의 일러스트레이션 전문 사이트.

6 1998년 개설된 요리 레시피 사이트. 2014년 시점에 월간 유저 수가 5천만 명에 이르렀고, 2016년 시점에 약 248만 건의 레시피가 투고됐다.

7 니코니코동화와 픽시브에 포함되어 있는 참여형 온라인 백과사전. 위키피디아와 유사한 형태의 사전인데, 사이트 이용자의 특성상 주로 서브 컬처·오타쿠 계열 정보에 집중되어 있다.

8 'Point of purchase advertising'의 약자. 'POP광고'라고 하면 상점에서 판촉을 위해 전시하는 광고 매체를 뜻한다.

9 '데이터에 따라 처리하는'이란 의미의 프로그램 구동 방식.

10 한국어 포털 사이트 '네이버'를 운영하는 NHN의 일본 법인이 만든 휴대폰 및 PC용 메신저 서비스. 일본과 태국, 대만 등 동남아시아, 중동 지역, 스페인어를 사용하는 스페인과 남미 지역에서는 대표적인 메신저다.

11 단기간에 상품을 만들어 그 결과를 확인한 다음 바로바로 개선하는 방식으로 시장에서 성공 확률을 높이려는 경영 방식.

12 '전기물 바이올런스'는 일본에서 기쿠치 히데유키의 『요수도시(妖獸都市)』, 『뱀파이어 헌터 D(吸血鬼ハンターD)』, 다나카 요시키의 『창룡전(創竜伝)』, 국내에서는 영화 개봉으로 잘 알려진 유메마쿠라 바쿠의 『음양사(陰陽師)』 시리즈 등의 소설을 일컫는 장르 명칭이다. 본래 '전기소설'은 중국에서 신화나 전승을 바탕으로 만들어진 판타지 성격의 고전 소설, 즉 『서유기』나 『수호지』, 『봉신방』(『봉신연의』) 등을 가리키는 용어였는데 일본에서는 이를 '현대적 전기물'로 변화를 준 장르가 인기를 얻었다.

**13** '신본격'은 보통 '본격 미스터리'를 상대하는 의미로 만들어진 용어다. 당초에는 아가사 크리스티, 엘러리 퀸 등의 '본격 미스터리'에 대하여 니콜라스 블레이크 등의 작품을 일컬었다. 용어가 사용되기 시작한 지 이미 상당한 기간이 지나서, 여러 가지 용례가 제각각 등장했다. 현재는 역사적인 용어에 가깝다고 할 수 있을 것 같다.

**14** 2000년대 미국 드라마의 대표작. 대테러조직의 요원인 주인공 잭 바우어의 활약을 그렸다.

**15** 연속적으로 이어지는 스토리물에서 각 이야기 마지막 부분에 충격적인 결말을 그리는 기법을 뜻한다.

**16** Free-to-play(부분 유료화)의 약자. 주로 게임에서 사용되며, 무료이지만 부분적으로 금액 결제를 유도하는 유료화 서비스가 존재하는 것을 말한다.

**17** '잘 팔리는 제품'을 뜻하는 말.

**18** 일본의 출판업계 전문지. 1930년 창간된 〈출판 통신〉이 1943년 전시의 국가총동원법을 통해 폐간되었다. 그리고 1950년 다시 이름을 바꿔 주간지로 발행되었다.

**19** 일본에서 '영화나 드라마, 만화 등 타 장르의 작품을 소설화하는 것, 또는 소설화된 그 소설 자체'를 가리키는 용어.

## 4장: 작품 내용의 분석

**1** 기업의 주력 판매 상품, 가장 많이 판매되는 가격대 등을 가리키는 용어. 의미가 확장되어서 가장 대중적으로 소비되는 계층(대중소비 시장)을 뜻하기도 한다.

**2** 1945년 창업된 일본의 출판사. SF 소설을 많이 출간했다.

**3** 1925년 설립된 출판사 소겐샤에서 독립해 1954년 별도로 창립한 출판사.

**4** '롤플레잉 게임'의 약자. 롤플레이(role-play)는 역할(role)을 연기(play)한다는 의미. 즉 참가자 각자가 맡은 역할을 연기하는 게임을 말한다.

**5** '대규모 다중 사용자 온라인 RPG'(Massive Multiplayer Online Role Playing Game)의 약자. 다수의 플레이어가 특정한 캐릭터를 온라인으로 조종하는 형태의 온라인 게임을 뜻한다.

**6** 주로 학교에서 많이 일어나는 집단 따돌림이나 교내 폭력을 뜻하는 일본어. 일본에서는 큰 사회 문제가 된 지 오래다.

**7** 'Not in Education, Employment or Training'의 약자. 의무 교육 이후에 취학이나 취직을 하지 않고, 직업 훈련도 받고 있지 않은 상태의 사람. 무직자.

8 '치트(cheat)'는 도박이나 스포츠에서 유리한 조건이 되기 위해 쓰는 속임수를 말한다. '치트 능력'은 '치트를 쓴 것과도 같은 정도로 압도적인 능력'을 가리키는 말로 사용한다.

9 주인공이 다른 인물들에 비해 비교할 수 없을 정도로 초월적인 강력함을 갖고 있는 상태를 뜻한다. 그런 주인공들이 실제로 "난 강해~!" 등의 대사를 작중에서 하는 것에서 비롯되었다. 이제는 '최강 주인공', '완전무결한 주인공'이 등장하는 작품을 가리키는 장르 이름처럼 사용되고 있다.

10 본래는 '현명한 사람'을 뜻하는 일반 용어지만, 주로 판타지 소설이나 게임 등에서는 'wise man'이라 하여 마법사 역할을 하는 인물을 가리킨다.

11 일본의 컴퓨터용 RPG에서는 '레벨'이라 부르는, 주인공의 등급(status)을 높이는 과정이 필요하다. 일정한 레벨 이상이 아니면 게임 내용이 진행되지 않기도 하고, 진행할 때에도 적 캐릭터보다 약하면(레벨이 낮으면) 어려움을 겪기 때문이다. 그래서 중간중간 게임 진행 자체와 별개로, 레벨을 높이기 위해 크게 강하지 않은 적 몬스터들과 계속 싸워야 하는 순간이 있다. 이 작업(=레벨을 높이는 것)이 마치 단순 노동처럼 지겹다는 이야기를 하는 경우가 많다.

12 원문에 사용된 단어는 '병들어 있다(病んでいる)'인데, 원문도 속어이기도 하여 한국어에서 속어·은어로 쓰이는 '흑화하다'라는 용어로 번역했다. 원어는 단순히 '병들어 있다'는 의미가 아니고, '얀데레(ヤンデレ)'라 하여 병적으로 보일 만큼 애정을 보이는 상태를 뜻하는 '병들어 있다'에 해당하는 용어다. "죽이고 싶을 만큼 사랑해"라는 식의 표현이 어울리는 느낌이라 보면 될 것 같다('얀데레'와 '병들어 있다[病んでいる]'는 서로 다른 단어이기 때문에 '얀데레'라는 식으로 일본어 발음을 그대로 쓸 수도 없었다).

13 본래 싹이 튼다는 의미의 일본어 단어인데, 의미가 바뀌어 오타쿠 문화에서 속어로 쓰인다. 애니메이션, 만화, 게임 등의 등장 인물(캐릭터)에 대해 강한 매력을 느낀다는 의미다.

14 은둔형 외톨이, 방구석 폐인을 뜻하는 일본 용어. 일본의 히키코모리 문제에 대해서는 『은둔형 외톨이』(사이토 다마키, 파워북, 2012) 등의 책을 참조할 것.

15 '아마존 킨들 다이렉트 퍼블리싱(Amazon Kindle Direct Publishing)'은 아마존(Amazon.com)이 운영하는 자가 출판 서비스다. 아마존의 전자책 플랫폼인 킨들 스토어를 통해 전 세계에 전자책을 발행할 수 있다. 일본에서는 2012년 서비스를 시작했다.

16 어떤 어려운 문제를 해결하여 돌파하는 것을 뜻한다.

17 거치형 게임기는 한 곳에 놓고, 보통 TV와 연결하여 플레이하는 형태의 하드웨어를

가진 게임기를 뜻한다.

**18** 〈드래곤 퀘스트〉, 〈FF〉, 〈포켓몬〉, 〈테일즈〉, 〈몬스터 헌터〉, 〈체인 크로니클〉, 〈그랑블루 판타지〉는 전부 일본의 유명한 게임 시리즈다. 'FF'란 〈파이널 판타지〉, '포켓몬'은 〈포켓 몬스터〉, '테일즈'는 〈테일즈 오브〉 시리즈라 하여 〈테일즈 오브 판타지아〉, 〈테일즈 오브 데스티니〉 등을 가리킨다.

**19** 『나니아 연대기』 시리즈(1950~1956)는 북아일랜드 출신의 영국 소설가, 영문학자, 신학자인 C. S. 루이스가 쓴 아동문학이다.

**20** 영국의 소설가 J. R. R. 톨킨이 쓴 판타지 소설. 『반지 전쟁』이란 제목으로도 번역된 바 있다.

**21** 일본의 역사 소설가. 미식 평론가로도 유명하다.

**22** 일본의 만화가, 에세이스트.

**23** 앞의 옮긴이 주12 참조.

**24** 이 책이 나온 것은 2016년 2월. 『선술집 바가지』는 2018년 4월 TV드라마로 방영했고 『너의 췌장을 먹고 싶어』는 2017년 7월 실사 영화, 2018년 9월 극장판 애니메이션으로 개봉되었다. 『너의 췌장을 먹고 싶어』의 실사 영화와 애니메이션 둘 다 한국에서도 개봉된 만큼, 저자의 이 예측은 맞아 떨어졌다고 할 수 있을 듯하다.

**25** 영어의 속어로서 '술책, 장치, 속임수' 등의 의미를 갖고 있는데, 홍보나 광고 분야에서는 프로모션을 위해서 행해지는 '주의을 끄는 행동'을 가리키기도 한다. 나아가서 어떤 '고안된 장치'나 특정한 목적을 가지고 개발된 특수한 기능을 가리키는 말로 사용되기도 한다.

**26** 일본에서 술자리 여흥으로 행해지는 유흥. 가위바위보를 하면서 진 쪽이 옷을 하나씩 벗는다. 1924년에 처음 만들어졌을 때는 성적인 내용이 없었는데 1950년대 말~60년대 초에 그런 식으로 퍼지게 되었다고 한다.

**27** 모두 일본의 저널리스트, 저술가, 평론가 등이다. 트위터 등에서 영향력 있는 '파워 트위터리안'으로 칭할 수 있을 만큼 온라인 활동을 활발하게 하면서 자주 화제를 불러일으킨다.

**28** 일본에는 "튀어나온 못은 박힌다"고 하는 속담이 있다. 뛰어난 인물은 남에게 질투를 받는다, 혹은 남다른 행동을 하게 되면 다른 사람에게 비난받는다는 의미다.

**29** 일본의 프랜차이즈형 비디오 대여점. 비디오, DVD, CD 대여만이 아니라 중고 게임, 헌책 등을 파는 지점도 있다.

**30** 일본 이온그룹이 운영하는 대형 쇼핑센터 브랜드. 일본 전국 각지에 지점이 있다.

## 5장: 서점, 출판사, 웹 콘텐츠, 독자의 복잡한 관계

1 『비블리아 고서당의 사건 수첩』등과 같이, 청소년 대상의 라이트노벨보다 조금 더 높은 연령층을 대상으로 하는 작품을 '라이트 문예' 혹은 '캐릭터 문예'라고 부른다.

2 야마하가 개발한 음성 합성 시스템. 멜로디를 달아서 가사를 적으면 합성 음성으로 보컬 파트와 백 코러스가 만들어지는 프로그램이다.

3 한국에서도 대도서관 등 BJ, '유튜버'라 불리는 유명한 인터넷 방송인은 대개 게임 실황으로 인기를 얻은 경우가 많다.

4 일본 사회에서 제1차 베이비 붐, 즉1947~1949년 사이에 태어난 세대를 가리키는 용어. 그 자녀에 해당하는 제2차 베이비 붐 세대인 1971~1974년 생을 '단카이 주니어 세대'라고 한다.

5 일본의 출판사 슈에이샤에서 1976년부터 발행하는 소녀 대상의 소설 레이블. 여성 대상의 라이트노벨로 구분하는 경우가 많다.

6 일본 고단샤의 문예 잡지. 편집장 오타 가쓰시가 2003년 비정기 무크지 형태로 창간하여 1인 편집부 체제로 제작했다.

7 '차세대형 작가의 리얼 픽션'이란 이름으로 2003년부터 2008년까지, 하야카와쇼보의 하야카와문고JA라는 문고 브랜드 내에서 발간한 '문고 내 레이블'의 이름이다.

8 구역을 구분하는 것을 뜻하는 용어. 여기에서는 서점에서 성인용 등의 특정 서적을 구분하여 진열·판매하는 행위를 가리킨다.

9 〈동방 프로젝트〉는 일본의 동인 게임 제작자 ZUN이 1996년부터 개인적으로 제작하고 있는 동인 게임 시리즈다.

10 일본의 인터넷 은어. 2ch 등의 게시판에서 〈동방 프로젝트〉에 등장하는 캐릭터를 모티프로 삼아 만든, 일종의 인터넷 밈(meme).

11 HIKAKIN, 맥스 무라이, 하지메샤초 등은 일본의 유명한 유튜버다.

12 2009년에 발매된 비디오게임. 매우 자유도가 높은 게임으로, 세계적으로 대히트했고 많은 팬을 보유하고 있다.

13 세계적으로 높은 인기를 끈 비디오게임 시리즈. 차량을 절도하는 내용으로 자유도가 높아 화제를 모았다. 1997년에 처음 발매된 이후 시리즈가 이어지고 있다.

14 기본은 무료이고 어떤 특정 조건을 위해서는 유료 과금이 필요한 서비스를 뜻한다.

15 콘솔 게임을 가리키는 일본식 용어. 가정용 게임기(게임 전용 게임기)를 위해 만든 컴퓨터 게임을 뜻한다.

**16** RPG를 쉽게 만들기 위한 컴퓨터 소프트웨어. 그림과 음악을 조합해 자기만의 RPG 를 만들 수 있다는 것으로 화제를 모았다. 1987년에 일본의 컴퓨터 잡지에서 부록 으로 시작된 원조 프로그램이 1990년 본격적으로 발매되면서 널리 사용됐다.

**17** 일러스트와 약간의 화면 효과, 배경 음악, 그리고 음성(있는 경우도, 없는 경우도 있 다)이 있을 뿐 기본적으로는 화면에서 나오는 문장을 따라서 내용을 진행하는 게임 이 존재한다. 이를 소위 '노벨 게임(novel game)', 혹은 '비주얼 노벨(visual novel)'이 라고 부른다.

**18** 일본의 게임 장르를 가리키는 용어. 단어 자체로만 보면 그냥 '미소녀'가 등장하는 게임이기만 하면 무엇이든 미소녀 게임이라고 부를 수 있을 것 같지만, 꼭 그렇게만 정의할 수 없다. 예를 들어 "미소녀 게임이란 용어는 사실은 '에로 게임'이라 불러야 할 것을 사회적인 체면이나 남의 눈치 때문에 순화시킨 표현이므로 잘못된 것"이란 주장을 펴는 이도 일본에는 있는데, 이것은 말하자면 '원래 우리(마니아)가 사용하 던 에로 게임이란 용어를, 주류층에서 순화(?)시켜준답시고 만들어낸 것이 미소녀 게임, 걸 게임(girl game, 가루게)이란 단어'라는 인식이다. 즉 '미소녀 게임'이란 용 어를 쓰면, '마니아층, 혹은 실제 팬층을 무시하거나 해당 장르의 게임을 실제로 해 보지도 않고 이 장르에 대해 문화적으로 비평하고자 하는 평론가인 척, 학자인 척하 는 사람들'이란 느낌을 준다는 맥락이 존재한다. 이 문장에서 저자가 '미소녀 게임= 에로 게임'이라고 굳이 표기를 추가하고 있는 배경에는 이런 사정이 있다.

**19** 일본에서 2011년에 방송된 전12화의 애니메이션. 도모에 마미는 거기 등장하는 인 물 중 하나이다. 애니메이션을 원작으로 하는 만화도 존재하는데, 원작 애니메이션 과 만화 모두 한국에도 나와 있다.

**20** 일본의 만화가 이사야마 하지메가 2009년부터 연재한 만화. 2018년까지 단행본 누계 발행부수 7,600만 부를 기록했다. 한국어판은 같은 제목으로 출간됐다.

**21** 동물이 같은 동종의 개체를 먹는 현상을 가리키는 용어. 특히 사람이 사람(인육)을 먹는 행동(식인)을 카니발리즘이라 한다.

**22** 한국에서 만들어진 인터넷 은어로 농담에 가까운 발언을 가리키는 경우가 많다. 다 양한 뉘앙스가 존재한다.

**23** 중학교 2학년, 즉 사춘기에 볼 수 있는 특이한 행동에 대해, 성인이 된 후 본인이 돌 이켜보며 자학적으로 표현한 데서 시작된 유행어다.

**24** 이이다 이치시가 2012년에 출간한 저서.

# 6장: 얼터너티브

1 일본의 음원 및 음악 관련 회사 크립톤퓨처미디어가 2007년 발매한 음성 합성 보컬 음원이자 그 캐릭터의 명칭. 음성 합성 소프트웨어 보컬로이드를 사용하여 개발한 보컬 음원인데, 그 직전(2006년)에 서비스가 개시된 동영상 사이트 니코니코동화를 중심으로 하츠네 미쿠 악곡이 다수 발표되면서 유행하기 시작했다.

2 음악가 겸 소설가인 진(じん)이 창작한 멀티미디어 프로젝트. 2011년부터 발표했던 악곡과 2012년에 발표한 소설 등을 비롯하여, 그 작품들을 원작으로 하는 미디어믹스 작품 전체를 가리킨다. 『아지랑이 데이즈(カゲロウデイズ)』는 소설판, 만화판의 제목이다.

3 supercell(수퍼셀)은 일종의 음악 집단인데, 일본 위키피디아의 설명에 따르면 작곡가 료(ryo)를 중심으로 일러스트레이터와 디자이너가 함께 활동하는 크리에이터 집단(동인 음악 활동 중심)이라 한다. 멤버 중 보컬이 없기 때문에 하츠네 미쿠를 보컬로 대체해 곡을 발표했다.

4 하츠네 미쿠와 마찬가지로, 크립톤퓨처미디어가 2007년에 발매한 음성 합성 보컬 음원 및 그 캐릭터의 이름. 린은 여성, 렌은 남성.

5 Sound Horizon(사운드 호라이즌)은 1999년부터 활동한 일본의 음악 그룹. 옴니버스 구성의 앨범을 발표하고, 앨범 안의 곡들이 하나의 큰 이야기를 이룬다는 점에서 차별화된다.

6 1985년부터 활동한 일본의 음악 그룹. 1992년부터 현재의 이름을 사용하고 있다.

7 영화 필자였던 다카하시 노부유키가 1981년 설립한 편집 프로덕션. 애니메이션 잡지, 게임 공략본 등을 다수 제작했다.

8 1946년 설립한 일본의 출판사. 파나소닉(마쓰시타 전기)의 창업자인 마쓰시타 고노스케가 창설했다.

9 니코니코동화에서 보컬로이드를 사용하여 만든 록 음악에 붙이던 태그. 당초 보컬로이드는 록에 약하다는 평가가 많았는데, 오히려 그것을 극복하고자 하는 곡도 여럿 존재했다.

10 오리콘 주식회사가 운영하는 일본의 음악 차트. '오리콘 차트'를 그냥 '오리콘'이라고 하는 경우가 많다. 음반만이 아니라 DVD나 서적의 매출 순위도 발표한다.

11 애니메이션 〈예전부터 계속 좋아했어-고백실행위원회〉와 〈좋아하게 되는 그 순간을-고백실행위원회〉가 2016년, 2017년에 한국에서도 개봉된 바 있다.

12 니코니코동화에서는 동영상에 댓글을 '화면 안에' 달 수 있는 기능이 있는데, 그 댓글이 아주 많이 달려서 글자가 화면에 가득 차는 것을 슈팅 게임의 '탄막'에 빗대어 부

르는 은어 표현이 생겼다. 즉 여기에서 말하는 '탄막'이란 '많은 수의 댓글'을 뜻한다.

**13** '모에(萌え) 돼지'란 남성 오타쿠를 가리키는 비칭(卑稱)이고 '꿀꿀거린다'고 하는 것은 그런 모에 돼지들이 특정 콘텐츠나 캐릭터를 '성적으로 소비하는' 모습을 말한다.

**14** 영국의 록 밴드.

**15** 라디오헤드를 제외한 모두 일본의 음악 밴드이거나 가수다.

**16** 〈로킹온(rockin'o)〉과 〈스누저(snoozer)〉는 일본의 유명한 음악 잡지이다.

**17** 일본에는 '문화계 록'과 '체육회계 록'이 존재한다는 말이 있다. '체육회계'란 학교의 '운동부 같은 모습'을 가리키는 일본어 표현인데, 즉 음악의 어떤 뉘앙스 측면에 있어서 이론만 앞세우는 듯한 느낌의 공부 잘하는 아이들이 좋아할 것 같은 록과, 반대로 '록 스피릿이란 이런 것'이라며 다 함께 느끼는 필링을 중시하는 록을 표현하는 말이다. 문화계 록은 '록이 무엇인지를 고민하고 이해하고자 하는 록'으로 받아들일 수도 있다.

**18** 단적으로 말하면 그냥 '가수'인데, '프로로서 직업'이란 측면이 강한 느낌이 부담스러운 아마추어 보컬리스트(니코니코동화나 유튜브 등 동영상 사이트에 소위 "불러보았다"란 제목으로 노래 부르는 영상을 올리는 사람들)가 자칭하면서 만들어진 총칭.

**19** 그림을 그리는 사람을 뜻하는 말. '일러스트레이터'라고 하면 너무 프로처럼 보이니까, 인터넷에 사실상 취미로 그림을 올리는 사람이라는 의미로 사용되는 용어이다.

**20** 니코니코동화에서 마음에 드는 동영상을 즐겨찾기로 해둘 수 있는 기능을 '마이리스트'라고 하는데, 마이리스트에 추가한 사람이 얼마나 되는지를 보여주는 '마이리스트의 수'(그만큼 그 동영상을 좋아하는 수라고 볼 수 있어, 결국 페이스북 등 SNS의 '좋아요 수'와 유사한 의미다)를 약칭으로 '마이리스 수'라고 부른다.

**21** 일본에서는 굉장히 많은 수의 소설(순문학이든 라이트노벨이든)이 종이 잡지 게재 후 단행본으로 만들어지는 편이다. 한국에서도 물론 그런 경우가 있고, 또 일본에서도 처음부터 단행본으로 나온 소설이 드물지 않다. 하지만 일본은 국내 상황과 비교하면 의외일 정도로 많은 수의 작품이 잡지 게재 후 단행본화 된다.

**22** 파친코는 일본에서 굉장히 대중화된 게임기. 파치슬로는 '파친코형 슬롯머신'의 일본식 약자. 경쟁이 심한 상황에서 '고전 명작'에 해당하는 만화나 애니메이션 등을 원작 삼아 출시한 경우가 있었는데, 〈우주전함 야마토〉, 〈신세기 에반게리온〉 등의 파친코가 크게 히트하면서 만화·애니메이션 원작 파친코가 엄청나게 늘어났다.

**23** 벚꽃이 활짝 핀 풍경을 가리키는 일본어인데, 여기에서는 2011년 발표된 하츠네 미쿠 곡을 뜻한다. 다이쇼 시대 일본풍의 노래 가사와 배경 일러스트 때문에 국내에서는 논란이 많았던 곡이다.

**24** 여기에서 '추정'이라고 한 것은, 일본에서는 이와 같은 판권사 내부에 관련된 문제에 대해서는 밖으로 그 이유가 잘 드러나지 않는 것이 일반적이다. 국내에서라면 취재를 할 수도 있고 "취재 결과 답변을 거부했다"는 식의 보도도 흔하게 존재하지만, 일본에서는 출판사나 각종 콘텐츠의 판권사에서 권리 관계나 계약에 관련된 사항은 웬만큼 큰 문제가 발생하더라도 그 배경이나 결과를 밖으로 노출하는 일이 거의 없다. 즉 취재를 해도 명확한 사정에 대해 알 수 없다는 결과밖에 나오지 않는 경우가 많다. 만약 어떠한 방법을 써서 그 사정에 대해 알아냈다고 하더라도, 취재자 본인이나 취재를 한 매체가 큰 리스크를 떠안게 된다. 따라서 어디까지나 추정밖에 할 수가 없는 것이 일반적이다.

**25** 1947년 설립된 일본 출판사.

**26** 2003년 일본의 완구 메이커 다카라(현재는 다카라토미)가 설립한 출판사. 2006년에 포플러샤의 자회사가 되었다.

**27** 한국과는 달리 일본에서는 초등학생이 스마트폰이나 태블릿을 사용하지 못하는 경우도 많고, 유튜브를 게임기와 TV를 통해 접하는 일이 흔하다. 물론 최근에는 일본에서도 조금씩 초등학생의 스마트폰 사용이 늘어나고 있는 듯하다.

**28** 도쿄에 있는 경기장. 1964년 도쿄 올림픽 때 경기장으로 설립되었는데, 그 후 스포츠 시합만이 아니라 콘서트용으로도 자주 사용되며 일본을 대표하는 음악 공연장으로 자리 잡았다.

**29** 2009년부터 2015년까지 방송된 미국의 뮤지컬 코미디 TV드라마.

**30** 빅토르 위고의 소설을 원작으로 2012년 만들어진 뮤지컬 영화. 휴 잭맨, 앤 해서웨이, 러셀 크로우 등이 출연.

**31** 미국의 온라인 스트리밍 서비스.

**32** 국내에서 쓰이는 '원 소스 멀티 유즈(OSMU)'와 비슷한 의미로 통용되는 일본식 영어 신조어. 일본에서 통용되는 의미로는 주로 만화나 소설 등을 원작으로 삼아 영화, 애니메이션, 게임 등 영상물을 만들 때 사용한다.

**33** 여성 전용 쇼핑 사이트로 시작했으나 지금은 하나의 매체·커뮤니티가 된 사이트.

**34** '프리 아르바이터'라는 일본식 영어 표현의 약칭. 고용 직원이 아니라 아르바이트로 생계를 유지하는 사람을 가리킨다.

**35** 일본에서는 '젊은이의 ○○ 이탈'이라 하여 젊은이가 많은 것들에서 떨어져나가고 있다는 점을 표현한 말이 유행했다. 젊은이의 활자 이탈(독서 인구에서 젊은 층이 차지하는 비중이 줄어들고 있다는 뜻), 젊은이의 자동차 이탈(젊은이가 점점 자동차를 사지 않는다는 뜻), 젊은이의 해외여행 이탈(젊은이가 점점 해외여행을 가지

않는다는 뜻) 등. 결과적으로 이 모든 것이 소위 '신자유주의 세대' 이후 젊은이가 고용과 경제력에서 어려움을 겪게 된 결과가 아니냐는 지적도 잇따르고 있다.

**36** 야구에서 공이 빗맞거나 하여 내야와 외야의 수비수들 사이로 떨어지는 '운 좋은' 안타를 뜻하는 단어.

**37** 아프리카계의 특징적인 머리 모양이라고 일컬어지는, 둥그런 형태의 곱슬머리. 일부러 '아프로 펌'을 해서 만드는 경우가 많은데, 일본인 중에도 이 머리 모양을 따라 한 여러 연예인이 있었다.

**38** 트위터는 한 번에 140자까지밖에 쓰지 못한다는 분량 제한을 둔 SNS이므로, 필연적으로 단편으로만 쓸 수도 읽을 수도 없는 형태가 된다(지금은 기능이 조금 바뀌어, 연속적으로 이어서 볼 수 있는 기능도 있다).

**39** 여러 트윗을 한 번에 모아서 볼 수 있는 일본의 인터넷 서비스.

**40** 정리 사이트(마토메 사이트)는 특정 정보를 일정한 테마에 맞춰 편집한 사이트를 뜻하는 일본 용어다.

**41** 여기에서는 『닌자 슬레이어』에 등장하는 조직명. 본래의 의미는 '소카이야(総会屋)'라 하여 일본에서 주식회사의 주주'총회(소카이)'에 들어가 난동을 피우면서 불법적인 금품을 받거나 요구하는 인물, 조직을 말한다. 일본에서 야쿠자가 수입을 위해 많이 행하던 일이기도 하다.

**42** 일본의 만화가. 본명은 오노데라 쇼타로. 대표작은 『사이보그 009(제로제로나인)』, 『가면 라이더』, 『HOTEL』 등 다수.

**43** 일본의 만화가. 대표작 『파렴치 학원』, 『아바시리 일가』, 『데빌맨』, 『마징가 Z』, 『큐티 하니』, 『바이올런스 잭』 등. 많은 작품이 TV애니메이션으로 제작되어 한국은 물론 세계적으로도 높은 인기를 얻었다.

**44** 이시노모리 쇼타로 원작으로 일본에서 인기를 얻은 TV드라마 〈가면 라이더〉 시리즈 중에서 헤이세이 시대(1989~2019년)에 방영된 작품들을 가리키는 용어.

**45** 일본의 만화 전문 서점.

**46** 2ch의 '뉴스속보(VIP)판'이라 불리는 게시판. 본래는 이름 그대로의 용도였지만 아주 초기부터 사실상 잡담 게시판, 유머 게시판처럼 사용되었다.

**47** 동인계에서 캐릭터 관계를 나타내는 용어. 특정 캐릭터 A와 또 다른 캐릭터 B 사이의 '관계성'을 'A와 B의 커플링'이라 말한다. 일본식 영어 표현.

**48** 여러 명이 릴레이 형식으로 달리는 장거리 육상 경기다. 일본에서만 열리고 있다.

**49** 일본의 만화가. 유명 가수의 앨범 재킷이나 기업의 광고 포스터 등 일러스트레이터

활동으로 유명하다.

50 여기에서 말하는 것은 추가 설명이 없이, 어떤 장면이나 풍경의 묘사, 인물의 표정(심지어 표정 자체가 없을 수도 있다) 등만으로 내용이나 인물의 감정, 느낌 등을 표현하는 수법을 가리킨다. 일본의 만화가 아다치 미쓰루의 대표작 『터치』, 『H2』 등에 그런 식의 연출이 많다. 무라카미 하루키 역시 소설에서 '많은 것을 설명하지 않는' 표현을 다용한다고 일컬어진다.

51 '깨달은 세대'라는 의미의 일본어. 2010년대 일본의 젊은 층의 아무런 욕심이 없어 보이는 모습을 표현했다. 2013년 신조어·유행어 대상에 노미네이트될 만큼 화제가 된 유행어이다.

52 하라다 요헤이가 2014년에 출간한 저서 『양키 경제: 소비의 주역·신보수층의 정체』에서 개념을 정의한 유행어. 출신 지역에서 나가지 않고 쇼핑몰을 좋아하며 옛날이야기를 즐기는, 소위 '상승 지향'(지위, 지식, 재산 등을 높이려는 성향)이 별로 없는 특징을 가진 사람들을 가리킨다. 본래 '양키'라 함은 불량소년, 비행소년을 가리키는 일본어 속어인데, 그런 불량소년에 해당할 만하나 옛날처럼 폭력적이지 않은, '마일드한 양키'라는 의미에서 붙인 듯하다.

53 한국에서도 '네이버 웹소설'에서 볼 수 있었던 방식이다. 코미코는 네이버 계열의 NHN에서 운영하는 기업이니, 네이버 웹소설의 기법을 채용한 것으로 여겨진다.

54 인터넷상에서 어떤 계기를 통해 여러 사람들의 비난이 폭주하면서 큰 문제로 확대되는 일을 가리킨다. 일본에서는 불길이 번지면서 타오르는 것을 뜻하는 단어 '염상'을 써서 이런 상태를 표현한다.

55 소비자가 직접 만드는 미디어, 즉 인터넷상에서 유저가 직접 콘텐츠를 발생시키는 형태의 플랫폼을 가리킨다. 대표적으로는 블로그, 위키백과, SNS, 유튜브와 같은 동영상 서비스가 있다.

56 서구권에서 '영 어덜트 소설(young adult fiction)'이라 불리는 분류는 소년·소녀, 혹은 청소년을 주 대상 독자로 삼는 소설을 말한다.

57 일상적인 세계를 게임 내 일부로 도입시키는 형태의 게임을 가리킨다.

58 스마트폰의 위치 정보를 이용하는 증강현실 게임. 나중에 구글에서 독립한, 구글 사내 스타트업 게임 회사 나이앤틱이 2012년에 출시했다. 나이앤틱은 이 게임의 데이터베이스를 이용해서 2016년 〈포켓몬 고〉를 출시했다.

59 이 책은 2016년 2월에 출간되었기에 이렇게 쓰여 있지만, 결과적으로 『엔드게임: 더 콜링(ENDGAME: THE CALLING)』의 영화화는 2018년 기준, 아직까지 아무런 후속 발표가 없는 상태다.

**60** '테이블토크 RPG'의 약자이다. 원래 일종의 보드게임으로 참가자가 탁자에 둘러앉아 마치 연극처럼 캐릭터를 연기하는 형태였는데, 이제는 PC(개인용 컴퓨터)나 가정용 게임기에서 플레이할 수 있는 RPG가 유행하게 되었다.

**61** 일본 RPG문화의 초창기를 이끌었던 크리에이터 집단. 1970~80년대 영미권의 SF 작품을 다수 번역하였고, 일본 내 TRPG 문화에 큰 영향을 미쳤다.

**62** 다만, 이 기사는 일본어로 되어 있어 일본어를 아는 이들만 읽을 수 있을 것 같다. 2015년 8월 26일에 올라온 기사이다.

**63** 여기서 '두 곳'이란 조아라(www.joara.com)와 문피아(www.munpia.com)를 가리킨다.


## 7장: 자주 있는 의문·오해·비판에 답하다

**1** PDCA(plan-do-check-act) 사이클이란 생산 관리, 품질 관리 등의 업무를 원활하게 수행하기 위한 절차 중 하나다. 플랜(plan)을 세우고, 실행(do)하고, 확인(check)한 후 개선(act)한다는 의미. 이 4단계를 반복하여 업무를 개선한다.

**2** 일본의 소설가. 1976년 『한없이 투명에 가까운 블루』로 와쿠타가와상을 수상하며 등단했다.

**3** 일본에서 '5대 문예지'라 불리는 잡지. 일본을 대표하는 문학상인 아쿠타가와상의 거의 모든 수상작이 이 5대 문예지에서만 나와서, 일종의 '문단 카르텔'로 작용한다는 비판이 많다.


## 끝으로: '효율성의 중시'와 '중장기적인 시야'의 양립

**1** 일본의 소설가. 대표작은 『모든 것이 F가 된다』(한국어판: 한스미디어, 2015), 『웃지 않는 수학자』(한국어판: 한스미디어, 2015), 『스카이크롤러』 등.

**2** 일본의 소설가. 주로 SF소설가로 유명하지만, 판타지 소설 『아르슬란 전기』(1986년; 한국어판:영상출판미디어, 2014), 전기소설 『창룡전』(1987; 한국어판:서울문화사, 1997/소미미디어, 2015) 등 다방면의 작품을 발표했다.

**3** 일본의 미스터리 소설가. 대표작은 '도쓰가와 경관 시리즈'.

**4** 일본의 만화가 후지마키 다다토시가 〈주간 소년 점프〉에서 2009년부터 2014년까지 연재한 만화. 단행본 전30권.

**5** 일본의 만화가 후루다테 하루이치가 〈주간 소년 점프〉에서 2012년부터 연재 중인

만화. 단행본은 2018년 기준으로 33권이 나왔다.

6 일본의 소설가 간자카 하지메가 1989년 제1회 판타지아대상에서 준입선을 한 라이트노벨 작품.

7 일본의 소설가, 각본가. 1988년 애니메이션 각본가로 데뷔한 후 1989년 애니메이션 작품의 노벨라이즈로 소설을 쓰기 시작했다.

8 1974년 TV 방영이 시작된 일본의 애니메이션 시리즈. 1977년 극장판이 개봉되었고, 일본 사회에 영향을 미칠 정도로 높은 인기를 끌어 소위 '제1차 애니메이션 붐'이라 일컫는 1970년대 일본의 애니메이션 부흥에 큰 역할을 했다.

9 일본의 애니메이터, 캐릭터 디자이너, 만화가. 고베예술공과대학 미디어표현학과 교수. 1970년에 애니메이션 프로덕션에 입사하여 애니메이터로 활동하기 시작했다. 이후 TV애니메이션 〈기동전사 건담〉(1979)의 캐릭터 디자인으로 이름을 널리 알렸다.

10 일본의 만화가 야스히코 요시카즈가 2001년부터 2011년까지 연재한 만화. 단행본 전 24권. 애니메이션 〈기동전사 건담〉을, 그 당시에 캐릭터 디자인을 맡았던 야스히코가 직접 본인만의 시각으로 만화로 만든 작품이다. 나중에『기동전사 건담 THE ORIGIN』자체가 애니메이션(2015~2018)으로도 나왔다.

# 숫자·영문

# ㄱ

# ㄴ

# ㄷ

# 웹소설의 충격

2018년 11월 14일 1판 1쇄 인쇄
2018년 11월 26일 1판 1쇄 발행

| | |
|---|---|
| **지은이** | 이이다 이치시 |
| **옮긴이** | 선정우 |
| **펴낸이** | 한기호 |
| **편집** | 오효영, 도은숙, 유태선, 민소연 |
| **경영지원** | 국순근 |
| **펴낸곳** | 요다 |

출판등록 2017년 9월 5일 제2017-000238호
주소 121-839 서울시 마포구 서교동 484-1 삼성빌딩 A동 2층
전화 02-336-5675 팩스 02-337-5347
이메일 kpm@kpm21.co.kr
홈페이지 www.kpm21.co.kr

ISBN 979-11-89099-09-1   03800